CONTOS DE FADAS & PESADELOS

Leia também de
MELISSA MARR

Série Wicked Lovely
Terrível encanto
Tinta perigosa
Frágil eternidade
Sombras radiantes
Sombrio perdão

melissa marr

CONTOS DE FADAS & PESADELOS

Tradução de
DANIELA P. B. DIAS

ROCCO
JOVENS LEITORES

Título Original
FAERY TALES & NIGHTMARES

Copyright © 2012 by Melissa Marr

"*Where Nightmares Walk*" copyright © 2009 by Melissa Marr,
originalmente publicado em Half-Minutes Horrors
"*Winter's Kiss*" copyright © 2007 by Melissa Marr
originalmente publicado em Cricket Magazine.
"*Transition*" copyright © 2011 by Melissa Marr
originalmente publicado em Teeth.
"*Love Struck*" copyright © 2008 by Melissa Marr
originalmente publicado em Love Is Hell.
"*Old Habits*" copyright © 2011 by Melissa Marr
originalmente publicado como conto digital.
"*Stopping Time*" copyright © 2010 by Melissa Marr
originalmente publicado como conto digital.
"*Cotton Candy Skies*" copyright © 2011 by Melissa Marr
originalmente publicado como conto digital.
"*Merely Mortal*" copyright © 2011 by Melissa Marr
originalmente publicado em *Enthralled*

Todos os direitos reservados. Nenhuma parte desta obra pode ser reproduzida, ou transmitida por qualquer forma ou meio eletrônico ou mecânico, inclusive fotocópia, gravação ou sistema de armazenagem e recuperação de informação, sem a permissão escrita do editor.

Direitos para a língua portuguesa reservados
com exclusividade para o Brasil à
EDITORA ROCCO LTDA.
Av. Presidente Wilson, 231 – 8º andar
20030-021 – Rio de Janeiro – RJ
Tel.: (21) 3525-2000 – Fax: (21) 3525-2001
rocco@rocco.com.br | www.rocco.com.br

Printed in Brazil/Impresso no Brasil

Preparação de originais
TALITHA PERISSÉ

CIP-Brasil. Catalogação na fonte.
Sindicato Nacional dos Editores de Livros, RJ.

Marr, Melissa
M322c   Contos de fadas & pesadelos / Melissa Marr;
tradução de Daniela P. B. Dias. – Primeira edição.
Rio de Janeiro: Rocco Jovens Leitores, 2014.
Tradução de: Faery Tales & Nightmares
ISBN 978-85-7980-219-5
1. Fantasia – Ficção juvenil americana. I. Dias, Daniela P. B. II. Título.
14-14689
CDD – 028.5
CDU – 087.5

O texto deste livro obedece às normas do Acordo Ortográfico da Língua Portuguesa.

*Para os Rathers
(também conhecidos como
os leitores maravilhosos),
que vêm me dando tantas alegrias
nos últimos anos.*

*Obrigada pelas conversas,
xícaras de chá e ilustrações fantásticas.*

Sumário

Introdução	9
Onde os Pesadelos Rondam	13
O Beijo do Inverno	19
Transformação	31
Fisgada de Amor	67
Velhos Hábitos	117
Parar o Tempo	199
A Arte da Espera	255
Corpo por Conforto	265
A Garota Adormecida e o Rei do Verão	275
Céu de Algodão-Doce	291
Família Inesperada	309
Reles Mortal	349

Introdução

Nem sempre é fácil perceber o caminho quando vocês estão nele, embora as coisas quase sempre costumem parecer bem mais evidentes ao relembrá-las. Em 2004, escrevi um conto chamado "The Sleeping Girl" (A Garota Adormecida), que acabou transformado em romance, que por sua vez se transformou na série Wicked Lovely. Naquela época, eu tinha aderido ao sistema de ensino domiciliar, sendo responsável pela educação dos meus dois filhos. Lia livros de aventuras com meu filho, ficção para jovens adultos com minha filha, e ainda dava aulas na universidade. Alguns anos antes, havia lecionado em dois cursos essenciais nesse processo. Um deles se chamava "Narrativas do Feminino na Infância", e o programa começava discutindo contos de fadas e depois avançava para a análise dos romances. O outro era denominado simplesmente "O Conto". Avaliando agora, é fácil notar a influência que os estudos com os meus filhos e meu trabalho como professora universitária tiveram na decisão de escrever o conto de fadas que iniciou a minha carreira.

Desde então, não parei mais de misturar narrativas de fantasia e elementos do folclore na criação de romances e contos. Eles estão espalhados em antologias, e-books e edições especiais dos meus romances; então pensei que seria bom reunir alguns num único volume.

Grande parte das páginas deste livro está tomada por histórias passadas no universo da série Wicked Lovely. O restante ficou reservado para outros mundos. São narrativas inspiradas pela mitologia e por pesadelos, passadas em lugares que visitei e em situações que imaginei. Entre elas, há um conto com selchies num cenário influenciado por Solana Beach, na Califórnia; uma história de vampiros inspirada em festas que costumava frequentar numa cidadezinha decadente cujo nome não mencionarei; a aparição de um duende ambientada num bosque onde eu costumava colher frutinhas silvestres; e um conto sombrio passado numa certa estância nas montanhas, que deve muito a uma canção da banda Violent Femmes, que eu adoro. Isso, é claro, sem falar no tempo que vocês passarão em companhia das criaturas mágicas da série Wicked Lovely, que têm povoado a minha mente e os meus romances desde 2004. Espero que gostem.

CONTOS DE FADAS
& PESADELOS

Onde os Pesadelos Rondam

O BRILHO ESVERDEADO DOS OLHOS E O HÁLITO SULFUROSO tremulam na neblina conforme os Pesadelos se aproximam. Os cascos afiados dos cavalos cortam o campo, pisoteando tudo em seu caminho.

– Aqui! – brada meu companheiro canino, revelando a minha presença.

Eu nunca soube que ele era capaz de falar, mas não há como confundir a origem do som – e muito menos o fato de que estou encurralada num campo e que há Pesadelos avançando para cima de mim.

O cão estremece, livrando-se do seu feitiço como se fosse água espanada para fora do seu pelo. Sob o disfarce, meu ajudante é um esqueleto bestial com buracos no lugar dos olhos.

– *Fuja* – rosna a criatura –, para que nós possamos nos entregar à perseguição.

Eu até quero fugir, mas, assim como quase todo o resto das coisas que eu quero que minhas pernas façam, correr não é uma opção no momento. Se eu ainda fosse capaz de fugir, não estaria a sós na noite onde os Pesadelos andam à solta. Se eu ainda fosse capaz de correr, teria vestido uma fantasia e ido com meus amigos perambular atrás de doces ou travessuras.

– Eu não posso fugir.

Vou mancando na direção de um carvalho que se projeta como uma sombra no meio do nevoeiro.

O cão monstruoso não tenta me impedir quando largo as muletas e iço o corpo para me empoleirar no galho mais baixo. Ele não me detém quando tento galgar um galho mais alto.

– Depressa! – sua voz grita para os Pesadelos, que estão quase me alcançando.

A única questão que resta é saber quais as pernas, deles ou as minhas, serão mais rápidas.

O Beijo do Inverno

Uma vez – há muitos e muitos anos, antes de a Mudança chegar – existiu uma menina que era filha de um rei. É bom que se diga, isso aconteceu num tempo em que existiam muitos reis, então Nesha não estranhava o fato de ser filha de um rei. E, mesmo não tendo nenhum irmão ou irmã, a princesa era uma garota feliz. Exceto por um único motivo. Nesha trazia consigo o beijo do inverno. Sempre que suspirava, seu hálito emanava uma nuvem gélida. Se soprasse um beijo para o pai do outro lado do salão, flores de gelo se formavam nas bordas de todos os pratos.

No inverno, Nesha podia cobrir de neve cada montanha que desejasse, sem medo. No verão, porém, se por acaso se distraísse e soprasse o pompom branco de um dente-de-leão em flor, ou se numa simples risada deixasse escapar seu hálito gelado, a princesa era capaz de devastar campos inteiros, prejudicando as lavouras, a fonte de sobrevivência de seu povo.

Seu pai construiu uma imensa torre sem janelas para que o ar gélido dela pudesse circular livremente. Mas aquela vida encarcerada fez a princesa chorar de solidão.

Nesha então deixou a torre e foi até o salão principal decidida a conversar com o rei. Admirando os campos que avistava à sua frente através da janela alta, Nesha disse:

– Eu não pertenço a este lugar, com tantos meses de sol e calor.

Ainda que soubesse que a princesa tinha razão, o rei não conseguiu conter suas lágrimas de amor pela filha.

– Fique, Nesha. Nós vamos encontrar uma solução.

Ela se virou, aproximou-se do pai, e recostou a cabeça no ombro dele. Ela pensou em sua torre sem janelas e nos meses de reclusão, pensou no medo que tinha de rir e, involuntariamente, deixar o ar frio escapar por entre seus lábios.

– Não. Tenho que ir.

As lágrimas mornas do rei caíram sobre a face da filha, mas ele nada disse.

Nesha não suspirou nem chorou. Olhou a janela mais uma vez, admirou as lavouras que brotavam nos campos, e se perguntou por que fora vítima de uma maldição tão cruel.

Na manhã seguinte, o rei caminhou com a filha até a entrada da floresta. E deu-lhe apenas um abraço ligeiro.

– Cuide-se.

Depois de derramar algumas lágrimas em silêncio, Nesha apertou os dedos em torno do seu cajado e marchou para dentro da mata escura.

Ela viajou por muitos dias. Num deles, ao anoitecer, sentou-se no tronco de uma árvore caída e se deixou descansar, de olhos fechados. Sua mente foi tomada pela imagem do cinturão gelado que envolvia o extremo norte daquelas terras, pela esperança de chegar logo a seu destino e, ao mesmo tempo, pelo temor de não se sentir acolhida quando isso acontecesse.

Quando Nesha abriu os olhos, um urso-polar estava à sua frente. O urso deitou aos pés da jovem, o pelo reluzia como se tivesse sido untado com óleos raros.

– O que *você* está fazendo aqui? – murmurou ela, com a voz ligeiramente trêmula.

Quando olhou o urso nos olhos e viu o próprio nervosismo refletido neles, Nesha sentiu seu medo desaparecer como uma geada sob o sol de primavera.

– Está se sentindo sozinho também?

Ao dizer isso, ela fechou outra vez os olhos e expirou suavemente – criando uma neve fofa onde o urso pudesse descansar.

O urso-polar se esparramou na sua nova cama de neve e fixou os olhos em Nesha até que ela descesse do tronco caído e fosse sentar-se ao seu lado.

Ela abriu sua trouxa e pegou um generoso pedaço de carne. Tirou uma parte pequena para si e ofereceu o resto ao urso.

O urso-polar aceitou e retirou mansamente da mão da princesa a carne ofertada.

– Talvez nós dois possamos ser solitários juntos. – Em seguida, Nesha deitou-se para descansar no monte de neve ao lado do urso.

Quando despertou, ao raiar da manhã seguinte, ela viu que o urso havia se aconchegado bem junto ao seu corpo, abraçando-a com as patas peludas.

Depois de uma refeição ligeira, Nesha se preparou para retomar a viagem.

O urso permaneceu deitado à sua frente, impassível. Em seguida, ele inclinou um pouco a cabeça para baixo.

Nesha correu a mão pela sua pelagem espessa. Depois, avançou um passo.

– Vamos – disse ela. – Se você vai viajar comigo, temos que partir agora.

O urso-polar contornou o lugar onde Nesha estava e de novo deitou à sua frente.

Ela riu, e mais uma vez avançou.

– Não vamos chegar muito longe se continuarmos com essa brincadeira.

Pela terceira vez, então, o urso saltou à frente. Agora, seu corpanzil estendido na passagem encaixou-se no espaço entre dois rochedos. Nesha não teria como contorná-lo.

Resmungando, ela começou a escalar o urso. Mas, assim que chegou às suas costas, o animal ficou de pé.

– Ah – murmurou ela, espantada por constatar que aquela criatura majestosa estava se oferecendo para carregá-la. E como ainda se sentia muito cansada por causa dos muitos dias de intensa caminhada, não resistiu.

– Se for por pouco tempo, acho que não há mal em aceitar.

E assim, nas costas do urso-polar, Nesha atravessou a floresta. Os únicos sons eram o gorgolejar das águas e dos gritos das criaturas que viviam na copa densa das árvores, acima dos dois. Uma coruja solitária piou do seu poleiro escondido; esquilos tagarelavam na sua linguagem secreta. E, apesar das suas preocupações, Nesha sentiu-se alegre enquanto bamboleava nas costas do urso e desviava dos ramos de pinheiro e dos galhos retorcidos das árvores.

Depois de um tempo, entretanto, o urso-polar começou a reduzir o passo cada vez mais até se deitar, imóvel.

Nesha escorregou para o chão. Ao seu lado havia moitas densas, carregadas de frutas silvestres. Com o focinho, o urso a empurrou delicadamente na direção delas.

– Entendi – disse Nesha. E, sorrindo, começou a colher as frutas.

Enquanto ela fazia isso, o urso desceu pelo barranco até as águas serpenteantes do rio. Com as patas imensas, ele começou a pescar.

Nesha lançou um olhar para o urso, que, de pé na água fria, recolhia mais alimento.

– Mas que animal inteligente você é!

Depois de um tempo, como ele demorou a retornar, Nesha deixou de lado as frutas que havia colhido e foi até a beirada do barranco enlameado. Lá embaixo, avistou o urso primeiro examinando os peixes que pegara e depois erguendo os olhos para o barranco.

Ele não tem como os trazer aqui para cima, percebeu Nesha. Com passos vacilantes, ela desceu até o rio, agarrando-se às minúsculas folhas das mudas que cresciam ali para se equilibrar no caminho.

– Eu ajudo – falou, encarando o urso. Ela soprou de leve sobre os peixes, congelando-os para que ficassem mais fáceis de carregar, e os embrulhou num pano que havia na sua trouxa.

O urso-polar roçou o focinho no ombro da jovem, que entendeu como um gesto de amizade. Em seguida, como não conseguia deitar nas plantas espinhentas da margem do rio, se agachou para que a princesa pudesse subir nas suas costas.

Assim que Nesha se acomodou, o urso escalou depressa o barranco e retomou o trajeto. A princesa acariciou distraidamente o animal, sentindo a pelagem macia e a gratidão por ter encontrado um companheiro de viagem.

Com isso, Nesha se esqueceu do sofrimento de ser amaldiçoada. Juntos, ela e o urso encontraram um ritmo próprio, parando para conseguir comida sempre que surgia uma oportunidade, depois seguindo viagem pelo meio da mata silenciosa.

Embora muitas vezes ainda pensasse na sua casa e no pai, depois de ter viajado na companhia do urso-polar por um ciclo inteiro da lua cheia, Nesha já não conseguia imaginar sua vida sem ele. Todas as noites, os dois se aconchegavam no ninho de neve que a princesa soprava. De dia, ela viajava acomodada na sua pelagem macia, contemplando as terras cada vez mais geladas à sua volta. Árvores altas pontilhavam a paisagem, uma camada de gelo espessa começava a cobrir o rio.

– Eu nunca vi nada mais lindo – sussurrou ela.

O urso virou-se para olhar na direção dela por um instante e, soltando um quase rosnado, logo seguiu adiante.

Nesha sabia que aquele urso não era um animal comum. E, à medida que a viagem foi avançando, ela percebeu que o caminho que ambos trilhavam era uma rota previamente conhecida por ele. Sempre que tentava sugerir um rumo diferente, o urso se deitava no chão e recusava a continuar.

Uma noite, depois que já estavam mais próximos das terras frias, o urso a levou até uma caverna. O teto era recoberto por estalactites, que pareciam esculpidas em gelo, com pequenos filetes de água escorrendo por elas.

– Para onde estamos indo? Você me trouxe para a sua casa? – sussurrou Nesha.

O urso simplesmente a encarou.

– Haverá outros como você lá dentro? E se eles não forem tão bondosos? – Ela inclinou mais o corpo na direção do urso.

Ele se aproximou. O focinho pesou sobre o ombro da princesa.

– Desculpe – murmurou ela, acariciando delicadamente a cabeça do animal. Ela fechou os olhos. – Você tem sido uma companhia maravilhosa, mas eu sinto falta de ouvir vozes humanas. Sinto muita falta de...

E a voz de Nesha sumiu. A pelagem espessa que acariciava, de repente, se transformara. Em vez dos pelos ásperos, sua pele repousava agora numa cabeleira sedosa. Ela se afastou abruptamente e abriu os olhos.

Ao seu lado, naquele instante, havia um rapaz de pé. Seus cabelos, escuros como o céu noturno, eram compridos como um pesado cobertor que, descendo até o chão, ocultava uma silhueta humana.

– Mas onde... Quem? – Nesha recuou, as palavras faltando enquanto seus olhos não desgrudavam do jovem. Freneticamente, ela começou a procurar pelo urso-polar.

– Eu não tinha outra maneira de lhe mostrar – disse ele, sem fazer qualquer movimento na direção de Nesha. – Mas agora que chegamos ao meu povoado...

– Povoado? – Nesha correu os olhos ao seu redor.

Dos túneis da caverna emergiram outros ursos-polares, alguns acompanhados por filhotes.

O rapaz assentiu.

– A minha casa...

— Onde está o meu urso-polar? — Nesha já sabia a resposta, mas precisava ouvi-la.

— Eu estou aqui. — O rapaz deu um passo na sua direção, com as mãos estendidas. Ele vestia roupas feitas de um tecido marrom pesado, decoradas com contas de marfim. Sobre elas, usava uma capa de pele. — Fui eu que pesquei para nós os peixes que comemos. — E fez um gesto na direção das brasas ainda vivas no chão da caverna onde tinham preparado a sua refeição. — E fui eu que carreguei você pelo meio da chuva e através do desfiladeiro.

— Você é humano!

— Sou. — Ele deu um sorriso hesitante. — E sou também o animal que dormiu nos ninhos de neve que você soprou. O meu povo não vive preso a uma única forma... Meu nome é Bjarn.

Nesha se sentou. Nunca tinha ouvido algo tão estranho quanto o que ele acabara de dizer, mas, à medida que observava seus movimentos, ela percebeu que era verdade. O rapaz-que-antes-era-urso inclinava de leve a cabeça quando ouvia suas palavras, do mesmo jeito que o urso costumava fazer. E os olhos espantosamente negros que a fitavam naquele rosto humano eram os mesmos que a encararam todas as manhãs ao longo daquela jornada, assim que acordava. Bjarn falava a verdade.

Nesha não sabia o que perguntar primeiro.

— Por que viajou comigo? Por que me trouxe até aqui?

Por um instante, Bjarn ficou em silêncio. Quando falou, sua voz saiu rouca.

— As terras estão cada vez mais quentes. O meu povo sofre com o calor. Nos meses em que o frio diminui, nós adoecemos. — Bjarn sentou-se à frente de Nesha e tomou as mãos dela nas suas. — O seu dom... Ele traria paz ao meu povo. Nossos idosos são os maiores prejudicados quando o calor aumenta demais. Mas eu não sou hábil com as palavras. Pensei que, se levasse você até meu pai, ele saberia o que lhe dizer. – Bjarn correu os olhos pelos outros ursos e depois voltou a fitar a princesa. – Pode ficar conosco por um tempo?

Nesha imaginou o seu sopro amaldiçoado acalentando as pessoas, numa vida em que ela não seria mais temida.

– E se eu quisesse voltar para casa nos meses mais frios?

Bjarn tinha um ar solene quando disse:

– Eu carrego você até lá se esse for o seu desejo. Ou, se preferir, há outros que podem cumprir essa tarefa.

Enquanto refletia sobre o que acabara de ouvir, Nesha examinou o grupo de ursos que aguardava ao redor. A maioria estava acomodava em reentrâncias nas rochas, enquanto alguns brincavam de luta com os filhotes. Ela voltou a olhar Bjarn. Embora sua forma agora fosse diferente, ele continuava sendo a mesma criatura gentil que fora como urso.

– Eu prefiro que *você* viaje comigo.

– Para mim será um prazer. – Sorrindo, ele ofereceu a mão para que ela se levantasse.

Agarrada à mão dele, Nesha se virou na direção das entradas dos túneis.

– Eu posso ser apresentada aos outros?

Bjarn abriu um novo sorriso e acenou para os ursos-polares. Um dos maiores bamboleou para tomar a frente do grupo.

– A minha avó permanece quase sempre nessa forma, já que os períodos de neve espessa agora andam tão breves. – Bjarn repousou o rosto sobre a cabeça do grande animal, numa espécie de abraço. – Foi ela quem ouviu os rumores sobre você, sobre o seu dom, e então viajei para encontrá-la...

– Obrigada – murmurou Nesha para a ursa, feliz por ouvir seu sopro frio sendo chamado de dom e por ter encontrado um lar onde seria acolhida nos meses que passaria longe das terras do pai.

O animal roçou o focinho no braço da princesa.

Bjarn apontou para um grupo de filhotes que rolavam pelo chão a uma distância perigosamente curta de um feixe de estalagmites.

– As mais jovens, minhas irmãs, permanecem na sua forma peluda o máximo de tempo que conseguem. Elas apostam corrida pelos túneis da caverna. – Ele fez uma pausa para sacudir a cabeça enquanto uma das pequenas disparava atabalhoadamente na direção de um urso maior. – Elas só param quando meu pai resolve levá-las para explorar as dunas de gelo lá fora e assim dar um pouco de tranquilidade aos mais velhos.

Os dois ficaram ali, conversando noite adentro, a menina que levava o beijo do inverno e o menino que era um urso.

Assim, teve início a nova vida dos dois. Bjarn ainda carregava Nesha quando ambos saíam durante o dia, mas agora eram acompanhados pela família dele. E, pela primeira vez na vida, Nesha podia rir livremente, lançando rajadas de neve que dançavam acima das encostas. A sua nova família-que-era-de-ursos não tinha medo nenhum; em vez disso, eles rodopiavam e riam junto com ela no meio das nuvens de ar gelado. Quando voltavam para a caverna, Bjarn andava de mãos dadas com a princesa ouvindo-a falar sobre sua vida e seus sonhos, ao mesmo tempo em que ele revelava os seus para ela.

E nessa rotina as suas vidas correram por muitos meses.

Então, numa tarde de inverno, sob um céu carregado de neve, Nesha disse a Bjarn:

– Quero que você vá comigo ver o meu pai.

– Para ficar? – perguntou ele.

– Não. O meu lugar é aqui. – Ela fez um gesto na direção da planície coberta de branco onde filhotes de urso escorregavam em círculos. – Com eles, com *você*. Agora e sempre.

– Sempre – repetiu baixinho Bjarn.

E foi assim que Nesha trocou o primeiro de muitos beijos com Bjarn, o menino-que-havia-se-tornado-o-seu-amor.

Transformação

AMANHÃ

Sebastian pousou o corpo no chão, no meio de uma alameda de terra e cascalhos, na parte mais distante do cemitério.

– Encruzilhadas são importantes, Eliana.

Desembainhando a lâmina comprida e estreita, ele abriu uma fenda na barriga. Mergulhou seu antebraço inteiro dentro do corpo. Com a outra mão, aquela que segurava a faca, pressionou o peito dela.

– Até este momento, ela poderia voltar a si.

Eliana nada dizia. Nada fazia.

– Mas corações também são importantes. – E puxou o braço de volta, os dedos agarrados a algo vermelho e escorregadio.

Ele atirou a coisa para Eliana.

– Isso terá que ser enterrado em solo sagrado, e ela... – Ele se levantou, tirou a camisa, limpou o sangue do braço e da mão. – Ela precisará ser deixada numa encruzilhada.

Com medo de que caísse, Eliana agarrou o coração com ambas as mãos. Não que importasse, de jeito nenhum, mas ela não queria deixá-lo cair na terra. *Que é onde o deixaremos no fim.* Mas enterrar lhe parecia diferente de simplesmente deixar o coração cair na terra.

Sebastian pegou uma coisa do bolso, abriu a boca do cadáver e a inseriu entre os seus lábios.

– Hóstias, objetos sagrados de qualquer religião, devem ser postos na boca. Antes também costurávamos para mantê-la fechada, mas hoje em dia isso chama muita atenção.

– E corpos sem coração não chamam?

– Chamam. – Ele deu de ombros.

Eliana descolou o olhar do coração que tinha nas mãos e indagou:

– Porém?

– Você precisa aprender as maneiras de impedir que os mortos acordem, e, além disso, estou sentimental hoje. – Ele rumou de volta para a cripta onde os dois haviam guardado o resto das suas roupas, deixando para ela a escolha de ir atrás ou não.

HOJE

– Eu volto logo – anunciou Eliana, saindo pela porta da cozinha. A porta de tela bateu às suas costas, e o assoalho da varanda rangeu sob seus passos. Às vezes ela pensava que seus tios deixavam as coisas chegarem àquele estado caquético porque assim seria impossível alguém espiar dentro – *ou fora* – da casa. Mas isso obviamente se eles reparassem que ela estava lá.

Por que seriam eles diferentes das outras pessoas?

Ela foi se sentar numa cadeira de jardim gasta que tinha sido deixada em frente à piscina de plástico no meio do gramado malcuidado da casa. Os filhos da prima tinham-nos visitado há uns dias, e ninguém se dera ao trabalho de guardar a piscininha depois. O ar estava tão úmido que a ideia de enchê-la com a mangueira e deitar na água para olhar as estrelas não lhe pareceu nem um pouco ruim.

Exceto pela parte que eu teria que levantar daqui.

Eliana fechou os olhos e recostou a cabeça para trás. Sentiu uma pontada no canto do olho, uma daquelas dores de cabeça que costumavam visitá-la quase todos os dias nos últimos meses. O médico dissera que devia ser enxaqueca, ou uma dor causada por estresse, ou então TPM. Para ela, pouco importava a origem contanto que a dor fosse embora. Mas o remédio receitado não resolvera – além de custar mais dinheiro do que a tia achava razoável pagar por tão pouco resultado.

Passando para o Plano B: automedicação.

Ela dobrou a barra da saia para cima para que não arrastasse na lama, apoiou as botas na borda da piscina de plástico e reparou que estava com mais um hematoma na panturrilha. Os hematomas e as dores de cabeça a assustavam, fazendo-a pensar que talvez houvesse algo de muito errado acontecendo, mas ninguém além dela parecia se importar.

Fechando os olhos, Eliana esperou seu remédio chegar.

– Por que está dormindo aqui fora? – Gregory lançou um olhar para a varanda vazia na frente da casa. – Está tudo bem?

– Está. – Ela piscou algumas vezes e o encarou. – É só outra dor de cabeça daquelas. Que horas são?

– Eu me atrasei, mas... – Pegando-a pelas mãos, ele puxou-a para si até que Eliana ficasse de pé. – Vou compensar o atraso. Tenho uma surpresa.

Ele colocou um comprimido na mão dela. Eliana não se deu ao trabalho de perguntar o que era. Não importava. Depois de jogá-lo na boca, estendeu a mão. Gregory lhe passou uma garrafa de refrigerante. Ela tirou o gosto do comprimido misturando refrigerante com uma bebida alcoólica não identificada de Gregory. Diferente do que acontecia com os comprimidos ou outras drogas, encontrar bebida de qualidade não era tarefa fácil.

Os dois caminharam em silêncio por algumas quadras até que ele acendeu um baseado. A julgar pela aparência das fachadas escuras no caminho, era tarde o suficiente para que os dois não cruzassem com ninguém sentado nos degraus de entrada de casa ou brincando com crianças no quintal. E, mesmo que alguém os visse, não saberia ao certo se aquilo era um cigarro comum. Afinal, como Gregory quase não estava fumando, não havia aquele passar constante de mão em mão que certamente os denunciaria.

– Dores de cabeça que fazem uma pessoa perder tantas horas não podem ser... – ela sugou, jogando a fumaça atordoante para dentro da sua garganta e dos pulmões – ...normais. Aquele médico... – e soprou de volta – ... é uma piada.

Gregory passou o braço pela sua cintura.

– Perder horas?

Eliana assentiu. O médico lhe lançou um olhar desconfiado e fez perguntas a respeito do uso de drogas quando ela relatou a sensação de estar literalmente perdendo tempo, mas até aquela altura não havia droga nenhuma na jogada. As drogas só chegaram depois que ele não conseguiu lhe dar o diagnóstico. Eliana tentara analgésicos variados, parar com o refrigerante, mudar a alimentação. As dores e os hematomas continuaram acontecendo. *E aquela questão com o tempo também.*

– Vai ver que você precisa só, tipo, desestressar um pouco. – Gregory lhe deu um beijo na nuca.

Eliana nem se deu o trabalho de revirar os olhos. Não que o cara fosse um mau sujeito, e ela também não estava procurando a sua alma gêmea. Os dois nunca haviam conversado sobre o assunto, mas o esquema entre eles parecia ser bem objetivo: ele conseguia os comprimidos, que funcionavam melhor do que qualquer outra coisa que Eliana tomara para sua dor de cabeça, e ela fazia o papel da namorada. Com grandes vantagens para o seu próprio lado, já que ficava com os remédios e tinha acesso garantido a todas as festas. Aquelas dores de cabeça transformaram a rata de livros que vivia dentro de casa na mais animada das baladeiras num espaço de poucos meses.

– Chegamos – murmurou Gregory.

Ela tomou a sua segunda dose da noite junto aos portões do Saint Bartholomew.

– Vem logo, El. – Ele soltou a sua cintura para poder abrir o portão de entrada do cemitério. Supostamente deveria estar trancado, mas o cadeado era mais decoração que qualquer outra coisa. Eliana ficou contente com esse detalhe – ter que escalar a cerca, principalmente de saia, pediria mais espírito de aventura do que ela estava disposta a ter naquela noite.

Depois que Gregory empurrou o portão de volta e ajeitou o cadeado para que parecesse estar fechado, ele pegou a mão da jovem.

Ela se imaginou segurando uma piteira comprida numa boate toda enfumaçada. Ele estaria metido numa roupa elegante, e ela balançaria as franjas de um vestido de melindrosa. Ele a teria resgatado de um emprego sem graça para ser sua parceira no crime. E a noite dos dois seria uma festa sem fim, para comemorar o assalto a banco que...

– Anda. – Ele a puxou na direção da ladeira que subia um morro perto dos mausoléus mais antigos.

A grama estava escorregadia com as gotas de orvalho que brilhavam sob a luz do luar. Eliana se obrigou a concentrar a atenção nos próprios pés. O mundo parecia girar um tanto acelerado à medida que o coquetel para a sua dor de cabeça fazia efeito. Chegando ao topo, parou e deu uma tragada mais forte no baseado. Às vezes, seria capaz de jurar que podia sentir a fumaça se retorcendo na língua, sua forma murmurante capturada pela sucção dos pulmões.

Gregory esgueirou a mão fria por baixo da blusa de Eliana, e ela fechou os olhos. A dureza da lápide contra suas costas era o que a mantinha de pé. *Pedras me segurando no lugar e a fumaça me tirando do chão.*

– Por favor, Eliana. – Os lábios dele estavam colados ao seu pescoço. – Eu preciso de você.

Ela se concentrou no peso da fumaça nos seus pulmões, no rastro que a bebida barata deixara nos lábios, na sensação gostosa de tudo em contato com a sua pele. Se Gregory pelo menos parasse de falar. Se parasse de respirar, se... *Se ele fosse outra pessoa,* ela admitiu para si mesma. *Outra coisa.*

O hálito dele aquecia sua nuca.

Ela começou a imaginar que o hálito devia estar quente porque ele havia sugado a vida de alguém, porque acabara de roubar as últimas gotas de vida de alguma pessoa desprezível. *Tão desprezível que...* Mas esse pensamento estava ameaçando cortar a sua onda, e então Eliana voltou o foco para as outras partes da sua fantasia: ele só matava pessoas do mal, e havia acabado de salvá-la de algo terrível. Agora, estava na hora de ela lhe mostrar a sua gratidão.

– Estou bem aqui – sussurrou. E, acomodando o corpo no chão, ergueu os olhos para fitá-lo.

– Assim ao relento?

– Assim. – Ela recostou o corpo numa pedra, inclinou a cabeça e puxou os cabelos por cima do ombro para que o pescoço ficasse exposto.

Permissão para mergulhar as suas presas em mim... Ele me pediu. Ele sempre pedia primeiro.

Gregory ajoelhou-se diante dela e beijou seu pescoço. Mas não possuía presas compridas. A pulsação era forte, e o corpo, quente. Ele não se parecia em nada com as histórias, com os personagens sobre os quais Eliana lia antes de pegar no sono à noite, com o rosto indistinto que povoava suas fantasias. Gregory estava ali, isso bastava.

Ela deslizou o corpo um pouco para o lado, até se deitar na grama.

Gregory continuava beijando seu pescoço, o ombro, a faixa estreita de pele à mostra na linha do decote. Não era isso o que Eliana queria. *Ele* não era o que ela queria.

– Me morda.

Ele se afastou e a encarou com os olhos arregalados.

– Elian...

– *Morda* – repetiu ela.

Ele mordiscou, e ela virou a cabeça para encarar a lápide. Com o dedo, acompanhou o traçado das letras: A MORTE NÃO EXISTE. AQUILO QUE CHAMAM DE MORTE É APENAS TRANSFORMAÇÃO.

– Transformação – sussurrou. Era isto que ela queria: transformar-se em algo novo. Mas, em vez disso, fora parar ali, deitada na grama molhada de orvalho, encarando o anjo sem asas que estava pousado na cripta atrás de Gregory. Ocupando a parte central, acomodado bem acima da moldura da porta de um mausoléu, era como se ele a encarasse de volta.

Um tremor tomou conta do seu corpo, e ela passou a língua nos lábios.

Gregory estava erguendo a sua camiseta. Eliana deixou escapar um suspiro que foi tomado como sinal de encorajamento. Um suspiro, porém, que não fora para ele, e sim para a fantasia que vinha tomando conta dos pensamentos da menina todas as noites.

Eliana nunca conseguia enxergar o rosto do monstro. Mas ele a encontrava sempre, mesmo assim, trazendo promessas sussurradas e prazeres cortantes, e ela dizia sim. Embora não se lembrasse das perguntas, ela sabia que ele a interrogava. Esse detalhe era mais claro que todo o resto. Então as fantasias não deveriam ser assim claras? Essa era a questão, aliás: o propósito das fantasias era justamente serem construções detalhadas da imaginação capazes de compensar a realidade árida.

Eliana abriu os olhos, desvencilhando-se de suas fantasias enquanto sentia a dor de cabeça ameaçar retornar, e viu uma garota subindo a ladeira na direção deles. Um par de botas brilhantes de cano alto cobria suas pernas quase até a altura da saia preta curta, mas lá em cima – logo abaixo da bainha da saia muito preta – uma nesga de pele branca interrompia a escuridão do vinil e da seda.

– Gory! Você foi embora da festa antes de a gente chegar. Eu tinha *avisado* que queria ver você hoje.

Gregory lançou um olhar por cima do ombro.

– Nikki. Estou meio ocupado aqui.

Sem se abalar, Nikki se empoleirou na lápide que havia ao lado da cabeça de Eliana e espiou os dois.

– E você aí, qual é o *seu* nome?

– El... Eliana.

– Foi mal, El – murmurou Gregory. E afastou um pouco o corpo para o lado, apoiando-se num dos cotovelos e lançando um sorriso para Nikki. – Que tal se a gente for encontrar você depois?

– A questão é que eu estou aqui agora. – Nikki balançou os pés pendurados no ar e colou os olhos em Eliana.

Ela piscou, tentando recuperar o foco. Não deu muito certo: o anjo sem asas agora parecia estar pousado em outro túmulo. Ela desviou a atenção dele para olhar para Gregory.

TRANSFORMAÇÃO

– Minha cabeça voltou a doer, Gory.
– Shhh, El. Está tudo bem. – Ele passou a mão de leve nos seus cabelos e olhou para Nikki. – É melhor você dar uma volta.
– Mas eu tinha uma pergunta para fazer a *Elly*. – Nikki levantou da lápide com um pulo, ficando de pé ao lado de onde eles estavam. – Você e o Gory estão apaixonados, querida Elly? Ele é o cara da sua vida, aquele por quem você seria capaz de morrer?

Eliana não sabia muito bem quem era aquela garota, mas estava se sentindo grogue demais para mentir.

– Não.
– El... – Gregory rolou outra vez, ficando com o corpo por cima do dela. Seus olhos estavam arregalados numa reação que parecia ser de espanto verdadeiro.

Nikki passou uma das pernas pelas costas de Gregory, postando-se agora bem em cima do casal. E curvou o corpo para olhar Eliana nos olhos.

– Então quer dizer que já conheceu outro? Alguém com quem você sonhava...

– Nicole, pare com isso – falou outra voz.

Por um instante bizarro, Eliana achou que o anjo da cripta havia falado. Ela quis olhar na direção dele, mas Nikki segurou o rosto da jovem para que olhasse somente para a visitante.

– É normal que anjos de pedra falem assim? – sussurrou Eliana.

– Pobre Gory. – Nikki sacudiu a cabeça, e depois colou o corpo ao de Gregory. – Morrer por uma garota que nem o considera especial. É muito triste.

Ele começou a tentar afastá-la.

– Isso não tem gr...

Nikki pressionou o corpo com mais força contra as suas costas.

– Você parece ser um cara legal, e pensei que merecia que seus últimos minutos fossem especiais. Juro que foi isso mesmo que planejei, mas... – Num movimento rápido, ela abriu a garganta de Gregory com uma faca curta. – Você fala demais.

Uma chuva de sangue atingiu Eliana, na grama, e Nikki.

E então Nikki cravou os dentes na carne já ensanguentada do pescoço dele.

Gregory arqueou e torceu o corpo tentando se libertar, tentando fugir, mas Nikki estava montada nas suas costas, bebendo seu sangue e empurrando-o contra Eliana.

Ela começou a gritar, mas Nikki tapou sua boca e seu nariz.

– Calada, Elly!

E assim Eliana não podia se mexer, nem virar a cabeça, nem respirar. Ela ficou olhando para Nikki, que agora passava a língua para tirar o sangue de Gregory dos seus lábios, sentindo a pressão no peito aumentar. Ela tentou mexer as pernas, ainda imprensadas debaixo do corpo de Gregory; tentou sem sucesso agarrar os pulsos de Nikki. Arranhando e batendo em Nikki, ela viu tudo ficar escuro. Estava sendo sufocada.

A terra do cemitério enchia a boca de Eliana, e havia uma sensação de umidade cobrindo todo o seu corpo. Ela abriu os olhos, piscou algumas vezes e cuspiu a terra. Era só o que conseguia fazer por enquanto. O corpo lhe parecia diferente: os nervos enviavam mensagens depressa demais, a língua e o nariz sorviam mais sabores e aromas do que era capaz de identificar com cada lufada de ar, e a própria respiração estava mudada. Ela parou de respirar, esperando por um aperto no peito, que

TRANSFORMAÇÃO

começasse a arfar descontroladamente, esperando *algo*. Que não aconteceu. A respiração agora era para provar os cheiros e gostos trazidos pelo ar, não para encher os pulmões. Cuidadosamente, Eliana virou a cabeça para o lado.

Embora não estivesse no mesmo lugar, o mesmo anjo sem asas a observava do alto de uma lápide.

Ele estava vivo. Os olhos que a examinavam eram escuros como uma sombra, e Eliana se pegou pensando em como tinha sido capaz de confundi-lo com uma escultura. *Foi porque antes eu não conseguia enxergar com essa clareza... nem farejar... nem ouvir.* Ela engoliu em seco fazendo um barulho alto quando percebeu o que exatamente não conseguira ouvir: o anjo que a vira morrer também não estava vivo.

Eliana passou a mão pelas pálpebras, limpando uma substância pegajosa. Não haviam se passado muitas horas – *ela achava que não* – desde que aplicara uma camada grossa de máscara nos cílios e desenhara o risco com o delineador preto. Mas não foi delineador que a sua mão espalhou na têmpora. *Não.* A lembrança do sangue de Gregory jorrando no seu rosto voltou num turbilhão.

Eliana conseguia ouvir os passos das pessoas caminhando do lado de fora do cemitério, podia sentir o cheiro exótico do perfume que o anjo no alto da cripta usava, e ainda tinha na boca o gosto da terra que cuspira. *E sangue.* O sangue de Gregory estava em seus lábios. Num gesto impensado, ela ergueu a mão para lamber o sangue seco cheio de terra – e o gosto dele não lhe pareceu repugnante nem perturbador.

– Olha pra cima. – Uma bota apareceu ao seu lado.

Sem olhar, Eliana agarrou a bota. Ela sentiu a textura lisa do vinil sobre o músculo bem delineado da perna. Ainda segurando a bota, desviou sua atenção do anjo na cripta para encarar a dona do calçado.

– Nikki – Eliana falou. – Você é a Nikki.
– Na mosca. – Nikki se agachou. – Agora levante daí.
Eliana agora se sentia sóbria – ou talvez tivesse enlouquecido de vez.

Seu rosto estava úmido de sangue e lama, e o corpo, apoiado num monte de terra revirada. Não era um buraco. Ela não fora sepultada *debaixo* da terra. Em vez disso, estava deitada de costas sobre a terra.

Do mesmo jeito que eu estava quando Nikki matou Gory... e me matou.

Mas o luar sobre o corpo sujo de Eliana provocava uma sensação de energia pura, levando embora a confusão mental, deixando-a renovada. A luz da lua banhara a terra onde ela estava deitada, e a energia das duas juntas pinicava sua pele como milhares de dentinhos minúsculos mordendo seu corpo todo. Ela só queria poder ficar ali, encharcada de luar e de terra, até que tudo voltasse a fazer sentido.

– Levante-se. – Nikki entrelaçou os dedos nos cabelos de Eliana e puxou.

Eliana acompanhou o movimento desejando poder parar, ou pelo menos fazer uma pausa por mais tempo na terra recém-revolvida. *Pelo menos ainda tenho o luar me banhando.* A sensação era de um chuvisco muito leve: tangível, embora delicado demais para ser capturado.

Ela deu alguns passos para trás, e Nikki soltou seus cabelos.

– Você me *matou* – Eliana disse. Não em tom de pergunta ou de acusação, mas indicando que aquilo era algo que acontecera. Tudo lhe parecia incerto; as lembranças, a realidade e a lógica não estavam se encaixando de maneira coerente. – Fui sufocada.

– É verdade. – Nikki foi até a cripta onde o anjo estivera pousado e abriu a porta com um puxão. – Venha, ou vai começar a sentir fome.

O anjo da cripta surgiu entre Eliana e Nikki.

– Mate-a e acabe com isso, Nicole. Esses jogos sempre acabam ficando entediantes. Você já deixou claro o que pretendia mostrar.

– Não comece a bancar o difícil, ou... – Ela ficou na ponta dos pés e lhe deu um beijo. – ... Você acaba faminto também.

O anjo não se mexeu, nem quando Nikki apoiou todo o seu peso contra ele. A expressão no seu rosto não se abalou.

– Está achando que ela tem importância? É só uma garota.

– Não. Olhe só. – Nikki agarrou Eliana pelo braço e sacudiu. – A *prova* de que você a escolheu. *Novamente*. Quantas delas já foram até agora? Vinte? Cinquenta?

– Eu me descuidei. – O anjo deu de ombros. – Atormentá-la desse jeito é tolice, mas se diverte você...

Nikki o encarou, a mão apertando com mais força o braço de Eliana. E então, ainda segurando-a, caminhou para dentro da cripta.

– Vá se lavar. Tem água ali. – Nikki apontou para um canto, onde havia um *cooler* cheio de gelo derretendo. – E quanto à roupa... Humm?

Enquanto Eliana ajoelhou-se em frente ao gelo, Nikki virou a cabeça para olhar o anjo, que se postara do lado de fora. Ela abriu um baú de madeira encostado num canto.

– O que você acha?

– Nada que vá querer ouvir. – E, dizendo isso, ele foi embora.

Sebastian observava Eliana, cada vez mais incerto. Tentara escolher uma que parecesse forte dessa vez. *Sangue e luar.*

Essa era a chave. *Mortas sob a lua cheia já com bastante sangue vampiro circulando nas suas veias.* Por dois meses, ele a mantivera escondida, alimentando-a, preparando-a, e ainda assim ela se portava como uma ovelhinha estúpida.

Nicole sempre esperava para ver se elas acordariam. Ela sabia bem como ele podia ser infiel, mas sempre mantinha a esperança. Às vezes, as garotas recém-mortas não haviam recebido uma quantidade do sangue dele suficiente para despertarem de volta. Nicole as considerava vitórias, como se matá-las antes que tivessem recebido bastante sangue significasse que ela ainda era especial. E não era. Se pudesse matá-la, Sebastian já teria feito isso há décadas. Mas o sangue de Nicole fora o veículo da sua transformação, e vampiros não podem matar aqueles cujo sangue os recriou. *Assim como os mortais não podem nos matar.* Isso fazia com que lhe restassem poucas alternativas.

– O que você está fazendo? – Nicole tinha ido atrás dele. Ela empurrou o rosto dele contra a parede de outro mausoléu. – Não pode simplesmente virar as costas e ir embora quando eu lhe faço uma pergunta! Como eu vou fazer se tiver que *adivinhar* como a roupa ficou? E se...

– Você está linda, Nicole. – Ele enxugou uma gota de sangue da testa.

– Mesmo?

– Sempre.

Sebastian estendeu o sangue na ponta do dedo, e ela o limpou com um beijo.

Não fazia sentido discutir com Nicole. Isso só adiaria o inevitável, e ele não estava disposto a vê-la descontar o mau humor na vampirinha ainda grogue que observava os dois da entrada da cripta onde fora deixada.

– Ela precisa de ajuda. – Ele manteve a voz neutra.

O olhar de Nicole acompanhou o seu até a garota, que tremia.

– Então trate de arrumá-la. Eu quero sair para brincar antes de matá-la.

– Você tem certeza?

Com uma vulnerabilidade que um dia ele já havia achado adorável, Nicole indagou:

– Isso incomoda você? Quer dizer que ela é importante, então?

– Não – Sebastian murmurou. – De maneira nenhuma.

O anjo e Nicole voltaram. Uma voz fraca dentro do seu peito sussurrava que Eliana não devia estar ali, que ficar dentro da cripta imunda não era bom, mas nesse momento Nicole abriu um sorriso, e a sua mente ficou turva.

– Sebastian vai dizer o que você deve vestir, Elly.

Ela estendeu a mão com a palma voltada para cima. Obediente, Eliana ofereceu o braço, e Nicole ergueu a sua mão até a altura dos lábios.

– Não diga nada – sussurrou Nicole antes de beijar as pontas dos dedos de Eliana, uma por uma. – Está bem?

– Está bem – respondeu Eliana.

– Eu... – Nicole quebrou-lhe um dedo. – Eu disse... – E mais um. – Para você... – E outro. – Não falar.

A dor fez Eliana cambalear para trás.

Sebastian a amparou. Ele abraçou-lhe o corpo contra o seu, impedindo que ela caísse.

– Botões. – Nicole apontou para o baú de madeira. – Há uma calça que abotoa até o alto em cada perna. Ela pode ficar com essa.

Eliana ficou olhando enquanto ela saía. Depois que Nikki havia sumido de vista, algum tipo de clareza voltou à sua mente.

— Eu me lembro de você. — Ela encarou Sebastian. — Eu o vi em *algum lugar...* Eu o conheço.

Ele não respondeu. Em vez disso, estendeu-lhe uma calça pontilhada de botões minúsculos que iam da altura de cada tornozelo até o quadril.

— Por que isto está acontecendo? — indagou. — Eu não compreendo.

Ao ver que ela não se mexia, ele se abaixou para tirar seus sapatos com um puxão. A movimentação, a sensação de proximidade, tudo pareceu familiar.

— Você acabou de acordar, Eliana. Essa confusão mental vai melhorar.

— Não — esclareceu Eliana. — Por que ela me matou? Por que me machucou?

— Porque ela pode. — Ele puxou sua saia jeans enlameada e a camisa respingada de sangue, deixando-a só de calcinha e sutiã. Em silêncio, pescou uma camiseta de dentro do baú, mergulhou na água do gelo derretido e começou a limpar o sangue da sua pele.

— Você consegue fazer isto? — indagou Sebastian. — Do jeito que eu estou fazendo?

Eliana agarrou a camiseta molhada. A dor que sentia na mão deveria ter feito lágrimas brotarem dos seus olhos. *Muitas coisas deveriam fazê-la chorar.* Ela queria escapar, ficar longe de Nikki. *E dele... eu acho.* A mão estava latejando, mas a fome que corroía suas entranhas era pior.

— Sou muito mais capaz do que imagina.

Sebastian trocou o que vestia por uma camisa preta, e, numa atitude um tanto esquisita, enfiou uma echarpe de seda escura no bolso da calça. A sua expressão não se abalou enquanto ele fazia isso.

— Não vamos falar isso para Nicole.

— Ela me matou... e matou Gory, mas... — Eliana estremeceu enquanto limpava o sangue de Gregory da pele, e se sentiu culpada quando a visão da mancha vermelha fez sua barriga roncar. — Mas eu não... ela... você...

— Somos iguais a você. Mortos. Mortos-vivos. Vampiros. Chame como quiser. — Sebastian tomou a camiseta molhada de volta e estendeu a calça na sua direção. — Vista-se.

— Agora eu estou entendendo a sua escolha. — A voz de Nikki chamou a atenção de Eliana. — Será quase uma pena quando ela morrer.

Seus olhos se voltaram para a outra. *Quando eu morrer?* E em seguida procuraram Sebastian. *Ele me escolheu? Para quê?* Nenhum dos vampiros se mexeu por um instante; ninguém falou. Eliana não sabia ao certo se queria expor suas indagações em voz alta – ou se isso faria alguma diferença.

— Nós estamos prontos para ir agora – disse ela.

Eu não estou pronta para nada disso. Essa é a verdade. Mas o fato era que não havia muitas alternativas ao seu alcance, e Eliana tinha quase certeza de que sair do cemitério seria um bom primeiro passo rumo a algo. *De preferência algo que não inclua a minha morte. Outra vez.*

Sebastian tomou Nicole nos braços. Ele vira Eliana observando os dois, percebera a forma como Eliana havia ponderado e avaliado o que podia compreender daquela situação, e ficara animado com isso. A nova vampira estava plenamente alerta e instigada e não guardava qualquer lembrança dele. Depois de tantas garotas mortas, finalmente ele havia encontrado a certa. *Deve ter sido isso que Nicole sentiu quando ela me encontrou.* Era quase bom o bastante para fazer com que ele a perdoasse. *Quase.*

— Vamos jantar, Nik. — Ele não conseguiu disfarçar o tremor na voz.

Nicole sorriu e o beijou com a mesma paixão que havia existido entre os dois durante décadas — um beijo intenso a ponto de Sebastian chegar a considerar a possibilidade de uma última transa. Mas Eliana estava faminta, e um novo futuro a aguardava.

Com Eliana seguindo logo atrás, Sebastian carregou Nicole pelas alamedas do cemitério e depois pela rua. *Igualzinho à primeira vez em que ficamos juntos.* Cheio de expectativa pelo que acreditava ser a sua última noite juntos, ele sentiu uma ternura renovada por ela. *E esperança.*

Ninguém disse nada enquanto os três trilharam o caminho até a festa.

Sebastian pôs Nicole no chão na porta da casa, e ela conduziu o grupo para dentro. Não mostrava nenhuma dúvida de sua superioridade. *E por que teria dúvidas?* Eliana nunca estaria à altura de Nicole se as duas lutassem, e Sebastian era fisicamente incapaz de atacá-la. Enquanto Eliana não decidisse assumir o controle da situação, Nicole podia ficar tranquila, e de qualquer forma Eliana estaria morta ao fim daquela noite.

E então eu terei que recomeçar do zero... outra vez.

Os humanos não demonstraram surpresa ao ver nenhum deles. Quando muito, alguns dos olhares especulativos lançados na direção do trio fizeram Sebastian ter vontade de poder ficar com Nicole e Eliana durante algum tempo, mas — a menos que houvesse um envolvimento amoroso entre eles — vampiros do mesmo sexo raramente conseguiam conviver um com o outro sem disputas territoriais.

A música ressoava no ar. Humanos bêbados dançavam e se beijavam pelos cantos escuros da casa. Encontrar comida ali era quase uma tarefa fácil demais. Sebastian sentia falta de uma caçada de verdade. Nicole fazia questão de ficar instalada no cemitério, mas ela já não gostava mais de caçar. *Justamente o contrário do que mandava a tradição.* E ele detestava isso, o tédio infinito de poder escolher humanos a dedo, como legumes numa feira. Ele detestava ter que viver na desolação úmida dos cemitérios. A terra era transportável. Os humanos, descartáveis, simples pedaços de comida com pernas e, casualmente, contas bancárias. Se a sua espécie tratasse de se modernizar, como ele já havia começado a fazer, era possível viver com certo conforto: sair à caça de alimento, acumular uma reserva financeira, trocar de endereço.

Se ela tivesse mudado, eu não seria obrigado a fazer isso. Ele tomou o rosto de Nicole em suas mãos, deu-lhe um beijo, manipulou-a novamente:

– Eu posso ficar de olho nela enquanto você...

– Vá procurar um lanchinho. – Nicole agarrou a mão de Eliana, sem deixar a nova vampira livre para procurar alimento. – Afinal, você não quis comer mais cedo. *Nós duas* vamos esperar aqui.

Eliana só observava, atenta, obviamente procurando pelo teor de verdade que havia por trás dos seus atos e palavras. Mentir para ela seria uma tarefa mais complicada. Conquistar a sua aprovação, um verdadeiro desafio. *Ao contrário de como era com Nicole.* Vampiros desenvolviam um senso de proteção desmedido, quase uma adoração patológica pelos humanos que transformavam. Era por isso que Nicole nunca o matara, apesar das provas constantes da sua infidelidade. *Ela é fraca. Eu não serei assim.* Não era ele que havia tirado a vida humana de Eliana. Era o seu sangue que corria nas veias dela, mas ele não cometera o assassinato.

Sebastian olhou para as duas. A música reverberava entre as paredes da casa e havia pulsações acenando por todo lado, corpos quentes cercando os três. Tanto Nicole quanto Eliana retribuíram o olhar, e ele se forçou a pousar os olhos apenas em Nicole quando sorriu.

– Minha dama.

A ânsia que transbordou dos olhos de Nikki enquanto ela observava Sebastian se afastar foi de dar pena. Apesar dos seus modos cruéis, a vampira estava desesperada pela atenção do anjo sem asas.

– Ele é lindo – murmurou Eliana. – Mas não parece muito ligado em você.

Os olhos da outra a fuzilaram.

– Ele é meu há mais tempo do que a sua vida durou.

A gana possessiva que começava a tomar conta de Eliana tinha menos a ver com Sebastian em si do que com a ideia de tirá-lo de Nikki. Ele *era* atraente, sem dúvida, mas caras atraentes eram justamente o tipo pelo qual não valia a pena brigar. *Principalmente se o cara em questão havia ficado parado só olhando enquanto você estava sendo assassinada.*

– Ele parece ser desses que vão para a cama com qualquer uma que aparecer pela frente. – Eliana parou um pouco e refletiu. Ele *era* mesmo desse tipo, disso ela tinha certeza. Todas as dores de cabeça, as fantasias, tudo fazia sentido agora. Sebastian fora abordá-la na porta da biblioteca. Ele tinha sido atencioso, tinha prestado atenção nela. Pedira permissão para acompanhá-la até em casa, para beijá-la, para tocá-la, para mordê-la. *Ele me deu o seu sangue.* Para isso, ele não pedira permissão. *Ele me fez esquecer.*

– As minhas fantasias... eram lembranças. Quando eu quis que Gory me mordesse... Na verdade foi por causa do Sebastian.

— Isso — sibilou Nikki. Os dedos que agarravam a mão de Eliana apertaram com mais força. — Mas não vá se achando tão especial. Ele costuma vadiar por aí. E, além do mais...

— Especial? — Eliana riu. — *Eu* não quero ser especial para ele. É *você* que quer isso.

Ele me falou que eu poderia ser sua se fosse forte o bastante.

Sebastian estava parado no meio da escada da casa. Ele era mesmo uma visão deslumbrante, e se as lembranças que estavam voltando à memória de Eliana agora eram verdadeiras, ficava ainda mais lindo sem roupa. Ela passou a língua pelos lábios, e se encantou de receber o sorriso dele em resposta.

Ele não disse que eu seria assassinada.

— Nik? — chamou ele. Mas o seu olhar continuava preso em Eliana, não em Nikki. — Eu mudei de ideia. Quer vir comigo?

A barriga de Eliana roncou, mas a música estava alta demais para permitir que alguém além de Nicole escutasse. Ela se lembrou do sangue, do gosto que tinha, do número de vezes que provara. Ele havia lhe garantido que, quando se lembrasse de tudo, ela estaria forte.

Mas você não pode se lembrar agora. Não até que esteja acordada, Elly, repetira ele. *Porque só então você estará forte e sábia, e terá certeza sobre o que fazer.*

Ela sabia mesmo o que fazer. Mantendo a mão presa à de Nikki, Eliana serpenteou pelo meio da multidão.

No alto da escada, havia uma garota recostada na parede. Eliana cruzara com ela em algumas festas, mas nunca interagiram a ponto de se lembrar do seu nome. Sebastian estava esfregando o nariz no pescoço da tal menina. Uma das suas mãos estava estendida para trás, e Nikki a agarrou.

Ele a puxou para perto e enlaçou-a pela cintura. Bem ao lado havia uma porta aberta. Com um braço em torno da garota que estava beijando e o outro enlaçando Nikki, deu um passo na direção do quarto vago.

– Ei! – A garota lançou um olhar perplexo para Sebastian e se afastou dele. – Mas o que...

– Shhh. – Ele soltou Nikki e conduziu a outra para dentro. – Feche a porta, Eliana.

Sebastian empurrou a garota na direção de Eliana, que a amparou com as duas mãos e apoiou seu corpo. Uma pontada de remorso passou pela sua mente, mas logo foi abafada pela fome.

– Você quer mesmo que ela se alimente? – indagou Nikki.

Uma esperança obstinada se mostrou claramente na expressão do rosto dela. Pondo-se na ponta dos pés, ela beijou Sebastian – que ficou o tempo todo com os olhos colados em Eliana enquanto beijava Nikki.

A garota bêbada que havia capturado olhou de Sebastian para Eliana.

– Essa coisa de grupo eu não topo. Quer dizer, não sou... Achei que ele... – Os olhos dela voltaram a encarar Sebastian. – Eu não estou entendendo o que está rolando aqui.

– Shhh. – Eliana fez um carinho delicado no rosto da garota e a puxou mais para junto de si. – Não é nada disso que você pensou. Está tudo bem.

Ela fez que sim com a cabeça. Eliana pousou os lábios no seu pescoço, bem no lugar onde Sebastian havia beijado. Foi a natureza, não a lógica, que lhe mostrou onde deveria morder. Era puro impulso biológico que fazia os seus caninos se projetarem e rasgarem a pele da outra.

Sebastian ficou com os olhos abertos enquanto beijava Nikki, observando Eliana morder a garota.

Não foi nojento. Ou, aliás, *até foi*, mas não daquele jeito prefiro-morrer-a-ter-que-comer-isso. Era uma questão de instinto. Como qualquer animal, Eliana sentiu fome e, por isso, teve que comer.

Ela não se empanturrou do sangue, não matou a garota, mas continuou sugando até se sentir mais forte. *E só um pouquinho embriagada.* A sensação que tomou conta dela depois de beber o sangue da garota ficou entre a provocada por uma bela *onda* e uma boa refeição. *Familiar.* O gosto não foi novo. *O sangue dele era melhor.*

Eliana deixou a garota escorregar para o chão e olhou para ele.

Sebastian e Nikki estavam se agarrando com vontade agora. Nikki o empurrara contra a parede, dando as costas para Eliana, e uma das mãos dele apoiava a parte de trás da sua cabeça. A outra estava pousada na base da coluna.

– Nicole – murmurou ele. E beijou o caminho entre o seu pescoço e o ombro. Sem parar com as carícias, ele ergueu os olhos para encarar Eliana.

O impulso de arrancar Nikki dos braços de Sebastian chegou súbito e violento. Era uma coisa irracional e feia, e completamente excitante. Tudo o que ela queria fazer era rasgar a garganta da outra vampira, não para se alimentar, não com cuidado. *Do mesmo jeito que ela fez com Gory.* Mas Eliana não podia fazer isso: numa luta justa, Nikki certamente acabaria com ela.

Eliana sentiu os dentes afundarem no lábio inferior e depois a boca se abrir num rugido.

Ela deu um passo à frente. Os punhos estavam cerrados. *Punhos cerrados não vão bastar contra ela.*

– Eu preciso – ela olhou para Sebastian – de ajuda.

Ele deu um giro, fazendo com que Nikki agora ficasse contra a parede, o corpo coberto pelo seu. Com uma das mãos, agarrou o pulso dela e o segurou na parede também.

O olhar de Nikki encontrou Eliana.

– Ele é meu há séculos. As poucas semanas que passou com você não significam *nada*.

– Dois meses – Sebastian murmurou enquanto erguia o outro pulso de Nikki, mantendo os dois bem seguros.

E então ele a beijou, e ela fechou os olhos.

Sebastian estendeu uma das mãos para trás e ergueu a barra da camisa. Numa bainha de couro gasto alojada junto à sua coluna, havia uma faca.

Eliana se aproximou e envolveu o punho da faca com seus dedos.

E ficou ali, sentindo as articulações contra a pele das costas dele.

Ele me fez ser isso que sou. Ele sabia que ela me mataria. Eliana se lembrou do sangue e dos beijos. Sebastian a havia escolhido, mudara sua vida. *Mas foi Nikki que me sufocou.*

Eliana queria matar os dois. Mas não podia fazer isso. Mesmo que ele deixasse a garganta exposta, ela nunca seria capaz de levantar a mão para atacar Sebastian. Não sabia exatamente o porquê, mas a verdade era essa.

E, com a ajuda dele, posso matar Nikki.

Com um rosnado, Eliana cravou a faca na garganta da outra.

Sebastian, ainda pressionando o corpo contra o seu, não a deixou cair. Ele beijou a boca de Nicole enquanto ela se debatia. Ele abafou seus gritos, para que ninguém ouvisse.

Até que por fim se afastou. Estendendo um braço, fez com que Eliana se aproximasse. Ela esticou a mão e cobriu a boca de Nikki do mesmo jeito que fora feito no momento de sua morte.

– Pode começar – sussurrou Sebastian.

Eliana fechou a boca sobre a ferida na garganta da outra e sugou. O sangue de Nikki era diferente do da garota humana; era mais encorpado.

Como o de Sebastian.

Nicole continuava se debatendo, mas Sebastian a segurou firme no lugar. Ele ficou com as duas nos braços enquanto Eliana sugava o pescoço da sua assassina. Durante mais de um minuto, os três continuaram desse jeito. Os sons do sangue sendo sorvido e do corpo de Nicole se debatendo de leve foram abafados pelo barulho da festa lá embaixo.

Até que Nikki parou de lutar, e Eliana se afastou.

Sebastian soltou seu abraço e sentou-se na cama, embalando Nikki nos braços enquanto sorvia o sangue da vampira agora imóvel. Se não fossem os seus olhos vidrados encarando o nada e o braço caído de lado, mole, a cena quase pareceria bonita.

Sebastian enrolou a echarpe que havia trazido no bolso no pescoço dela para esconder a ferida. Depois, ele e Eliana lavaram o sangue de Nicole dos seus rostos e das suas mãos. Arrumaram-se lado a lado no banheiro da suíte.

De volta ao quarto, ele meteu nos bolsos algumas quinquilharias que encontrou por lá e escolheu uma bolsa tipo carteiro dentro do armário. Eliana estava em silêncio. Ela não tinha dito nada desde a morte de Nicole.

– No armário há roupas que podem servir em você – Sebastian sugeriu.

Ela se trocou sem dizer nada.

Ele pegou as roupas ensanguentadas e enfiou na bolsa, ergueu Nicole nos braços, ajeitou a cabeça dela, e foi carregando-a como havia feito antes. Em silêncio, eles desceram as escadas e deixaram a casa. Alguns poucos olhares bêbados acompanharam seus movimentos, mas quase todos os presentes estavam mais entretidos mergulhando em corpos alheios ou nos copos de bebida que seguravam nas mãos.

Eliana estava se sentindo mais abalada por ter assassinado Nikki do que ficara depois de ter sido assassinada *por* ela – principalmente por conta do prazer que sentira ao fazer aquilo.

Ela fechou a porta da casa às suas costas. Por um instante, ficou imóvel. *Será que eu posso fugir?* Eliana não sabia aonde ir, nem tinha qualquer informação sobre aquilo que se tornara – fora a certeza de que era uma criatura morta e monstruosa. *Existe alguma limitação?* Havia duas maneiras de descobrir se as coisas que a televisão e os livros falavam sobre os pontos fracos dos vampiros eram verdade: testar por si mesma ou perguntar a alguém.

Em vez de andar atrás de Sebastian, ela apressou o passo para ficar ao lado dele.

– Você me responde se eu lhe fizer algumas perguntas?

– Algumas. – Ele abriu um sorriso. – Se você ficar.

Ela assentiu. Não era nada diferente do que havia esperado ouvir, não depois dos acontecimentos daquela noite. E, assim, seguiu caminhando pelas ruas na escuridão que ainda restava e rumou de volta para o cemitério onde havia sido assassinada, agora acompanhando o corpo que *ela mesma* assassinara.

Lá dentro, eles se dirigiram para o lado oposto do morro, na parte mais afastada onde ficavam os túmulos antigos.

Sebastian pousou o corpo de Nikki no chão, no meio de uma alameda de terra e cascalhos, na parte mais distante do cemitério.

– Encruzilhadas são importantes, Eliana.

Desembainhando a lâmina comprida e estreita encaixada na bota de Nikki, ele abriu uma fenda na sua barriga. Mergulhou seu antebraço inteiro dentro do corpo. A outra mão, aquela que segurava a faca, pressionou o peito da vampira, segurando-a no lugar.

– Até este momento, ela poderia voltar a si.

Eliana nada dizia. Nada fazia.

– Mas corações também são importantes. – E puxou o braço de volta, os dedos agarrados a algo vermelho e escorregadio.

Ele o atirou para Eliana.

– Isso terá que ser enterrado em solo sagrado, e ela... – Ele se levantou, tirou a camisa, limpou o sangue de Nicole do braço e da mão. – Ela precisará ser deixada numa encruzilhada.

Com medo de que caísse, Eliana agarrou o coração com ambas as mãos. Não que isso tivesse importância, de jeito nenhum, mas ela não queria deixá-lo cair na terra. *Que é onde nós o deixaremos no fim.* Mas enterrar lhe parecia diferente de simplesmente deixar o coração cair na terra.

Sebastian pegou uma coisa do bolso, abriu a boca de Nikki e a inseriu entre os seus lábios.

– Hóstias, objetos sagrados de qualquer religião, devem ser postos na boca. Antes também costurávamos para mantê-la fechada, mas hoje em dia isso chamaria uma atenção desnecessária.

– E cadáveres sem coração não chamam?

– Chamam. – Ele deu de ombros.

Eliana descolou o olhar do coração que tinha nas mãos e indagou:

– Porém?

– Você precisa aprender as maneiras de impedir que os mortos voltem a acordar. Além disso, eu estou meio sentimental hoje. – Ele rumou de volta para a cripta onde os dois haviam guardado o resto das suas roupas, deixando para ela a escolha de ir atrás ou não.

Eliana o seguiu, levando com cuidado o coração de Nikki.

– Matar na lua cheia ou nova é importante – acrescentou Sebastian, assim que ela apareceu ao seu lado.

Ela assentiu. Tudo que ele estava lhe dizendo era importante; Eliana queria prestar atenção, mas acabara de matar uma pessoa.

Com a ajuda dele... por causa dele... como se fosse um animal.

E agora ele estava ali, sem camisa e com o corpo todo ensanguentado.

Será que foi porque eu dormi com ele? Escutando as palavras que Sebastian dizia agora, ela tentava se lembrar das coisas que ele dissera *antes*. Aquelas palavras também eram importantes. *Ele planejou isto. Ele sabia que ela iria me matar. Ele só olhou.*

– Ela me matou na lua cheia – disse Eliana.

– Matou. – Ele embrulhou o coração de Nicole na camisa. – E você nasceu outra vez com o sangue e o luar.

– Por quê?

– Certos animais têm hábitos territoriais, Eliana. – Ele pousou o olhar nela nessa hora, e encará-lo foi como mergulhar num baú de lembranças. Aquele era o mesmo olhar que Sebastian tinha lhe lançado na primeira vez em que ela aceitara ir com ele, quando estava viva e entediada: um olhar lhe dizendo que ela era importante, que era o ponto central do universo dele naquele momento.

E é isso que eu sou agora.

TRANSFORMAÇÃO

Sebastian a olhava do mesmo jeito que Nikki olhava para ele. Ele afastou uma mecha de cabelo caída no seu rosto.

– Nós somos territoriais. Assim, quando buscamos toques diferentes, nossos parceiros não reagem bem.

– Por que você me procurou, então? Se sabia que... – Ela não conseguiu concluir a frase.

– Que ela mataria você? – Ele deu de ombros outra vez, mas não se afastou para lhe dar mais espaço. – Sim, assim que ela a encontrasse, assim que eu estivesse pronto.

– Era *sua intenção* que ela me matasse? – Eliana espalmou as duas mãos no peito dele, erguendo os olhos para encará-lo.

– Era mais conveniente que ela o fizesse – disse Sebastian. – Eu planejei tudo com muito cuidado. Eu *escolhi* você.

– Você me escolheu – repetiu ela. – Você me escolheu para ser assassinada.

– Para ser transformada. – Sebastian envolveu o queixo dela com a mão e ergueu sua cabeça para olhar dentro dos seus olhos. – Eu precisava de você, Eliana. Os mortais não têm força para nos matar, e não podemos atacar aquele cujo sangue nos criou. Aquele cujo sangue corre nas nossas veias sempre estará a salvo da nossa ira. Você não pode se voltar contra mim. Eu não podia atacar Nicole.

– Então você quis que ela me encontrasse e matasse para que eu pudesse matá-la para você? – concluiu Eliana. Ela sentia que ia vomitar. Fora usada. Chegara a *matar alguém* por causa dele, e havia sido morta por causa dele.

– Eu estava cansado da Nicole, mas era mais que isso. – Ele passou os braços em torno da cintura dela e segurou firme enquanto Eliana tentava se desvencilhar. – Continuamos precisando dos mesmos nutrientes que precisávamos como seres humanos, mas nossos corpos não conseguem mais extraí-los dos alimentos. Por isso, tiramos o sangue daqueles que conseguem processar os nutrientes.

– Os humanos.

Ele assentiu com um movimento único da cabeça.

– Mas não precisamos sugar muito sangue de cada vez, e o choque e a dor fazem a maioria das pessoas se esquecer dos seus encontros conosco. Porque dói à beça, sabe, ter a pele perfurada por dentes.

Ela levou uma das mãos até a perna enquanto era atingida por uma lembrança súbita da dor. *Realmente* doía. A coxa inteira havia ficado com um grande hematoma depois. *E o peito também*. Na ocasião, ela não conseguira se lembrar de onde vinham aquelas manchas roxas. *E a dobra do braço*.

Ele beijou de leve o seu pescoço, do jeito como Eliana tinha fantasiado depois que passara a acreditar que tudo havia sido só um sonho, no tempo em que as dores de cabeça impediam que se lembrasse de mais detalhes.

– *Por quê?* – perguntou novamente. – Você precisava de alimento e de uma assassina. Isso não quer dizer que precisasse ficar necessariamente comigo.

– Ah, eu precisava *sim*. Precisava de você. – O hálito dele contra o seu pescoço não era quente. Parecia mais uma brisa úmida que teoricamente não teria nada de atraente. – Os vivos têm corpos tão quentes... e você era perfeita. Houve outras pessoas, mas eu não fiquei com elas. Com você, tive todo o cuidado.

Ela se lembrou de como ele havia olhado dentro dos seus olhos e de como tinha pedido permissão.

– Às vezes eu simplesmente sinto um impulso incontrolável de estar dentro dos humanos, mas não fico com eles depois. E nós estamos juntos agora.

E dizendo isso beijou o pescoço dela, não onde seu sangue pulsava forte, mas na curva a caminho do ombro.

– Eu escolhi você.

Eliana não tentou se afastar.

– Só que Nikki descobriu. – Essas palavras saíram num suspiro.

– E então ela me matou. – Eliana deu um passo para trás, para longe do seu abraço.

Os olhos de Sebastian tinham uma expressão inescrutável quando encontraram os seus.

– É claro que sim. Você teria feito algo diferente?

– Eu...

– Se eu saísse daqui hoje para mergulhar em alguma garota – ou num cara –, você iria me perdoar? – Ele estendeu a mão e entrelaçou os dedos nos dela. – Você se incomodaria se eu beijasse outro alguém do mesmo jeito que beijo você? Se eu me ajoelhasse aos pés desse outro alguém e pedisse permissão para...

– Eu me incomodaria. – Ela apertou a mão até vê-lo tentar se esquivar. – *Sim*.

Sebastian assentiu.

– Territoriais. Eu lhe disse.

Eliana sacudiu a cabeça.

– Então é isso? Nós matamos, mas nunca sob a lua cheia ou nova. Bebemos sangue, mas na verdade não é tanto sangue assim. E quando *de fato* matamos, é sempre por causa dessa conversa de ser uma espécie territorial.

– Determinada região só tem como sustentar certo número de predadores. Eu tenho você, e você tem a mim.

– Então, como eu matei a Nikki, você é meu companheiro agora? – Eliana não saberia dizer se esse pensamento a deixava cheia de animação ou de repulsa.

Ou as duas coisas.

Sebastian respondeu num sussurro:

– Até que um de nós crie alguém alerta e forte o bastante para matar o outro, sim.

Ela puxou a mão para longe da dele.

– Ah, é? E como eu consigo isso?

Sebastian tratou de imprensar o seu corpo contra a parede da cripta antes que ela tivesse tempo de piscar.

– Isso eu não vou lhe dizer, Eliana. Faz parte do jogo que seja assim. – E encostou a testa na dela num gesto de ternura fingida.

Os olhos de Eliana se voltaram para o chão da cripta, procurando o lugar onde o coração de Nikki caíra. A camisa ensanguentada jazia sobre a camada fina de terra que cobria o cimento rachado do piso. Manchas de musgo decoravam as quinas por onde a umidade havia penetrado as frestas da pequena construção.

Transformação. Eliana sentiu um eco de si mesma dar um grito, mas a pessoa que ela havia sido estava morta agora.

Ela ergueu os olhos para encarar Sebastian e sorriu. *Um jogo?* Talvez não tivesse como matá-lo ainda, mas ela descobriria um jeito. Encontraria alguém que pudesse ajudá-la a fazer isso – e, ao contrário de Sebastian, não seria arrogante ao ponto de deixar vivo o vampiro que criasse para planejar a sua morte.

E, até lá...

Adoçando ainda mais o sorriso, ela envolveu-o nos braços.

– Estou com fome outra vez. Você me leva para jantar? Ou quem sabe – Eliana inclinou a cabeça para fitar os olhos de Sebastian – esteja na hora de a gente arrumar um lugar menos deprimente para viver. Ou as duas coisas?

– Com prazer. – No olhar que ele lançou para ela havia a mesma ânsia desesperada que Eliana vira Nikki despejar em cima de Sebastian antes.

O que vem a ser útil...

Ela puxou o rosto dele contra o seu para mais um beijo – e nessa hora quase desejou não precisar matá-lo.

Quase.

Fisgada de Amor

APESAR DE SER NA PRAIA, AQUELA FESTA ESTAVA UMA PORCARIA. Alguns dos convidados tentavam transformar barulho em música: bêbada ou usando alguma outra droga, Alana talvez achasse tolerável. Mas a questão era que estava sóbria – e tensa. De modo geral, a praia era onde encontrava paz e prazer; um dos únicos lugares que a livravam da sensação de que o mundo estava irremediavelmente de cabeça para baixo. Mas, esta noite, a ansiedade assumira o comando.

Um cara sentou ao seu lado. E lhe estendeu um copo.

– Você parece estar com sede.

– Não estou com sede. – Ela avaliou a figura de relance e tratou de descolar os olhos dele o mais rápido que pôde. – *Nem* interessada.

Do tipinho bonito. Ela não ficava com caras bonitos. Foram muitos anos vendo a mãe insistir neles. E de jeito nenhum Alana enveredaria pelo mesmo caminho. *Nem pensar.* Em vez disso, preferiu focar no vocalista da banda. Um tipo bem normal, tentação-zero, emoção-zero. Um sujeito até fofo e simpático, mas sem nada de irresistível. Esses eram os tipos de caras que Alana escolhia quando estava a fim de companhia: livres de risco, temporários e fáceis de descartar.

Sorriu para o vocalista. O cover ruim de uma música dos Beatles foi trocado por uma tentativa de incursão poética ainda pior... Ou quem sabe aquilo na verdade fosse uma letra de alguma dessas bandas *emo* moderninhas. O que era ou deixava de ser não fazia diferença: Alana estava decidida a manter o foco nos versos e ignorar a tentação enfeitada com dreadlocks sentada perto demais do seu corpo.

Mas o cara dos dreadlocks não percebeu que queria ser ignorado.

– Está com frio? Toma. – Ele atirou um casaco comprido de couro marrom na areia à sua frente. Um casaco que destoava completamente do estilo geral da festa.

– Não, obrigada. – Alana deslizou um pouco para longe, acomodando-se mais próximo da fogueira. Algumas brasas rodopiavam e pairavam em volta como vagalumes soprados pela fumaça.

– Você vai sentir frio no caminho de volta pra casa e...

– Vá embora. Por favor. – Alana continuava sem olhar para ele. A recusa educada não estava dando resultado. – Não sou do tipo fácil nem me interessei por você, e muito menos vou me embriagar para mudar alguma das afirmativas anteriores. Sério.

Ele riu, reagindo não com um ar contrariado, mas genuinamente divertido.

– Você tem *certeza*?

– Desaparece daqui.

– Desse jeito seria mais fácil...

Ele chegou mais para perto e se posicionou entre ela e a fogueira, diretamente na linha de visão de Alana.

E então ela teve que olhar, não de relance ou com pressa, mas realmente olhar para ele. Iluminado pela combinação do brilho da fogueira com o luar, o sujeito era ainda mais lindo do que seus temores haviam sinalizado: o cabelo loiro descia até a altura da cintura em dreadlocks grossos entremeados por algumas mechas cor de alga marinha, e a camiseta detonada tinha furos que deixavam entrever a barriga mais definida que passara diante dos olhos de Alana.

Ele estava agachado, equilibrado sobre os dois pés.

– Mesmo que não aborrecesse Murrin, seria tentador ficar com você.

E o cara dos dreadlocks estendeu a mão como se quisesse acariciar o rosto dela.

Alana recuou como um caranguejo, mãos e pés rastejando na areia até ficar fora do alcance do sujeito. Pondo-se desajeitadamente de pé, mergulhou uma das mãos dentro da bolsa procurando algo guardado ali dentro junto com os sapatos e o molho das chaves. Assim que agarrou o frasco do spray de pimenta, rapidamente tirou a trava. Mas não o sacou da bolsa. Um olhar mais racional dizia que a sua reação estava sendo exagerada: havia muita gente em volta e nenhum risco aparente. Mas algo naquele sujeito não lhe parecia certo.

– Para trás! – Ameaçou.

Ele não se mexeu.

– Tem certeza? Pode acreditar, desse jeito seria mais fácil para você...

Ela sacou o spray de pimenta.

– A escolha é sua, linda. Quando ele a encontrar vai ser pior. – E fez uma pausa, como se esperasse que ela fosse retrucar ou mudar de ideia.

Só que Alana não tinha como retrucar comentários que não faziam o menor sentido – e com toda a certeza não iria mudar de ideia com relação a manter distância daquele sujeito.

Ele suspirou.

– Depois que ele tiver dobrado você, eu volto.

E, dizendo isso, afastou-se na direção do estacionamento quase deserto.

Alana ficou olhando até ter certeza de que ele tinha ido embora. Ter que se desvencilhar de caras bêbados e drogados, movidos a aditivos não ortodoxos ou o que quer que aquele ali tivesse tomado, não estava nos planos dela. As aulas de defesa pessoal, as incontáveis palestras sobre segurança e o inseparável frasco de spray de pimenta sempre dentro da bolsa não eram obra do acaso – afinal, *nessa parte* dos cuidados com a prole a sua mãe não vacilara um segundo. Mas isso não significava que Alana tivesse vontade de precisar usar qualquer um desses recursos.

Seus olhos percorreram toda a extensão da praia. Havia alguns desconhecidos na festa, mas a maioria era gente que ela conhecia de vista da escola ou das caminhadas à beira-mar. E, nesse momento, nenhum dos presentes prestava atenção nela. Nem mesmo olhando na sua direção. Alguns haviam mostrado interesse enquanto ela escapava do cara dos dreadlocks, mas voltaram a cuidar das próprias vidas assim que ele foi embora.

Alana não conseguia concluir se o sujeito tinha feito aquilo só para implicar com ela ou se representava uma ameaça verdadeira... Ou se ele dissera aquilo para deixá-la assustada a ponto de querer ir embora da festa e assim poder voltar a abordá-la quando ela estivesse sozinha e vulnerável. Normalmente, o seu caminho para casa seria na mesma direção para onde o sujeito havia sumido, mas, por precaução (para o caso de ele estar esperando por ela no estacionamento), Alana decidiu caminhar um pouco mais pela orla e só depois subir atravessando a rodovia Coast. Seriam alguns quarteirões a mais de caminhada, mas aquele cara realmente a havia deixado assustada. *Bem* assustada. Ele a fizera sentir-se acuada, uma presa diante do predador.

Depois que já tinha se afastado até a fogueira virar um pontinho no escuro e até que o único som nos seus ouvidos fosse o vaivém das ondas, o nó de tensão nos músculos da nuca de Alana afrouxou um pouco. Ela caminhara na direção oposta ao perigo e agora estava num dos locais onde mais se sentia segura e em paz – a barreira de recife. Debaixo dos seus pés, a areia dera lugar à rocha. As poças deixadas pela maré alta ofereciam-se à luz da lua. Era tudo perfeito, só ela e o mar. Alana precisava disso, da paz que encontrava ali. Chegando até a beirada, ela ficou junto do lugar onde as ondas batiam lançando borrifos no ar. Onde as conchas dos mariscos formavam uma dentadura negra. Moitas escorregadias de alfaces-do-mar e outras algas marinhas ocultavam caranguejos e o terreno acidentado. Alana ali descalça, equilibrada na borda do recife, com o turbilhão das ondas chegando cada vez mais perto, sentiu lentamente retornar a paz, que o cara dos dreadlocks havia levado embora.

E foi então que ela o viu no meio da espuma à sua frente, o olhar cravado no seu, ignorando o mar que rugia em volta.

– Como foi que ele conseguiu chegar aqui antes de mim?

Um tremor sacudiu o corpo de Alana, mas nesse momento ela se deu conta de que não era a mesma pessoa. O cara à sua frente tinha o corpo tão definido quanto o dos dreadlocks, mas seu cabelo comprido era escuro e não estava trançado. *É só um surfista. Ou um amigo do outro.* Mas o suposto surfista não usava roupa de borracha. Aliás, olhando dali ele parecia estar... sem roupa alguma. Não dava para ter certeza por causa das ondas quebrando em volta; mas da cintura para cima o seu corpo parecia nu no meio da água gelada.

Ele ergueu a mão num chamado, e Alana pensou ter ouvido sua voz dizer:

– Não tem perigo. Venha aqui para a gente conversar.

Mas isso só aconteceu na sua imaginação. Com toda a certeza. Aquilo ainda era um reflexo do seu susto com o cara dos dreadlocks. Não era possível que o sujeito tivesse ouvido qualquer coisa no meio daquelas ondas, muito menos que tivesse falado.

Mas esses pensamentos não conseguiram abalar a sua suspeita de que de alguma maneira os dois haviam acabado de ter uma conversa.

Uma onda irracional de medo varreu o seu estômago e, pela segunda vez na noite, Alana recuou sem olhar para trás. E fincou o calcanhar em cheio na borda de uma concha de marisco. A lambida da água salgada no corte provocou um calafrio de dor enquanto ela se afastava mais e mais sem conseguir ignorar o pânico, o impulso de correr para longe dali. Virou a cabeça para trás e reparou que ele não tinha se mexido, que não tinha tirado os olhos insistentes de cima dela. E o seu medo se transformou em raiva.

Até que ela viu o casaco preto comprido ser jogado de qualquer jeito na areia, parecido com uma versão mais escura do casaco que o cara dos dreadlocks tinha estendido ao seu lado. Ela foi direto para cima dele e plantou o pé-empapado-de-sangue-e-areia na superfície escura. A textura não era lisa como se espera de uma roupa de couro. Em vez disso, o que havia sob seus pés era uma pelagem curta e muito sedosa. Uma pele de animal. De foca.

Aquilo *era mesmo* uma pele.

Desviando o olhar do manto escuro, ela fitou os olhos do desconhecido. Que continuava parado no meio da espuma. As ondas se enroscavam à sua volta como se o próprio mar tivesse criado braços. Braços que o sustentavam, que o escondiam.

Um novo sorriso se abriu no seu rosto, e ele falou:

– Pode ficar. É sua agora.

E Alana teve a certeza de que havia ouvido a voz dessa vez; *sentiu* as palavras batendo na sua pele como o vento que encrespava as cristas das ondas. Não era a sua vontade estender a mão, não era a sua vontade erguer o casaco de pele nos braços, mas não havia escolha. O corte aberto no pé havia quebrado o feitiço, cessara a manipulação que ele vinha fazendo nos seus sentidos, e Alana agora via o que realmente estava à sua frente: um selchie. Ele era uma criatura sobrenatural, um misto de foca e homem. E ele não deveria existir.

Podia ter sido divertido acreditar neles quando Alana era uma garotinha mergulhada nos livros de histórias na companhia da sua avó, mas hoje ela sabia que a insistência da avó em reafirmar que os selchies existiam na vida real não passava de mais um tipo de faz de conta. Focas não andavam pela terra firme entre os humanos; elas não se despiam da sua Outra-Pele. Isso era apenas uma lenda. Alana sabia bem disso – embora naquele momento estivesse ali com um selchie diante dos seus olhos que lhe disse para ficar com a sua Outra-Pele.

Exatamente como o outro fez na festa, perto da fogueira.

Seu corpo ficou imóvel enquanto ela tentava processar a dimensão do que tinha lhe acontecido, e do que estava acontecendo naquele momento.

Dois selchies. Cruzei com nada menos que dois selchies... e os dois tentaram me capturar.

E, naquele mesmo instante, ela percebeu. As histórias estavam todas erradas. A culpa não era dos mortais. Alana não queria ficar ali parada olhando para ele, mas já não estava agindo com a própria vontade.

Eu fui capturada.

Nas velhas lendas em que pescadores pegavam as peles dos selchies, na verdade eles não estavam capturando as pobres criaturas míticas: estavam sendo capturados pelas selchies fêmeas. Talvez não fosse fácil para os tais pescadores admitirem que eles eram as presas, mas Alana de repente se deu conta da verdade que nenhuma das lendas contava: todo ser mortal era atraído irremediavelmente por aquelas peles sedosas da mesma maneira que o mar não conseguia escapar da atração exercida pela lua. E no instante em que ela havia tomado a pele para si, erguendo-a nos seus braços mortais, o laço com ele estava formado. Alana sabia o que tinha diante de si, sabia que a armadilha estava pronta para se fechar sobre ela, mas nesse ponto não era diferente de todos os personagens mortais das lendas que passara a infância inteira ouvindo. E não conseguiria resistir. Ela agarrou a pele e saiu correndo na esperança de que pudesse empurrá-la para outros braços antes que ele a encontrasse, antes que Murrin a seguisse até em casa – porque aquele ali só podia ser o Murrin de quem o cara dos dreadlocks havia falado, o "outro" que o selchie sinistro de mais cedo havia afirmado ser *pior*.

Murrin observou enquanto ela fugia, sentindo o impulso irresistível de persegui-la. Alana carregava a sua pele nos braços: para ele não restava outra escolha além de segui-la. Teria sido melhor se ela não tivesse fugido.

Resmungando sobre a atitude dela, ele cruzou a arrebentação e foi até as pequenas cavernas escavadas pela água na barreira de arenito. Dentro de uma delas estavam suas roupas de usar na costa: um par de sandálias trançadas, um jeans gasto, algumas camisas e um relógio. Quando seu irmão Veikko fora até a praia mais cedo, ele havia levado emprestado a camisa de tecido macio, a preferida de Murrin. Agora, em vez dela, teria que usar uma com muitos botões pequenos para serem fechados. Ele, que detestava botões. A maior parte dos seus familiares não costumava ir tanto assim à praia a ponto de precisarem ter muitas roupas, mas, para Murrin, a falta de uma camisa decente era uma situação desagradável. Mal terminando de abotoar a camisa – alguns dos discos minúsculos acabaram ficando fora das suas aberturas igualmente pequenas –, ele saiu atrás dela: a garota que ele havia escolhido em vez do mar.

Não havia sido sua intenção que ela encontrasse sua Outra-Pele daquela maneira. Não ainda, não agora. Ele tinha planejado falar com ela, mas avistou-a justo no instante em que estava saindo da água – aqui, e não na festa. Murrin então parou para observá-la, pensando numa maneira de sair caminhando do meio da arrebentação sem assustá-la. Mas foi então que sentiu: o toque dos dedos dela no seu manto. O manto de pele que não era para estar ali. Não era para ter acontecido daquele jeito. Porque Murrin tinha um plano definido.

Um selchie não pode ficar com a sua escolhida sem abrir mão da água, e, portanto, Murrin havia esperado até encontrar uma garota instigante o suficiente a ponto de prender sua atenção. Depois de ter vivido embalado ao sabor dos humores do mar, descobrir uma pessoa que valesse a decisão de abandonar as ondas não era tarefa fácil.

Mas eu a encontrei.

E, sendo assim, ele quisera aplacar os temores dela; tomara, então, a decisão de cortejá-la em vez de capturá-la, mas, quando os pés humanos pisaram na sua Outra-Pele, todas essas escolhas se esvaíram. Era isso: o laço entre eles estava formado. Agora, restava a Murrin fazer o mesmo que seu pai: tentar ganhar a confiança de uma mortal depois que ela já estava capturada. O fato de não ter sido *ele* que deixara o manto de pele no lugar onde ela o havia encontrado não mudava as coisas. Agora lhe restava esperar o medo amainar, buscar um meio de ganhar sua confiança, dar um jeito de convencê-la a perdoá-lo: justamente todas aquelas coisas que ele tinha pretendido evitar inicialmente.

Mortais não tinham força de vontade suficiente para repelir o encanto que havia criado o laço entre eles. Um laço que não a faria amá-lo, mas selchies aprendiam desde cedo que o amor muitas vezes não seria parte do seu caminho. A tradição falava mais alto. Encontrar uma parceira e formar uma família eram objetivos mais importantes.

E o plano que Murrin havia elaborado na intenção de nadar contra a corrente da tradição e conhecer sua escolhida antes de tudo dera totalmente errado.

Por causa de Veikko.

Perto da fileira de banheiros sujos ao longo do estacionamento da praia, Alana viu uma garota vestindo apenas uma camiseta muito fina e um short esfiapado. Ela estava tremendo, não porque a noite estivesse especialmente fria, mas por causa de algo que injetara em si mesma – ou que não conseguira arrumar para injetar. Geralmente, os viciados e os perdidos andavam aos grupinhos, mas essa estava sozinha.

A pele na sua mão estremeceu de leve e voltou à forma de um lindo casaco de couro assim que Alana pôs os olhos na menina. *Perfeito.* Ela se aproximou e tentou entregá-lo para a outra.

– Tome. Pode ficar com ele para esquentar...

Mas a reação da garota foi recuar, com algo que parecia terror tomando conta do rosto. Seus olhos foram do casaco para o rosto de Alana e, depois, para o estacionamento praticamente deserto.

– Eu não vou contar nada pra ninguém. Por favor? Eu...

A outra fez um som como o de um engasgo e lhe deu as costas.

Alana olhou para baixo. O manto de pele, ainda na forma de um casaco, estava coberto de sangue. E as suas mãos, os braços. Em toda parte onde antes havia água do mar, o vermelho escuro agora rebrilhava à luz dos postes. Por um átimo, ocorreu a Alana que ela podia ter agido errado de alguma maneira, que podia ter ferido o selchie. E espiou por cima do ombro: uma trilha de pingos quase no formato exato de lágrimas se formara atrás dela. Então, diante dos seus olhos, as gotas se transmutaram num branco prateado, como se alguém tivesse derramado mercúrio na areia. Sem afundar. Equilibradas em cima dos grãos de areia, mantendo a sua forma exata. Alana olhou e viu o sangue no casaco se transmutar em prata também.

– Está vendo? Não é nada. Pode pegar. Vai ficar... – A garota da tremedeira já não estava mais em lugar nenhum. – ... Tudo bem – concluiu ela, piscando para disfarçar as lágrimas de frustração. – Só quero alguém que estenda os braços para que eu possa me livrar deste troço!

Com a mesma certeza de que lhe havia mostrado o que Murrin na verdade era, e o que o cara dos dreadlocks era, Alana sabia que não seria capaz de jogar a pele fora sozinha, mas que, se alguém por acaso estendesse a mão, isso a livraria do manto do selchie. Mesmo que nesse caso ele acabasse caindo no chão e não fosse capturar mais ninguém. Só era preciso encontrar quem lhe estendesse a mão.

Por mais duas vezes, no seu trajeto para casa, Alana tentou. E nas duas aconteceu a mesma coisa: a pessoa lançava um olhar cheio de terror ou repulsa quando via suas mãos estenderem o que parecia ser um casaco ensanguentado. E só depois que não havia mais ninguém por perto, o molhado no casaco voltava a ganhar a aparência de grossas lágrimas, pesadas de sal.

O mesmo encanto que fizera Alana não conseguir resistir ao impulso de pegar o manto de pele agora a estava impedindo de se livrar dele. Ela tentou se lembrar dos conhecimentos que tinha a respeito dos selchies, das histórias que sua avó lhe contara sobre as pessoas-focas nas noites da sua infância: selchies, as mulheres-focas, subiam para as praias. Elas tinham que tirar a sua Outra-Pele ao fazer isso e, às vezes, quando se descuidavam, um pescador ou homem solteiro que estivesse passando por ali podia encontrar o manto de pele e roubá-lo. Os novos maridos então tratavam de esconder as Outras-Peles das selchies para manter suas esposas capturadas.

Mas sua avó nunca havia falado em selchies do sexo masculino; e também não lhe dissera que eram as mulheres-focas que capturavam os homens. Nas histórias dela, selchies apareciam como criaturas tristes, privadas da liberdade de passarem para a forma de focas durante todo o tempo em que as Outras-Peles continuassem escondidas. Nas histórias, selchies eram as vítimas, e os humanos, os vilões, arrastando esposas-focas indefesas para longe do mar, enganando-as, exercendo seu poder sobre elas. As narrativas eram sempre bem claras: as selchies acabavam capturadas... Mas, na vida real, era Alana quem estava se sentindo assim.

Quando chegou ao apartamento, ela sentiu vontade – mais uma vez – de ter a sua avó por perto para poder lhe explicar tudo. A pontada aguda de saudade dela fazia Alana se sentir como uma criancinha. A avó sempre havia sido a adulta, aquela que tinha o poder de fazer tudo ficar melhor, enquanto a mãe na maioria das vezes parecia tão perdida quanto Alana.

Do lado de fora do edifício, Alana parou. O carro delas estava estacionado numa rua lateral. Ela abriu o porta-malas. Cuidadosamente, dobrou o casaco-manto de pele. Depois de lançar um olhar furtivo em torno, esfregou o rosto no pelo sedoso e escuro. E então, com um excesso de cuidado que sentia estar fora do seu controle, Alana escondeu a pele debaixo do cobertor extra que sua mãe mantinha guardado no porta-malas como parte do kit de emergência para momentos de pane geral. A sensação era de que não havia alternativa: ela precisava manter o manto de pele em segurança, e precisava deixá-lo fora do alcance do selchie – ao mesmo tempo em que o mantinha fora do alcance de outras pessoas.

Proteger meu companheiro. As palavras brotaram espontaneamente, e de uma forma nada desejada, na sua cabeça. Depois de fechar o porta-malas com uma batida, Alana foi até a frente do carro. E, como tantas vezes fazia quando estava precisando dar um tempo de tudo e só ficar debaixo do céu noturno, deitou em cima do capô. O metal ainda estava quente depois de ter trazido a mãe para casa ao final de mais uma noite de festa.

Alana ergueu os olhos para a lua e disse num sussurro:

– Ah, vó, eu estou ferrada.

E então, ficou esperando. Ele iria aparecer. Ela sabia que iria. E ter que enfrentá-lo sob os olhares da mãe e o seu sorriso todo alegre por ver a filha chegar acompanhada... Isso só pioraria ainda mais o que já estava ruim.

Melhor cuidar disso aqui fora.

Murrin a avistou estendida sobre um carro parecido com outros que vira estacionados perto da praia diversas vezes.

Esse em especial não era uma visão muito agradável: estava coberto de manchas de ferrugem, com uma das maçanetas faltando. Já ela, por sua vez, estava encantadora, com seus membros esguios e o corpo estendido numa curva graciosa. Mechas de cabelo curto e castanho emolduravam os traços angulosos do rosto. Quando ele a vira na praia, muitas marés atrás, soubera na hora que seria a sua escolhida: uma garota que amava o mar e que considerava a lua um tesouro que não poderia ser desperdiçado. A espera havia sido uma tortura, mas Murrin levara tempo observando os hábitos dela e planejando a aproximação. As coisas no momento não estavam correndo de acordo com seus planos, claro, mas ele já pensara num jeito de fazer com que tudo acabasse bem.

– Esposa? – Seu coração acelerou ao pronunciar a palavra, nomeando-a, finalmente dizendo em voz alta para ela. E, depois de dizer, ele chegou mais perto do carro, não o bastante a ponto de poder tocá-la, mas ainda assim bem perto. Depois de tantos anos sonhando em encontrar uma esposa, essa proximidade o deixava quase sem ar. Podia não estar acontecendo da maneira como ele havia imaginado, mas *estava* acontecendo.

Ela ergueu o corpo e sentou sobre o capô, os pés raspando no metal.

– Do que foi que você me chamou?

– Esposa. – Ele se aproximou devagar, com os braços balançando ao lado do corpo. Por mais mortais que tivesse observado, e por mais que já tivesse interagido com eles, ainda se sentia inseguro. Estava claro que a chamar de "esposa" não havia sido a melhor estratégia. Ele fez uma nova tentativa.

– Eu não sei seu outro nome ainda.

— Alana. O meu *único* nome é Alana. — Ela havia se mexido para sentar com as pernas dobradas de lado, numa postura típica das garotas selchies.

Uma visão adorável. Mas as palavras que saíram da sua boca não foram tão bonitas.

— Não sou sua esposa.

— Meu nome é Murrin. Será que você...

— Não sou sua esposa — repetiu ela, ligeiramente mais alto.

— Será que você pode caminhar um pouco comigo, Alana? — Era uma delícia a sensação do nome dela. *Alana, meu rochedo, meu porto, minha Alana.*

Mas, a cada passo para mais perto, os músculos dela iam se retesando e os olhos o encaravam com a mesma expressão de cautela que ele vira na praia. Murrin gostava disso, dessa hesitação. Algumas das mortais com quem ele havia cruzado ao andar pela areia com essa forma humana se mostravam dispostas a deitar com ele logo na primeira troca de palavras. Isso podia ser divertido, claro, mas não era a atitude que Murrin buscava numa esposa. A falta de significado o entristecia: ele queria que cada toque, cada suspiro e cada carinho fossem especiais.

— Você pode caminhar comigo, Alana? — Ele baixou a cabeça, fazendo os cabelos caírem para a frente, assumindo a postura mais humilde que conseguiu, tentando mostrar que não representava uma ameaça. — Quero lhe falar sobre *nós*, quero me entender com você.

— Lanie? — Uma versão mais velha da sua parceira, obviamente a mãe de Alana, surgiu sob a luz do poste atrás dela. — Não vai me apresentar ao seu amigo? — A mulher sorriu. — Eu me chamo Susanne.

Murrin deu um passo na direção da mãe de Alana.

– Meu nome é Murrin. Eu...
– Nós já estávamos de saída. – Agarrando-o pela mão, ela foi caminhando e puxando. – Para tomar um chá.
– Um chá? A esta hora? – A mãe de Alana sorriu mais uma vez, com um riso brincando por trás da expressão no seu rosto. – Tudo bem, querida. Só tente se lembrar de vir para casa depois que o sol nascer. Amanhã podemos dormir até tarde de qualquer maneira.

Enquanto os dois caminhavam, Alana tentou pensar em algo para dizer, mas não encontrou as palavras para iniciar uma conversa. Ela não queria perguntar o porquê de estar se sentindo tão atraída... E se a atração ainda poderia ficar mais forte. Sua suspeita era que isso devia ser parte do encanto que a impedira de se livrar do manto de pele. Os dois estavam presos um ao outro. Alana entendera essa parte. Ela não tinha vontade de saber se no selchie o impulso de estender a mão e tocar era tão forte quanto o que estava sentindo. Mas sabia muito bem do esforço que estava fazendo para se conter.

Isto não é de verdade. Ela olhou de relance para ele e sentiu o coração acelerar. *Também não vai durar para sempre. Posso me livrar dele. Eu consigo. Consigo e* quero *fazer isso.*

Enterrando as mãos nos bolsos, ela seguiu caminhando em silêncio ao seu lado. Geralmente, a noite lhe parecia sufocante demais quando as pessoas – *ou, na verdade, só pessoas do sexo masculino* – estavam ocupando seu espaço pessoal. Alana não queria ficar igual à mãe: sempre acreditando no sonhador da vez, sempre perseguindo a ilusão de que a atração ou a carência poderiam evoluir para algo verdadeiro. Porque isso não acontecia. *Nunca.* Ao contrário, o riso fácil e a euforia inicial acabavam sempre desaguando em drama e lágrimas. Fazia muito mais sentido terminar tudo antes da chegada inevitável desse segundo estágio tão complicado. Casinhos passageiros estavam liberados, mas Alana nunca deixava de seguir a Regra das Seis Semanas: ela não ficava com ninguém que não pudesse dispensar até o fim desse período. Isso significava que teria que encontrar um meio de se desvincular de Murrin nas seis semanas seguintes, e a única criatura no mundo capaz de ajudá-la a descobrir um jeito de fazer isso era o próprio Murrin.

Em frente ao prédio antigo onde ficava o café, ele parou. E lançou na direção dela um olhar de relance.

– Aqui está bom?

– Está. – Sem querer, Alana tirou as mãos dos bolsos e começou a estendê-las. Fechando a cara, ela tratou de cruzar os braços. – Não encare isto como um encontro romântico. Eu só não queria deixar você perto da minha mãe.

Em silêncio, ele estendeu a mão para abrir a porta.

– Que foi? – Ela sabia que estava sendo grosseira; podia ouvir o tom malcriado na própria voz. *E por que eu me preocuparia em agir diferente? Não pedi para passar por nada disso.*

Ele soltou um suspiro.

– Eu preferiria machucar a mim mesmo do que fazer algum mal à sua mãe, Alana. – Com um gesto, pediu que ela entrasse. – A sua felicidade, sua vida, sua família... Essas são as coisas mais importantes para mim agora.

– Você nem me conhece.

Murrin deu de ombros.

– É assim que tem que ser.

– Mas... – Com o olhar pregado no dele, ela tentava encontrar as palavras para retrucar, para fazer com que Murrin... *Com que Murrin o quê? Desista da ideia de me fazer feliz?* – Isto não faz sentido.

— Venha, vamos sentar um pouco. E conversar. — Ele caminhou até o fundo do lugar, até se afastar da área central e bem iluminada. — Tem uma mesa vaga ali.

Havia outras mesas vazias, mas Alana não discutiu. Ela queria um pouco de privacidade para aquela conversa. Ter que pedir ao selchie que quebrasse o tal laço de faz de conta formado entre os dois já era esquisito o suficiente. Fazer isso com outras pessoas escutando a conversa seria um pouco demais.

Murrin parou e puxou a cadeira para ela.

Alana sentou, tentando não se deixar impressionar pelo jeito cavalheiro dele nem pela sua aparente indiferença diante das garotas — e alguns rapazes — que lhe lançavam olhares cobiçosos. Ele não parecia notá-las, nem quando alguém parava de falar no meio de uma frase para saudar com um sorriso a sua passagem entre as mesas.

E quem poderia dizer que aquelas pessoas estavam erradas? Alana com certeza estava chateada por ter sido colocada naquela situação esquisita, mas isso não impedia que se sentisse um pouquinho tocada pelo ar sedutor de seu acompanhante — não a ponto de querer ficar com ele, claro, mas a questão era que seu coração dava uma acelerada a cada vez que os olhos batiam em Murrin. *Uma embalagem bonita não quer dizer nada. Nada disso tem importância. Ele* me capturou.

— O que você quer? — indagou ela.

Ele estendeu a mão para pegar a sua.

— Você não quer ficar aqui?

— Não é isso. Eu não quero ficar aqui *com* você.

A voz dele assumiu um tom tranquilizador.

— Mas então diga o que posso fazer para agradá-la. Como faço você ter vontade de ficar perto de mim?

— Isso não vai acontecer. O que quero é que você vá embora.

Uma sequência de expressões insondáveis desfilou pelo rosto dele, fugazes demais para serem identificadas, mas da boca de Murrin não saiu resposta nenhuma. Em vez disso, ele fez um gesto na direção da parede com um quadro-negro gigante que fazia as vezes de cardápio e leu as opções em voz alta:

— Mocha? Americano? Macchiato? Chá? Leite?

Alana chegou a pensar em pressioná-lo para conseguir as respostas de que precisava, mas não o fez. O caminho da hostilidade não levaria a lugar nenhum. Pelo menos *por enquanto*. Já que brigar não lhe traria respostas, ela decidiu partir para uma nova abordagem: usar o bom senso. E tratou de respirar fundo para aprumar a agitação interna.

— Claro, quero um Mocha. Duplo, por favor. — Ela se levantou para pescar o dinheiro no bolso do jeans.

Murrin pôs-se de pé num salto, fazendo isso com um movimento muito mais elegante do que Alana jamais tivera a chance de ver em qualquer outra pessoa.

— Algo para acompanhar?

— Não. — Ela sacou uma nota de cinco do maço que havia tirado do bolso e estendeu na direção dele. Em vez de pegar o dinheiro, ele fez uma cara feia e se afastou da mesa.

— Espere. — Ela sacudiu a nota e estendeu um pouco mais a mão. — Leve isto aqui.

Ele lhe lançou mais um olhar com as sobrancelhas franzidas e negou.

— Não posso.

— Tudo bem, então busco o meu próprio café. — E, passando ao largo de onde ele estava, Alana saiu andando.

Com uma velocidade que deveria ter sido impossível, ele bloqueou o seu caminho. Os dois acabaram se chocando num encontrão de leve, e ela espalmou a mão no seu peito para recuperar o equilíbrio.

Soltando um suspiro suave, Murrin a cobriu com a sua própria mão.

– Eu posso lhe pagar um café, Alana? Por favor? Não precisa se preocupar achando que isso vai fazer com que você fique me devendo qualquer retribuição.

Bom senso, ela lembrou a si mesma. *Recusar um café não é uma atitude razoável.*

Sem uma palavra, ela assentiu. E foi recompensada por um olhar carinhoso.

Depois que Murrin se afastou, Alana voltou a sentar e ficou observando a maneira como ele serpenteava pelo meio da multidão. Os esbarrões e mesas apinhadas ao longo do trajeto não pareciam incomodá-lo. A facilidade com que se deslocava pelo salão tinha um quê de sobrenatural. Diversas vezes, ele olhou na direção dela e das mesas em torno do lugar que haviam escolhido – atento, mas sem se mostrar possessivo.

E por que isso faria alguma diferença? O olhar que ela lançou na direção dele saiu com uma pitada pouco familiar de desejo impossível, da consciência de que ele não era seu de verdade; um olhar de quem sabia que não queria estar presa a ele, mas mesmo assim sentia uma ânsia estranha. *Será que isso é uma coisa que os selchies provocam?* Ela se forçou a desviar o olhar e voltou a pensar no que diria, em que perguntas deveria fazer, em como desfazer a confusão na qual os dois haviam se metido.

Minutos mais tarde, e outra vez sem fazer esforço aparente, Murrin voltou pelo meio da multidão até onde ela estava trazendo dois copos com pratos equilibrados em cima de cada um. No primeiro prato havia um sanduíche farto; no outro, uma pilha generosa de brownies, cookies e quadrados de chocolate. Ele lhe entregou o Mocha.

— Obrigada — murmurou.

Ele assentiu, sentou e empurrou os dois pratos para o espaço entre os dois, na mesa.

— Achei que você talvez pudesse querer comer alguma coisa.

Alana baixou os olhos para examinar o sanduíche e os doces.

— Isso tudo é para mim?

— Eu não sabia do que gostaria mais.

— Que você fosse embora.

A expressão no rosto dele estava séria.

— Eu não posso fazer isso. Por favor, Alana, você precisa entender. É assim que tem sido por séculos. Não foi minha *intenção* capturar você, mas não tenho como sair disso agora. Fisicamente, não tenho *como* me afastar.

— Não daria para você pegá-la de volta? A sua, hum... pele? — Ela prendeu a respiração.

O olhar que ele lhe lançou estava cheio de tristeza novamente; os seus olhos tinham a escuridão molhada do mar noturno.

— Eu poderia fazer isso, mas só se encontrasse o lugar onde a escondeu sem que você tivesse a intenção de me levar até lá. Se encontrasse por obra do acaso. Ou se eu ficasse irritado o bastante e resolvesse ir procurá-la depois de você ter me batido três vezes. Sim, existem maneiras, mas não é muito provável que aconteça. Você é impelida a esconder a pele, e não posso ir procurá-la se não tiver um motivo para fazê-lo.

Alana já havia desconfiado — *ela sabia* — que não iria escapar tão facilmente, mesmo assim sentira a necessidade de perguntar, de ouvi-lo dizer cada palavra. As lágrimas arderam nos seus olhos.

– Mas então o que vamos fazer?

– Nós temos que nos conhecer melhor. Eu estou esperando que perceba que me quer ao seu lado. Você está esperando que eu diga algo que a ajude a conseguir se livrar de mim. – A voz dele ganhou uma tristeza tão profunda ao dizer isso que Alana se sentiu culpada. – Também é assim que tem sido ao longo dos séculos.

A hora seguinte se passou entre rompantes e tentativas de iniciar uma conversa. De tempos em tempos, Alana relaxava. Murrin podia notar que estava começando a se divertir, mas assim que se pegava fazendo isso, uma nuvem de irritação toldava o seu rosto e ela voltava a erguer um muro em torno de si. Ela flutuava na sua direção, mas logo em seguida disparava para longe. A garota tinha uma vontade de ferro, e, por mais que Murrin admirasse essa qualidade, para ele era desesperador ver toda essa força voltada contra ele.

Ele observou o modo como Alana inclinava a cabeça enquanto o ouvia falar; e escutou o ritmo das suas palavras contando sobre a vida que levava em terra. Murrin sabia que tudo isso fazia parte de um plano tramado conscientemente; que ela estava avaliando racionalmente a situação para conseguir um meio de se livrar dele. Mas a vida no mar havia lhe ensinado as qualidades da paciência e da flexibilidade. Todo selchie precisa desenvolvê-las se quiser sobreviver. O pai de Murrin havia avisado que elas seriam igualmente fundamentais no relacionamento, e, embora ele não achasse que seguiria o mesmo caminho do pai, ouviria com atenção as suas palavras. E, agora, sentia-se feliz por ter feito isso.

Por fim, só restaram os dois no café vazio, e Alana já havia começado a bocejar.

– Você precisa descansar, Alana. – Ele se pôs de pé e ficou esperando. Os olhos dela estavam pesados de cansaço. Talvez uma boa noite de sono fosse mesmo o melhor para os dois.

Mesmo sem olhar para ele, Alana havia baixado a guarda a ponto de aceitar a mão que Murrin lhe estendeu – ofegando de leve quando se tocaram.

Ele ficou imóvel, esperando que partisse dela o movimento seguinte. Estava sem resposta, sem ideia de como reagir àquilo. Ninguém lhe avisara que um simples toque seria capaz de despertar os sentimentos naquele momento: Murrin seria capaz de lutar até a morte só para mantê-la assim tão perto, para protegê-la, para fazê-la feliz. Era como o mar, essa sensação que o arrastava. Ele seria capaz de se afogar nela, e não reclamaria se isso acontecesse.

Alana tentou não reagir ao toque daquela mão na sua, mas havia algo de *certo* na sensação, como se o Universo tivesse de repente se encaixado. A paz, esse sentimento sempre tão fugidio, começou a preencher o seu peito. Ela costumava encontrar paz junto do recife nas noites de lua cheia, mas não era algo que sentisse na companhia de outras pessoas. Quando soltou por um instante a mão dele – e Murrin não tentou pegá-la de volta –, o sentimento amainou. Mas isso foi como olhar o mar escapando, ver a água fugindo para algum lugar onde Alana não conseguiria seguir. A água iria embora mesmo que tentasse agarrá-la, mas, diferente do mar, o que estava sentindo parecia algo tangível. Alana pegou a mão dele e ficou olhando os dedos dos dois entrelaçados. *Ele era algo tangível.*

E era algo que viera do mar...

Ela se perguntou se era por isso que se sentia daquela forma. Tocá-lo era como tocar o mar. Seu polegar passeou pelos nós dos dedos de Murrin. A pele não parecia diferente da sua. *Não agora, pelo menos.* A ideia dele se transformando num outro ser, em algo diferente, uma criatura não humana, quase era suficiente para fazer com que ela tivesse o impulso de largá-la outra vez. Quase.

– Eu não vou machucar você, Alana. – Ele começou a falar então, com palavras murmuradas num tipo ritmado de cantilena que soava definitivamente inumano.

Ela estremeceu. O seu nome nunca havia soado de uma maneira tão linda.

– As pessoas não têm o hábito de repetir os nomes das outras a cada frase que dizem.

Ele assentiu, mas tinha no rosto uma expressão estudada, cuidadosamente vazia.

– Você prefere que eu não fale assim? Gosto do seu nome, mas...

– Não faz mal. É só que... Sei lá... Eu não estou gostando disso. – Ela fez um gesto na direção das mãos entrelaçadas, na direção dele e de volta para si mesma, mas continuou se segurando nele quando os dois saíram do café. Estava se sentindo tão exausta e tão confusa, e o único instante de paz que havia sentido viera com o toque da pele de Murrin.

Do lado de fora, ela mudou de assunto outra vez.

– Onde você vai ficar?

– Com você?

Alana gargalhou antes que conseguisse se conter.

– Isso não vai rolar.

– Eu não posso me afastar muito de você agora, Alana. É como se fosse uma espécie de correia, e o seu alcance é limitado. Posso dormir do lado de fora. – Ele encolheu os ombros. – Nós não costumamos mesmo ficar em casas. A minha mãe até fica, mas ela... é como você. Às vezes fico com ela. É mais macio, mas não há necessidade.

Alana pensou um instante. Ela sabia que a mãe não iria se importar. Susanne não tinha nenhum tipo de "grilo" – conforme ela mesma intitulava – com relação a isso, mas Alana sentiria como se estivesse admitindo a própria derrota caso o deixasse passar a noite no sofá. *Então a solução é deixar que ele durma ao relento, como se fosse um bicho? Por outro lado, ele é mesmo um animal, não é?* Ela estacou. Ele também parou de caminhar.

Onde eu estou com a cabeça para sequer cogitar a ideia de deixá-lo entrar na minha casa? Murrin não era humano, era um animal. Quem poderia saber que tipo de regra governava a sua vida – ou mesmo se ele seguia alguma regra ou lei que fosse? No fim, ela não era diferente da mãe em nada: deixando-se levar por palavras vazias, abrindo as portas do seu refúgio para desconhecidos. Mas o caso era que ela havia sido capturada pelo desconhecido em questão. E ele não tinha sido o único a tentar fazer isso. Algo estranho estava acontecendo ali, e Alana não estava gostando. Ela soltou a mão e se afastou dele.

– Quem era o cara que tentou me dar a pele dele perto da fogueira? Por que vocês dois... Ele disse que com você seria pior, e... – Ela olhou para ele, bem para o seu rosto. – E por que eu?

Murrin não conseguia falar. Não estava conseguindo processar mais nada depois de ser informado de que o irmão tentara levar embora a sua parceira. Na hora do acontecido, soube que fora Veikko que pegara sua Outra-Pele e a deixara num lugar onde seria encontrada por Alana, mas jamais poderia imaginar que o irmão havia se aproximado dela também. *Por que ele fizera aquilo?* Veikko ainda tinha seus acessos de ressentimento por conta da partida de Zoë, mas os dois já tinham conversado a respeito disso. *E ele falou que tinha entendido... Mas, então, por que estava falando com a minha Alana?*

Murrin ficou se perguntando se deveria deixar mais claro para Veikko que Alana não seria um problema, que ela não era como Zoë, que não se perderia numa teia potencialmente fatal de depressão. *Será que ele estava tentando proteger Alana, então? E a mim?* Essa explicação poderia fazer mais sentido na cabeça de Murrin, se não fosse pela sua certeza de que fora Veikko quem colocara a sua Outra-Pele no caminho de Alana. Nenhum outro selchie andara pela praia naquela noite.

Nada disso faz sentido... nem é algo para ser partilhado neste momento.

A história era bem mais complicada do que seria aconselhável para Alana lidar no meio de tudo que estava vivendo. Portanto Murrin deu um jeito de abafar as suas dúvidas e desconfianças e falou:

— Veikko é meu irmão.

— Seu irmão?

Murrin assentiu.

— Ele me assustou. — As faces de Alana coraram quando ela falou, como se sentir medo fosse motivo de vergonha, mas o momento de franqueza desarmada não durou mais que um instante. Ela continuava com raiva. A postura toda do corpo denotava tensão: as mãos crispadas, a espinha ereta, os olhos estreitados. — Ele me disse que com você seria pior, e também que ele iria voltar. Ele...

— Veikko... o Vic... está meio desatualizado no que diz respeito a interações com... humanos. — Murrin detestava ser obrigado a usar a palavra assim, mas fora inevitável. Ele não tinha a mesma natureza que ela, nunca teria. Ambas as partes precisavam reconhecer isso. Ele se aproximou de Alana. Mesmo com irritação e tudo, ela precisava que a confortassem.

– Por que ele falou que com você seria pior?

– Porque eu queria conhecer você antes. E eu lhe contei o que era. Mas nada do que aconteceu foi intencional. A minha Outra-Pele...

Ele fez uma pausa, pensando se deveria contar que estava desconfiado que na verdade fora Veikko que a capturara, mas acabou decidindo não fazer isso. Afinal, Alana teria que conviver com ele por muitos anos, e esse era o caso em que uma simples omissão poderia poupar muito desgaste e ressentimento.

– Não era para ela estar lá. Não era para *você* estar lá. Eu estava indo ao seu encontro para tentar cortejá-la do jeito que os humanos fazem.

– Ah. – Ela cruzou os braços na altura do peito. – Mas...

– Vic acha que sou 'pior' que outros da minha família porque eu estou indo contra a tradição... Ou pelo menos pensei em fazer isso. – Ele lhe lançou um sorriso acanhado. – Para ele, seria pior se eu tentasse conquistar você para depois revelar quem era de verdade. Não que isso faça alguma diferença agora...

– Mas como poderia ser pior?

– Essa é a pergunta que eu me faço há anos. – Murrin estendeu a mão. – Isto não é o que vou ensinar a meus filhos... no dia em que for pai. Não é o que eu queria que acontecesse, mas agora estamos juntos. E vamos resolver isso juntos.

Ela tomou a mão dele entre as suas.

– Nós não temos que ficar juntos.

Ele não respondeu. *Não conseguiu* responder por um instante. E então falou:

– Eu sinto muito.

– Eu também sinto. Relações a dois não são para mim, Murrin. – As pontas dos seus dedos roçaram distraidamente na mão dele.

– Eu não tive a intenção de capturar você daquele jeito, é verdade, mas também não estou disposto a deixá-la ir embora assim tão fácil. – Ele esperava que ela fosse retrucar, ficar irritada, mas, assim como o mar, o humor de Alana nem sempre ia para o lado que era de se esperar.

E o que aconteceu foi que ela lhe abriu um sorriso. Não um sorriso triste, mas um que deixava um quê de perigo no ar.

– Então nesse caso acho que vou ter que convencer você.

Ela é mesmo perfeita para mim.

Ao longo das três semanas seguintes, pouco a pouco, as dúvidas de Alana foram sendo substituídas por uma amizade relutante. *Não custa ser gentil. Ele não tem culpa.* Ela começou a dizer para si mesma que os dois poderiam ser amigos. Ainda que não conseguisse se livrar de Murrin, isso não significava necessariamente que teria que *ficar* com ele, muito menos *casar.*

Uma noite, ela acordou num sobressalto de madrugada, tremendo e pensando em Murrin. Eles eram amigos. Tudo bem que ele estava instalado no seu sofá e que fazia as refeições na casa, mas isso não poderia ser chamado de um sinal de compromisso. Era uma questão prática, só isso. Ele não tinha para onde ir. E não poderia ficar dormindo na praia. Além do mais, Murrin fazia questão de comprar todos os mantimentos. Não estava se aproveitando de sua boa vontade nem nada. Ele era só... um bom amigo, alguém que estava sempre por perto.

E ele me deixa feliz.

Alana foi até a sala. Murrin estava parado diante da janela, com os olhos fechados e o rosto virado para cima. A sua expressão era de dor. Antes que conseguisse pensar em qualquer coisa, ela já estava ao seu lado.

– Murrin?

Ele se voltou para encará-la. A nostalgia que enchia os seus olhos chegava a doer de tão cortante, mas com uma piscada já havia desaparecido.

– Você está doente?

– Não. – Ela o puxou pela mão para longe da janela. – *Você* está?

– É claro que não. – Ele abriu um sorriso que teria sido reconfortante se Alana não tivesse percebido um rastro de tristeza ainda no seu olhar.

– O que houve, então?

– Nada. – Ele fez um gesto na direção do quarto. – Pode ir. Eu estou bem.

Ela parou para pensar em como ele se sentia, em como devia estar sendo para ele ficar longe da família, de casa, de tudo o que conhecia e gostava. Os dois sempre falavam só sobre o que ela queria, sobre o que a deixava feliz, sobre os sentimentos dela. Mas *ele* estava enfrentando um momento de turbulência também, talvez até maior do que o seu.

– Pode se abrir comigo. Nós estamos tentando ser amigos, não estamos?

– Amigos? – Ecoou ele. – É isso que vamos ser?

E então ela fez uma pausa. Apesar da estranheza da situação, Alana não se sentia mais desconfortável. Ela tocou no rosto de Murrin e deixou a sua mão pousada lá. Ele era uma boa pessoa.

Ela falou:

– Eu não estou tentando dificultar as coisas.

– Nem eu. – Ele inclinou o rosto contra a palma da sua mão. – Mas... estou tentando ser cuidadoso.

Alana pousou as mãos nos ombros dele e ficou nas pontas dos pés. O simples toque da sua mão contra a pele de Murrin já era suficiente para criar aquela sensação maravilhosa de plenitude que sempre surgia. Ao longo dos últimos dias, ela experimentara deixar os dedos roçarem no braço dele, e havia esbarrado com um ombro nele ao passar – foram pequenos toques casuais apenas para checar se o resultado seria sempre perfeito daquele jeito. E era. Mas, agora, o seu coração estava disparado.

Ele não se mexeu.

– Sem promessas – sussurrou ela, e em seguida lhe deu um beijo, sentindo agora o êxtase que havia provado naqueles breves contatos de pele consumi-la por inteiro. Alana não conseguia respirar nem se mexer; não conseguia fazer nada além de sentir.

Murrin manteve uma postura cautelosa no dia seguinte, observando Alana. Ele não sabia bem o que concluir do que havia acontecido, se aquilo significara alguma coisa ou se ela simplesmente havia se compadecido da sua situação. Afinal, Alana sempre fizera questão de deixar muito claro que os dois eram amigos, *só* amigos, e que seguiriam sendo nada mais do que amigos. Ele esperou, mas ela não fez qualquer menção ao beijo – e tampouco repetiu o ato.

Pode ter sido um golpe de sorte.

Pelos dois dias seguintes, ela seguiu agindo exatamente igual ao que vinha fazendo antes d'O Beijo: gentil, simpática, de vez em quando roçando a pele na dele como se fosse por puro acaso. Nunca era por acaso, e ele sabia disso. Mesmo assim, ela não fez nada além do que já vinha fazendo desde sempre.

No terceiro dia, ela chegou de repente e despencou ao seu lado no sofá. Susanne havia saído para a aula de ioga. Não que isso fizesse alguma diferença. A mãe mostrava uma satisfação inusitada com a decisão de Alana de deixá-lo ficar no apartamento; e Murrin desconfiava de que ela não faria nenhuma objeção caso o visse instalado no quarto da filha. Na verdade, era a própria Alana que impunha os limites da situação. A mesma Alana que agora estava ali muito perto, encarando-o com um sorriso confuso nos lábios.

– Achei que você tivesse gostado do beijo daquele dia – falou ela.

– Eu gostei.

– E então...

– Acho que não estou entendendo.

– Nós podemos *fingir* que continuamos sendo só amigos... Mas, na verdade, estamos ficando. Não é isso? – Ela ficou brincando com a barra da camisa que vestia.

Ele segurou a respiração, mas ela não falou mais nada. E, sendo assim, indagou:

– E aquele seu plano de me convencer a ir embora?

– Eu não sei de mais nada. – Ela estava com um ar acanhado. – Não posso prometer um 'para sempre', ou, para ser sincera, nem mesmo posso garantir que isso vá durar até o próximo mês, mas não paro de pensar em você. E não me lembro de outra situação na vida em que tenha me sentido feliz como me sinto quando estou ao seu lado. Tem qualquer coisa de... mágico quando a gente toca um no outro. Eu sei que não é de verdade, mas...

– Não é de verdade? – repetiu ele.

– Porque isso é só uma mágica de selchie, não é? Tipo o impulso que eu senti para pegar a Outra-Pele. – Ela parou por um instante. As palavras seguintes saíram num jorro: – Funciona do mesmo jeito pra você?

À distância que ela estava, tomá-la nos braços seria uma reação natural. E foi o que Murrin fez. Ele a puxou para o seu colo e passou os dedos pelos seus cabelos, deixando que as mechas se enrolassem neles.

– Não é só uma mágica de selchie, de jeito nenhum. Mas sim, funciona do mesmo jeito.

Ela começou a se afastar.

– Eu achei que fosse só... você sabe, algum tipo de encantamento mágico.

Ele envolveu a cabeça dela com as mãos, segurando-a bem perto de si, e falou:

– Mas *é* um encantamento mágico. Encontrar uma parceira, se apaixonar, vê-la começar a retribuir o seu amor? Isso tudo é magia pura.

E a sua Alana, sua parceira, o seu par perfeito, não se afastou. Ela inclinou-se mais para perto para o beijo... não um beijo de compaixão ou fruto de algum arroubo fora de lugar, mas um beijo de amor.

Tudo está perfeito. Ele a abraçou ainda mais e teve a certeza de que, apesar de não ter conseguido cortejá-la antes de o laço entre eles ter se formado, tudo ficaria bem. Ela não dissera isso em palavras, mas o amava.

Minha Alana, minha companheira...

Na noite seguinte, Murrin levou um saco de pérolas até o joalheiro que sempre atendia sua família. A Davis Joias já estava fechando as portas, mas o joalheiro e sua esposa nunca recusariam uma visita de Murrin. O Sr. Davis sorriu quando o viu entrar.

– Vou ligar para Madeline e avisar a ela que devo chegar tarde.

Ele então foi até a porta da loja, trancou-a e acionou o sistema de alarme. Se Murrin fechasse os olhos, poderia ver todos os passos do velho senhor que já tinham sido gravados na sua memória, e eles não seriam diferentes do que estava acontecendo ali e agora.

Quando o Sr. Davis foi telefonar para a esposa, Murrin ficou esperando junto ao balcão. Ele desdobrou o pedaço de tecido que costumava levar consigo nesse tipo de visita e despejou o conteúdo do saco sobre a superfície macia.

O Sr. Davis desligou o telefone e abriu a boca para falar, mas suas palavras fugiram assim que os olhos pousaram no balcão. Ele se aproximou lançando apenas um olhar rápido para Murrin, com a atenção fixa nas pérolas.

– Você nunca trouxe tantas assim...

– Vou precisar fazer uma compra também, desta vez. – E Murrin fez um gesto na direção das vitrines da loja. – Porque estou... me casando.

– E o colar era para isso, eu imagino. – O Sr. Davis abriu um sorriso, franzindo o rosto numa rede de sulcos largos como as folhas das algas, uma renda linda na sua pele envelhecida. Ali estava um homem que conhecia o amor: o Sr. Davis e a esposa ainda se olhavam com brilho nos olhos depois de tantos anos.

Ele foi até os fundos da loja e voltou trazendo um estojo com o colar de pérolas. Ele havia sido montado com as pérolas que Murrin recolhera ao longo de muitos anos.

Para Alana.

Murrin abriu o estojo e correu as pontas dos dedos pelo colar.

– Perfeito.

Sorrindo novamente, o Sr. Davis levou as pérolas espalhadas sobre o tecido até sua mesa para examiná-las. Depois de tantos anos comprando pérolas da família de Murrin, o exame feito pelo joalheiro – para avaliar seu tamanho, formato, cor e brilho – era um tanto apressado, mas ainda assim não deixava de fazer parte do ritual.

A ordem dos movimentos do joalheiro era tão familiar para Murrin quanto o ritmo das correntes marinhas. Em geral, aguardava imóvel até o homem terminar o que tinha de fazer. Desta vez, ele ficou olhando as vitrines.

Quando o Sr. Davis voltou, ele indicou com um gesto a fileira de anéis solitários.

– O senhor me ajuda a escolher um desses?

O joalheiro disse a Murrin quanto pagaria pelas pérolas, e acrescentou:

– Não sei que parte dessa quantia você está disposto a gastar.

Murrin deu de ombros.

– Eu quero que minha esposa fique satisfeita. É só isso que importa.

Alana não se sentiu surpresa ao encontrar o cara dos dreadlocks – *Vic* – recostado na parede do café onde ela fora esperar por Murrin enquanto ele saía numa missão secreta. Não haviam sido poucas as vezes que ela acreditara ter avistado Vic ultimamente. Só que nunca parava para falar com ele. Não sabia bem o que poderia lhe dizer. Quando notara que estava rondando, chegou a pensar em perguntar a Murrin sobre o irmão, mas também não sabia exatamente o que dizer ou perguntar.

Vic acertou o passo e foi caminhando ao seu lado.

– Você vai ouvir o que eu tenho a dizer, Alana?

– Por quê?

– Porque você se ligou ao meu irmão, e estou preocupado com ele.

– Murrin não me pareceu ser muito próximo de você. Além do mais, ele está muito bem. Está feliz. – Alana sentiu um aperto no peito, um pânico. Completamente diferente do que sentia quando estava com Murrin.

– Então você não o viu olhando o mar? A saudade das ondas não está doendo nele? – A expressão no rosto de Vic não mentia: ele já sabia a resposta. – Ele não pode admitir isso para você. Faz parte do... encantamento. Você o deixou preso aqui quando roubou a sua Outra-Pele. Ele não pode lhe dizer que está infeliz, mas com o tempo ficará claro. Ele vai sofrer, vai odiar você. E um dia você o pegará com os olhos fixos no mar... Talvez não agora, mas não há como escapar disso.

Alana pensou no que ouvira. Ela *tinha visto* Murrin naquela madrugada, quando ele achou que ela estivesse dormindo. Os olhos perdidos ao longe, virados na direção do oceano, mesmo não conseguindo avistar a praia da janela do apartamento. E vira a nostalgia doída em sua expressão.

– Ele vai se encher de ressentimento com o tempo. Conosco é sempre assim. – A boca de Vic se torceu num sorriso sardônico. – Do mesmo jeito que você se ressente de nós.

– O que eu sinto por Murrin não é ressentimento – reagiu.

– Talvez agora não seja. Mas antes era isso. – Vic mexeu numa das mechas verdes do seu cabelo. – Você se ressentiu dele por ter capturado você. Ser capturada é um destino cruel. A minha companheira também se ressentia de mim. Zoë... Esse era o nome dela. A minha Zoë...

– Era?

– Eu imagino que ainda seja. – Ele parou de falar, com um ar pensativo no rosto. – Mas, com o tempo, começamos a nos ressentir de vocês. *Vocês* nos afastam daquilo que merecemos: a nossa liberdade. Eu não queria ficar zangado com a minha Zoë.

Alana imaginou Murrin preso, zangado com ela, ressentido por ela tê-lo deixado preso à terra. O olhar amargo de Vic não era algo que quisesse ver no rosto de Murrin.

– Mas o que eu devo fazer? – indagou ela num sussurro.

– Uma mortal não pode ter laços com dois selchies... Basta você tomar a minha pele. Isso fará Murrin ser libertado.

– Mas por que você faria isso? Nós dois ficaríamos... – Alana tentou não estremecer diante da ideia de ficar presa a Vic. – Não quero ser a sua... Ser nada sua.

– Não sou seu tipo? – Ele chegou mais perto, tão lindo e ameaçador quanto lhe parecera quando haviam se conhecido na festa. – Aaaah, Alana, eu me sinto péssimo por ter estragado tudo quando nos conhecemos. Minha intenção é ajudar meu irmão da mesma forma que ele me ajudou. Se não tivesse sido ele, Zoë e eu ainda estaríamos... capturados. E eu teria ficado longe do mar. Murrin desfez o laço entre nós.

– Acho legal essa sua vontade de ajudar, mas a questão é que *eu não quero ter um laço com você*. – Alana foi sacudida por mais um calafrio ao dizer isso, e mal conseguiu disfarçá-lo.

Vic assentiu com a cabeça.

– Nós podemos dar um jeito nesse detalhe. Eu não vou pedir o que Murrin tem com você... Não estou buscando uma esposa. Só sei que preciso consertar essa situação. Talvez eu não soubesse as palavras certas quando nos conhecemos. Não posso dizer que tenho a mesma *experiência* que Murrin no trato com garotas mortais, mas...

Alana congelou.

– O que você quer dizer?

– Ora, Alana. Nós não somos feitos exatamente para a fidelidade. Dê só uma olhada. – Vic fez um gesto na direção

de si mesmo. O ar convencido estava de volta ao seu rosto.
– Não é nada comum ouvirmos um *não* de alguma mortal. O que vocês sentem quando olham para nós... Centenas de garotas... Não que ele tenha ficado com todas elas, é claro. O que vocês sentem é puro instinto. Não exatamente *amor*, só uma reação aos feromônios.

Alana se pegou oscilando entre o ciúme e a aceitação. Vic não estava lhe dizendo nada que ela não tivesse pensado. Sob certos aspectos, aquilo tudo não passava de um tipo de lógica extrema por trás da Regra das Seis Semanas.

– Eu *devo* isso a ele. – Vic estava dizendo agora. – E você não está achando que o ama de verdade, está?

Alana não chegou a chorar, mas teve vontade. Ela não dissera as três palavras fatídicas para Murrin, ainda não, mas pensou em dizer. Era o que estava sentindo. *Então eu estou sendo uma boba? Será que algo nisso tudo é de verdade?*

Ela poderia questionar Murrin, mas ele seria franco na resposta? E isso fazia alguma diferença? Se ele acabaria sentindo raiva dela com o tempo, seria melhor que fosse embora agora. Alana não queria esse tipo de sentimento ruim entre os dois.

Se o que Vic dissera era mesmo verdade, não havia nenhum motivo para segurar Murrin ao seu lado e muitos motivos para deixá-lo partir. *E depressa.* Ele não seria dela para sempre. Já não era dela de forma nenhuma. *Não passa de um truque.* Ele pertencia ao mar, e com isso viriam os relacionamentos, ou casos passageiros, com outras garotas. *Será que o que eu estou sentindo é uma mentira, ou quem está mentindo é Vic?* Racionalmente, a verdade parecia estar do lado de Vic: as pessoas não se apaixonavam com essa rapidez toda, não passavam por cima de todas as suas regras pessoais com tanta facilidade. *É só uma mágica de selchie*. Ela fez força para expulsar os pensamentos para longe do turbilhão de emoções que só crescia dentro do seu peito e inspirou e expirou várias vezes até se acalmar.

– Como vamos fazer isso?

Murrin encontrou Alana sentada na borda do recife, mas ela não estava feliz. Havia um ar de choro no seu rosto.

– Oi. – Ela lhe lançou um olhar de relance.

– Tudo bem com você? – Ele não queria que ela se sentisse pressionada. A sua aceitação da história toda ainda parecia frágil.

Em vez de responder, ela lhe estendeu uma mão.

Ele se sentou ao seu lado, e Alana se aconchegou no seu abraço. As ondas lambiam o recife exposto e subiam pela borda da rocha onde eles estavam. O borrifo salgado lhe arrancou um suspiro. *Minha casa*. Murrin não conseguia imaginar alegria maior que aquela: o contato da sua Alana e da sua água na pele ao mesmo tempo.

Perfeição... Exceto por ela estar triste.

– Eu não achei que fosse... me importar, não tão cedo. Só quero que você seja feliz – disse ela. – Mesmo isto não sendo de verdade...

– Isto *é* de verdade. – Ele pegou o colar de pérolas e colocou em volta do pescoço de Alana. – E eu estou feliz.

Ela ofegou de leve enquanto corria os dedos pelas pérolas.

– Eu não posso... – Alana sacudiu a cabeça. – Você sente saudades?

– Do mar? Ele está bem aqui.

– Mas você sente falta... De se transformar e poder sair por aí? De conhecer outras pessoas? – Os músculos dela se retesaram no seu abraço.

— Eu não vou deixar você — Murrin a confortou. Muitas vezes, ele pegara sua mãe olhando para o mar como se ele fosse um inimigo capaz de roubar sua família ao menor descuido seu. E não era isso que queria que acontecesse com Alana. Seus braços a envolveram outra vez. — Eu estou bem aqui, onde preciso estar.

Ela assentiu, mas Murrin sentiu as lágrimas pingando em suas mãos.

Alana pensou bem e concluiu que confiar inteiramente em Vic seria tolice. Ele estava mesmo certo: ela precisaria libertar Murrin antes que começasse a se ressentir por estar longe do mar. E Murrin não estava pensando direito. O tal encantamento que o mantinha perto dela também impedia que reconhecesse a falta que sentia do mar. Porque, se voltasse para o meio das ondas... poderia conhecer outros selchies. Mas nada disso significava que Alana estava disposta a formar um laço com Vic. Sendo assim, decidiu apelar para um plano que havia tramado antes e que, na ocasião, descartara achando que seria arriscado demais.

Além de desnecessário, claro, uma vez que o amor havia assumido as rédeas.

Ele estava dormindo quando ela saiu do apartamento. Alana chegou a pensar em lhe dar um beijo de despedida, mas sabia que isso iria acordá-lo.

A porta do apartamento se fechou às suas costas; ela então foi em silêncio até a rua e abriu o porta-malas do carro. Ali estava, o manto de pele dele. O manto que era uma parte de Murrin, tanto quanto a pele aparentemente humana que Alana acariciava quando sentava ao seu lado para ver filmes antigos com a tevê quase sem som, tarde da noite. Num movimento delicado, ela puxou o manto de pele para junto de si – tentando não prestar atenção no calor que emanava dele – e então saiu correndo.

Não havia lágrimas nos seus olhos. *Ainda.* Ela teria tempo para isso mais tarde. Primeiro, era preciso se concentrar em chegar até a praia antes que ele percebesse sua ausência. Alana correu pelas ruas no lusco-fusco do dia mal iniciado. O sol não demoraria a subir, mas ainda era cedo demais para os primeiros surfistas aparecerem.

Ela sabia que Murrin logo chegaria. Ele era impelido a seguir o manto que estava nas mãos dela, mas saber disso não facilitava as coisas. Alana sentia a urgência de terminar com aquilo antes que ele aparecesse, mas ao mesmo tempo a ideia a enchia de desespero.

Vai ser melhor assim.

Ela entrou na água. As ondas puxavam suas pernas como se fossem criaturas estranhas golpeando seus joelhos e querendo arrastá-la até o fundo. As algas deslizavam na pele nua, filamentos serpenteantes que faziam seu pulso acelerar demais.

Isto é o certo a fazer, por nós dois.

E, então, lá estava ele. Ela ouviu Murrin chamar seu nome.

– Alana! Pare!

No fim, nós dois vamos acabar infelizes se eu não fizer isso.

O manto de pele pesava nos seus braços; seus dedos estavam agarrados a ele.

Murrin estava ao seu lado agora.

– Não...

Ela não escutou o resto. Deixou que as ondas puxassem as suas pernas. Com os olhos fechados, esperou. O instinto de sobrevivência era mais forte do que qualquer encantamento: os braços largaram o manto de pele para que Alana pudesse nadar.

Bem ao seu lado, ela o sentiu, o pelo sedoso roçando contra sua pele enquanto o manto selchie transmutava sua forma humana numa foca escorregadia. Ela deslizou a mão na pele dele uma vez e então nadou na direção oposta, para longe do mar aberto que o chamava.

Adeus.

Alana não sabia se era por causa da água do mar ou das lágrimas que escorriam no seu rosto, mas sentiu os lábios salgados quando chegou à praia.

De pé na areia outra vez, ela via a silhueta dele ao longe, distante demais para ouvir sua voz caso sucumbisse e o chamasse de volta. E Alana não faria isso. Uma relação nascida de um encantamento mágico já estava fadada a fracassar desde o início. Não era aquilo que ela queria para nenhum dos dois. Alana sabia disso, tinha certeza, mas a sua certeza não amainava a dor causada pela ausência de Murrin.

Isso não é amor de verdade. É só um rastro do encantamento.

Seus olhos avistaram Vic mais adiante na praia. Ele disse algo que ela não conseguiu distinguir sob o rugido das ondas, e então desapareceu também. Os dois foram embora, e Alana ficou lá repetindo para si mesma que tinha sido melhor assim, que tudo que havia sentido era mentira.

Mas então por que dói tanto?

Por várias semanas, Murrin não tirou os olhos dela. A sua Alana, sua não-mais-companheira, na praia que era o seu não-mais-lar. Ele não sabia o que fazer. Ela o havia rejeitado, o mandara de volta para o mar, mas tudo indicava que seu coração estava partido por causa disso.

Se ela não me ama, por que está chorando?

Então, um dia, viu que ela estava segurando as pérolas que ele lhe dera. Estava sentada na areia, correndo o fio do colar entre os dedos, cheia de cuidado, de amor. O tempo todo, lágrimas escorriam dos seus olhos.

Ele subiu para a praia no mesmo lugar do recife onde a havia escolhido pela primeira vez, de onde observara os seus hábitos para tentar encontrar a melhor maneira de cortejá-la. Desta vez era mais difícil, agora que ela já conhecia tantos dos seus segredos e já o considerara inadequado. Na beirada do recife, ele se despiu da sua Outra-Pele e a escondeu numa reentrância onde ficaria longe das vistas de qualquer pessoa. Estrelas-do-mar enormes estavam agarradas na parte de baixo do coral, e Murrin ficou se perguntando se Alana já tinha visto aquilo. Os primeiros pensamentos que brotavam na sua mente ao se deparar com qualquer novidade ainda tinham a ver com ela. Com os seus interesses, seu riso, sua pele macia.

Ela não o ouviu se aproximar. Ficou de pé ao seu lado para fazer a pergunta que havia atormentado seus pensamentos durante aquele tempo todo.

– Por que você está triste?

– Murrin? – Enfiando o colar no bolso, ela recuou, tomando cuidado para ver onde pisava, os olhos sem dúvida vasculhando a areia atrás da sua Outra-Pele para em seguida voltar a fitá-lo depois de cada passo. – Eu libertei você. Vá embora. Pode ir.

– Não. – O seu sonho tinha sido voltar a estar assim tão perto dela desde o instante em que fora obrigado a ir embora. Ele não conseguiu se conter. Sorriu.

– Cadê? – perguntou ela, o olhar vasculhando freneticamente as poças no recife à sua volta.

– Você quer que eu lhe mostre...

– *Não*. – Ela cruzou os braços na altura do peito e fechou a cara. – Eu não quero começar tudo de novo.

– Ela está escondida. Você não vai encostar nela, a menos que me deixe levá-la até o esconderijo. – Ele então caminhou mais para perto, e dessa vez ela não recuou... mas também não caminhou na sua direção, como Murrin havia desejado que acontecesse.

– Você... Você tá pelado. – Ela ficou com as faces coradas e virou o rosto. Estendendo a mão para a mochila, puxou lá de dentro um casaco de capuz e uma calça jeans que os dois haviam escolhido num brechó na sua primeira semana juntos. E atirou as roupas na direção dele. – Toma.

Invadido por uma onda imensa de contentamento por ter constatado que Alana levava as suas roupas na mochila. Certamente isso era um sinal de que ela esperava que ele acabasse voltando. Murrin tratou de se vestir.

– Você pode caminhar comigo?

Ela assentiu.

Os dois andaram um pouco, e Alana falou:

– Você não tem motivo para estar aqui. Eu quebrei o feitiço, ou seja lá o que aquilo era. Não precisa mais...

– Que feitiço?

– O que forçava você a ficar comigo. Vic me explicou tudo. Você pode se divertir com as suas garotas-focas agora... Vai ser melhor assim.

– Vic explicou? – repetiu ele. Veikko havia convencido Alana a arriscar a própria vida para se livrar de Murrin. A constatação fez a sua pulsação ribombar do mesmo jeito que acontecia quando ele singrava as ondas no meio de uma tempestade. – E *por que* acreditou nele?

As bochechas dela coraram outra vez.

– O que foi que ele lhe disse?

— Que você ficaria ressentido comigo por ter perdido o mar, e que não conseguiria me dizer isso, e que o que eu sentia era culpa dos feromônios... Como sempre foi com as centenas de outras garotas que você... — O vermelhão no rosto se acendeu ainda mais. — E eu tinha visto você no meio daquela noite, Murrin. Seu rosto tinha um ar tão triste!

— E agora eu fico triste no meio das ondas olhando para você aqui. — Ele a puxou mais para perto, envolvendo-a no seu abraço, beijando-a como eles se beijaram tão poucas vezes antes.

— Eu não estou entendendo. — Ela levou as pontas dos dedos até os lábios, como se houvesse algo estranho no fato de ele beijá-la. — Por quê?

Nem mesmo os recifes cheios de vida conseguiam chegar aos pés da beleza de Alana ali parada com os lábios inchados pelo beijo e os olhos muito arregalados. Ele continuou com ela nos seus braços, onde era o seu lugar, onde sempre queria que ela estivesse, e falou:

— Porque amo você. E é assim que nós demonstramos...

— Não. Eu quis dizer que você não *tem que* me amar agora. Eu libertei você. — A sua voz estava suave, um murmúrio sob o assovio do vento soprado pelo mar.

— Eu nunca tive que *amar* você. Eu só tinha que ficar ao seu lado enquanto não tivesse minha pele de volta. E, se quisesse ir embora, teria arrumado um meio de encontrá-la logo.

Alana fitou seu rosto com a cautela já familiar, mas dessa vez havia também um novo sentimento estampado na sua expressão. Esperança.

— Vic mentiu para você porque fui eu que ajudei a companheira dele a ir embora. Ela ficou doente. Ele vivia saindo com outras garotas mortais, e ela estava lá capturada e infeliz. — Murrin desviou o olhar, parecendo envergonhado. — A nossa família não sabe disso. Bem, talvez desconfiem, mas Veikko nunca lhes contou, porque para isso teria que admitir também a crueldade dos seus próprios atos. De qualquer maneira, achei que ele tivesse me perdoado. Afinal, tinha dito...

– O quê?

– Veikko é meu irmão. Eu confiava nele...

– Eu também confiei nele. – Ela se inclinou mais para perto e passou os braços em volta de Murrin. – Desculpa.

– Mais cedo ou mais tarde, vamos ter que lidar com ele. – A voz de Murrin estava triste e relutante ao mesmo tempo. – Mas, por enquanto, se ele procurar você...

– Eu lhe aviso.

– Chega de segredos – completou ele. E a beijou.

Os lábios de Murrin tinham gosto de mar. Alana fechou os olhos para saborear o toque daquelas mãos na sua pele, e cedeu à tentação de correr as suas pelo peito dele. A sensação inebriante era a mesma que ela havia sentido nos seus sonhos quase todas as noites depois que ele fora embora. O seu coração bateu com a mesma força das ondas arrebentando às suas costas quando Murrin se inclinou e roçou a boca no seu pescoço.

Ele é meu. Ele me ama. Nós podemos...

– Minha esposa linda – sussurrou ele junto a sua pele.

Com um ímpeto mais forte do que a simples hesitação, ela recuou para longe dele.

– Acho melhor a gente fazer diferente desta vez, sabe. Ir com mais calma. Eu quero que você fique por aqui, mas estar casada na minha idade não é o melhor a fazer. Eu tenho tantos planos...

– De sair com outras pessoas?

– Não. Nada disso. – Ela sentou na areia da praia. Vendo que Murrin não movia um músculo, estendeu a mão e puxou a dele, até fazê-lo ficar sentado ao seu lado. E então falou: – Eu não quero saber de mais ninguém, mas não me sinto pronta para casar. Nem me formei no colégio ainda. – Seu olhar buscou o rosto dele num relance. – Sinto sua falta o tempo todo, mas não quero ter que me perder para ficarmos juntos. E quero também que você continue sendo *você* mesmo... Não sentiu falta de mudar de forma?

– Eu senti, mas com o tempo isso fica mais fácil. É assim que as coisas funcionam.

Murrin parecia tão calmo! Mesmo sabendo que Vic tinha mentido a respeito de várias coisas, Alana sabia também que sobre isso ele nunca precisaria mentir. Ela nunca sequer tinha imaginado uma tristeza do tamanho daquela que vira nos olhos de Murrin no dia em que o flagrou com o olhar perdido na direção da praia.

E então indagou:

– Que tal se você pudesse continuar tendo o mar? Nós podemos... namorar. Assim você continuaria sendo quem é. E eu poderia continuar indo para o colégio e, bom, para a faculdade.

– E você seria só minha? E eu poderia ficar com o mar também?

Ela teve que rir do tom desconfiado da voz dele.

– Você entendeu que ir para o mar não é a mesma coisa que poder sair com outras garotas, não entendeu?

– E onde está o sacrifício em ter que fazer isso?

– Não vai ter sacrifício nenhum, mas sim paciência, confiança. Sem ninguém precisar abrir mão daquilo que é. – Ela se aninhou nele. Com ele encontrava a mesma paz e o mesmo prazer que o mar sempre lhe dera.

Como eu pude pensar que seria melhor se ficássemos separados?

Ele então abriu um sorriso.

– Nós dois juntos, e ainda posso ficar com o mar e você com seus estudos? Pelo jeito assim vou ter tudo o que quero, e você...

– E eu também. Vou ter você *e* o tempo para fazer o que preciso para ter uma carreira no futuro.

Alana havia passado por cima da Regra das Seis Semanas, era verdade, mas ter um namorado não precisava significar o fim dos seus planos para o futuro. Com Murrin, ela poderia ter os dois.

Ele estendeu a mão para puxar o colar de pérolas do bolso dela. Com um ar solene, ajeitou-o no seu pescoço e travou o fecho.

– Eu amo você.

Ela lhe deu um beijo, só um roçar ligeiro de lábios, e respondeu:

– Eu também amo você.

– Sem Outra-Pele, sem encantamentos mágicos – reiterou ele.

– Só nós dois – afirmou ela.

E essa foi a melhor mágica que poderia existir.

Velhos Hábitos

Depois de TINTA PERIGOSA
PRÓLOGO

VOCÊ SERÁ UM REI EXCELENTE – FALOU IRIAL.

E então, antes que Niall pudesse reagir, o outro beijou a comprida cicatriz que um dia Gabriel abriu no seu rosto. Seus joelhos cederam sob o corpo, e uma corrente inquietante de energia renovada o inundou, junto com a consciência da presença de inúmeras criaturas sombrias, como fios da grande tapeçaria que unia sua vida à deles.

– Cuide bem da Corte Sombria. Eles merecem isso. Merecem *você*. – Irial curvou a cabeça numa reverência. – Meu Rei.

– Não. – Niall recuou trôpego, cambaleando na calçada, quase caindo no meio do trânsito que zunia na rua. – Não quero isso. Já lhe disse que...

– A corte precisa de energia nova, Gancanagh. Eu a conduzi como regente ao longo do reinado de Beira, encontrei meios de aumentar nossas forças. E estou cansado. Fui mais modificado pela história toda com Leslie do que estou pronto para admitir, até mesmo para você. Você pode ter rompido o laço que nos unia, me arrancado da pele dela, mas isso não modifica a natureza de tudo. Não estou apto para liderar minha corte no momento. – Irial abriu um sorriso triste.

— A minha corte – *ou sua corte, agora* – precisa de um novo rei. E você é a escolha certa. Você sempre foi talhado para ser o sucessor do Rei Sombrio.

— Retire o que disse. – Niall sentia a inutilidade das próprias palavras, mas não conseguiu pensar em nada mais inteligente para falar.

— Se você não quer assumir isso...

— Eu não quero.

— Então terá que escolher alguém à altura para repassar a incumbência. – A fagulha nos olhos de Irial era muito suave. A energia misteriosamente magnética que sempre tivera pairando ao redor de si como uma névoa parecia menos avassaladora agora. – E, nesse meio-tempo, oferecerei o que jamais ofereci a nenhum outro: a minha lealdade, Gancanagh. Meu rei.

Ele então se ajoelhou, a cabeça curvada numa reverência, ali mesmo na calçada lotada. Os passantes mortais esticavam os pescoços para bisbilhotar a cena.

Os olhos incrédulos de Niall ficaram também pregados nele, o último Rei Sombrio, enquanto a realidade dos acontecimentos se delineava à sua frente. Então ele deveria simplesmente agarrar a primeira criatura sombria que visse pela frente e... *Ele entregaria um poder desses nas mãos de um ser encantado aleatório? Um membro aleatório da* Corte Sombria, *ainda por cima?* Niall pensou em Bananach e nos Ly Ergs sempre buscando guerra e violência. Irial era moderado se comparado à selvageria de Bananach. Niall jamais seria capaz de entregar a regência da corte a qualquer um, não com a consciência tranquila, e Irial sabia disso.

— O líder da Corte Sombria sempre foi escolhido entre os seres encantados solitários. Esperei muito tempo para encontrar outro candidato depois que você disse *não*. Mas, num dado momento, percebi que eu esperava que você abandonasse Keenan. E, no fim, a sua decisão não foi uma questão de escolher entre mim e ele; você escolheu o caminho mais difícil. – Irial então se levantou. Ele tomou o rosto de Niall entre as mãos num gesto suave, mas decidido, e lhe beijou a testa. – Sei que se sairá bem. E, quando se sentir pronto para falar, continuarei aqui.

E com isso desapareceu no meio da multidão de mortais que zanzava pela calçada deixando Niall perplexo e sem palavras.

CAPÍTULO 1

ALGUMAS SEMANAS MAIS TARDE

Niall caminhou por Huntsdale tentando ignorar as reações despertadas pela sua presença. Jamais conseguira passar despercebido. Por séculos, fora um Gancanagh e o companheiro do Rei Sombrio; nos últimos tempos, ocupara o posto de conselheiro tanto do último Rei do Verão quanto do atual. Posições que não lhe permitiam ser imperceptível. Sempre fora influente. Quando fora companheiro de Irial, o próprio Niall não sabia que estava com o Rei Sombrio, mas muitos dos que cruzavam o seu caminho sabiam. Reconheciam sua influência bem antes que ele tivesse essa noção.

Criaturas da Corte Sombria – *meus súditos agora* – corriam à sua volta. Elas estavam sempre ao seu alcance, sempre à vista, sempre dispostas a satisfazer cada mínimo desejo seu. Buscavam a sua aprovação, a verdade era essa, e mesmo com sua vontade de permanecer indiferente Niall não conseguia conter as próprias reações. Ser o rei daquelas criaturas significava ter com elas o tipo de ligação que ele só sentira duas vezes na vida: com Irial e com Leslie. E além do mais, num detalhe um tanto perverso, talvez, a sua posição como Rei Sombrio o levava a se sentir ainda mais ligado tanto à garota mortal quanto ao ser encantado em questão. Leslie, mesmo tendo rompido seu laço com Irial, continuava sob a proteção da Corte Sombria, e Irial, embora não fosse mais rei, continuava sendo o pulso da corte.

O pior era que Niall podia sentir as emoções de todos os seres encantados com quem cruzava. Ele sabia o que pretendiam esconder por trás de expressões impassíveis. Ele conhecia suas dores e seus anseios. O seu mundo era varrido o tempo todo por verdadeiras ondas de um maremoto sensitivo.

Niall atravessou a porta do Ninho do Corvo, a boate dos mortais, onde seu melhor amigo estava à espera. Seth não se levantou assim que avistou Niall; não fez uma reverência nem pareceu de repente mais agitado. A sua única reação foi cumprimentá-lo com um aceno de cabeça e um "E aí?" casual.

O peso da função que Niall não queria assumir pareceu se dissipar nessa hora. Sentou-se à mesa pequena ao fundo do recinto mal iluminado. O jukebox estava ligado, mas o volume ainda estava numa altura suportável àquela hora do dia. Alguns mortais se distraíam com os jogos de dardos; outros assistiam atentos à partida de futebol na tevê de tela enorme; e alguns ainda se dedicavam a beber suas cervejas em silêncio. O clima estava tranquilo.

Seth empurrou um cinzeiro na direção de Niall.

– Tudo bem?

Niall franziu o cenho. Sem se dar conta, sacara um cigarro enquanto se acomodava na cadeira. *O hábito retornou no instante em que me liguei a ele outra vez.* Encarando o cigarro, tratou de bloquear a lembrança da primeira vez em que fumara. *Recordações envolvendo Irial nunca são um território bom de ser visitado.*

– Hoje você está com uma cara pior do que o normal – falou Seth.

Niall deu de ombros.

– Há dias... Há dias em que odeio Irial.

– E nos outros dias?

Essa era a pegadinha: nos outros dias. Niall deu uma tragada no cigarro e saboreou a sensação da fumaça preenchendo os seus pulmões. Depois de um instante, soprou-a de volta para o ar. – Nos outros dias sei que ele tinha razão. Eu *sou* o Rei Sombrio, e ficar resmungando por causa disso é inútil.

– Mas sempre pode passar o cargo para outra pessoa, não pode? – Seth inclinou-se para trás, fazendo a cadeira ficar apoiada só nos dois pés traseiros.

– Claro, se eu quiser ser um idiota. – Niall fez um sinal para a garçonete e pediu uma bebida.

Depois que a moça se afastou, Seth se debruçou no tampo da mesa.

– Mas que parte da história você *não* está me contando?

Niall soprou uma baforada de fumaça.

– Liguei para Leslie.

– Para quê?

– Tinha pensado em sugerir que fôssemos amigos. Leslie e eu. – Niall fez uma pausa, mas Seth não falou nada. O mortal simplesmente ficou encarando-o, de modo que Niall prosseguiu: – O telefonema não foi para sugerir um... relacionamento.

– Duvido. – Seth sacudiu a cabeça. – Você não quer ser amigo dela. Repare nos rodeios que precisou fazer para conseguir formular essa mentira.

– Se fosse mesmo mentira, não teria conseguido dizer.

– É mesmo? – Seth arqueou uma sobrancelha. – Então tente me falar diretamente que você só quer ser amigo dela. Vai, pode dizer.

– Eu não acho que isso...

– Falar isso seria mentira, não seria? – interrompeu Seth. – Dizer para mim que você só quer ser amigo dela seria uma mentira. E você não consegue mentir.

— Por que nós dois somos amigos? — Niall soltou entre os dentes.

— Porque eu não minto para você *nem* o bajulo. — Seth deu um riso irônico. — Você não gosta de ser idolatrado nem desobedecido... Ou seja, é o maluco perfeito para liderar um bando de seres encantados malucos, mas por outro lado sempre vai precisar de alguns amigos que *não sejam* seres encantados malucos.

Os dois fizeram silêncio enquanto Niall aceitava a bebida trazida pela garçonete. Ele nunca tivera problemas para atrair a atenção de mortais, mas seria de esperar que o magnetismo tivesse diminuído agora que sua qualidade viciante de Gancanagh fora neutralizada. Só que, em vez disso, mesmo podendo tocar nos mortais sem deixá-los irremediavelmente viciados, ele não havia se tornado nem um pouco menos atraente aos olhos deles. Ao longo de toda a sua existência, o único que nunca dera sinais de querer absolutamente nada de Niall era justamente o mortal que dividia a mesa com ele agora. Infelizmente, Seth não era propriamente imune às características que tornavam Niall interessante para a maioria dos mortais. Ele apenas as reconhecia — e portanto estava mais apto a vê-las pelo que realmente eram. *E é por isso que faz questão de manter uma distância segura.* Seth nunca seria capaz de ter uma postura discriminatória, mas também era totalmente dedicado à sua amada Aislinn. *E totalmente hétero.*

O plano tramado pelo Rei do Verão de encorajar Niall a cuidar daquela mortal tivera algumas consequências que em certa medida já eram previsíveis. Quando aceitara a incumbência, Niall ainda era um Gancanagh — uma criatura viciante para os mortais. Embora o assunto jamais tivesse sido discutido abertamente, Seth sabia bem por que reagia de maneira tão intensa a Niall: Keenan planejara que Seth se viciasse.

Não que eu fosse avesso a essa ideia na época.

O Rei Sombrio sacudiu a cabeça. Parecia incoerente que as ordens que havia cumprido a mando de outro soberano o enchessem mais de culpa do que seus próprios atos como rei. Ele ainda convivia um pouco com Seth, e o considerava um amigo, mas os sinais de que a ligação do mortal com ele era calcada em parte na sua qualidade viciante estavam todos bem claros.

Eu estava só cumprindo ordens. Alguns toques no seu braço, nada mais do que um braço passado em volta dos ombros. Não aconteceu nada sério entre a gente.

Niall procurou se reconfortar com as mentiras que sussurrava mentalmente, mas fatos eram fatos. Ele havia machucado Seth, e como consequência disso sua presença era perigosa para o mortal agora. Ela nunca deixaria de ser, na verdade, e era difícil para Niall não tirar vantagem do rastro de vício que ainda restava e do novo magnetismo que a posição de Rei Sombrio lhe conferia.

Levando a mão ao bolso, ele puxou uma pedra comum. E a deslizou pelo tampo da mesa.

– Tome.

– Uma pedra. Mas que bondade sua. – Seth ergueu a pedra pinçada entre o polegar e o dedo indicador. Uma onda de paz tomou conta da expressão do mortal. – Cacete.

– Se você não quer... – Niall estendeu a mão.

Pela primeira vez desde que Niall se tornara o Rei Sombrio, Seth não recuou para longe do seu alcance. Ele também não soltou a pedra. Em vez disso, fechou os dedos em torno dela, alojando-a bem firme na palma de sua mão.

A outra, Seth pousou rapidamente no antebraço de Niall.

– Eu poderia dizer que ninguém nunca me deu um presente mais útil, mas isso ainda seria pouco. É... é complicado lidar com a Corte do Verão, e principalmente com as Garotas do Verão... Elas até que conseguem ter sucesso nas suas tentativas de não me manipular. – Seth fez uma pausa e fitou Niall. – *Quase sempre.*

Um sorriso se abriu no rosto de Niall ao se lembrar da falta de inibição das Garotas do Verão. Ele sentia saudades delas, algumas mais do que outras, mas duvidava de que o Rei do Verão fosse aceitar a ideia de as visitar. – Elas não estão habituadas a se impor qualquer tipo de restrição. Só o fato de se esforçarem já é um sinal do apreço que têm por você.

– E você? – arriscou Seth.

– Já reparei na sua tendência de manter sempre uma mesa entre nós – admitiu Niall.

– Não é nada pessoal, entende? – E Seth abriu um sorriso brincalhão, um daqueles que não surgiam no seu rosto há semanas. – Se você fosse do sexo feminino, essa sua... humm... *sedução* seria até interessante. Não que Ash aprovasse uma iniciativa minha nesse sentido de qualquer maneira, mas a questão é que não curto homem. Sem ofensa.

Niall riu.

– Não estou ofendido.

Enquanto os dois conversavam, Seth tinha ficado o tempo todo com a pedra bem segura na mão. Depois de respirar bem fundo, ele a pousou diante de si na mesa e ergueu as mãos para trás da nuca para soltar o fecho da corrente que tinha no pescoço. Ele manteve seu olhar fixo na pedra, e Niall se deu conta de como devia ser difícil para aquele mortal viver cercado por tantos seres encantados. *E viver perto de mim.* Poderia minimizar a amizade deles como um simples resultado do relacionamento de Seth com Aislinn, mas o fato era que a sua presença, ali do outro lado da mesa, não tinha nada a ver com a Rainha do Verão. Aislinn, aliás, ficaria mais feliz se Seth decidisse cortar laços com Niall. E Keenan também ficaria feliz, por motivos completamente diferentes.

Seth passou a corrente de prata por um buraco que havia na pedra e em seguida voltou a prendê-la no pescoço. Feito isso, ele escondeu a corrente por baixo da blusa.

– De repente o mundo começou a parecer mais sob controle. Fico lhe devendo essa. – Seth cutucou a argola que usava no lábio inferior. – Não que eu faça a menor ideia de como poderia retribuir um presente *desses,* mas pode ter certeza de que vou retribuir.

– Ela não veio com etiqueta de preço – falou Niall. – Foi um presente, dado por livre e espontânea vontade. Nada mais, nada menos que isso.

– Sei, tudo bem, mas você não parece alguém que... Digamos que foi meio esquisito olhar para a sua cara e ter pensamentos que *eu sei* que não correspondem às coisas que penso sobre você, e... – Seth mordeu o piercing no lábio, obviamente pesando bem suas palavras antes de dizer qualquer coisa. – E digamos que nem todo mundo tenha dado sinais de ignorar o efeito que é capaz de ter sobre mim.

Niall sentiu seu autocontrole escorregar de leve.

– Você não vai me dizer nomes?

– Não. – Ele sorriu. – Não vou lhe dar essa desculpa pra criar confusão com quem quer que seja. Além do mais, agora que tenho isto aqui, essas manipulações mentais vão começar a ficar divertidas para o *meu lado,* para variar. Então está tranquilo.

Por um instante, Niall refletiu se valeria a pena insistir no assunto, mas manter a certeza de que Seth sempre lhe avisaria caso estivesse realmente precisando de ajuda fazia parte dos pré-requisitos da amizade entre os dois. Ele pegou mais um cigarro.

– Sei que você vai falar comigo se precisar de ajuda. – Seus olhos encararam Seth enquanto ele manipulava o cigarro. – Tenho alguns súditos que achariam divertida a missão de ajudá-lo.

– É, Ash adoraria saber que eu ando arrasando corações na Corte Sombria. – Seth arqueou a sobrancelha outra vez. –

Se você quer arrumar briga com ela, faça isso por sua conta e risco. Não está nos meus planos lhe arrumar um pretexto.

Niall acendeu o cigarro.

– Só não se esqueça disso.

– Hoje não, ok?

Admitindo a derrota, Niall ergueu as mãos.

– Mas como você está? – sondou Seth, cheio de tato. – As coisas já estão melhores com seu... antecessor?

A verdade era que Niall estava mesmo querendo se abrir com Seth sobre essa questão, só não sabia muito bem o que dizer a respeito. Não ainda, pelo menos. Ele bebericou o drinque; tragou o cigarro em silêncio.

Seth mergulhou no próprio copo e ficou esperando.

– Ele tem desaparecido com certa frequência, não sei o que anda fazendo. – Niall sacudiu a cabeça. Com mais de um milênio de idade, ali estava ele, buscando os conselhos de uma criança mortal. – Não tem importância.

– E embora você não queira perguntar o que ele anda fazendo, sente que deveria fazer isso.

Niall não respondeu. O fato era que não poderia negar isso, mas também não queria admitir tão cedo. Se Irial tivesse lhe entregado o controle de todas as negociatas de bastidores e transações perversas além da regência em si, ele não sabia se estaria preparado para ser o Rei Sombrio. Mas, ainda assim, sentia que *deveria* ser informado sobre toda essa parte.

– Você pode deixar o barco correr solto ou então exigir que ele lhe transmita informações com mais frequência. Não há mais muitas opções, não é mesmo? – Seth fez um gesto na direção da área onde ficavam os jogos de dardos, agora desocupada. – Vamos. Hora de se distrair.

CAPÍTULO 2

SORCHA JÁ ESTAVA SENTADA IMÓVEL HÁ HORAS ENQUANTO Devlin desfiava os temas que pediam a sua atenção. Um dos mortais que vivia entre eles estava enlutado. Era uma questão complicada.

– Devo mandá-lo de volta para o seu mundo ou fazer parar a sua respiração? – indagou Devlin.

– Ele era um bom mortal. Deve ter a chance de viver um pouco mais. – A Rainha da Alta Corte mexeu uma das peças do seu tabuleiro. – Lembre a ele que, se nos deixar, não terá permissão para nos ver mais. Será preciso arrancar seus olhos.

– Eles nunca gostam dessa parte – observou Devlin.

Sorcha estalou de leve a língua.

– Regras são regras. Explique as alternativas que ele tem; talvez isso o inspire a acalmar suas emoções e ficar por aqui.

Devlin tomou nota.

– Há dias em que ele não para de chorar, mas explicarei tudo.

– E o que mais?

– Algumas das pinturas descartadas foram deixadas para ser 'descobertas' pelos mortais num galpão. – Devlin se aproximou para mexer numa figura entalhada na posição de joelhos.

A rainha assentiu com a cabeça.

– Eu não ouvi mais qualquer rumor sobre intenções de Guerra. – A expressão no rosto de Devlin permaneceu inalterada, mas podia ver a tensão que ele se esforçava para conter. – A Corte Sombria pareceu não tomar conhecimento. A Corte do Verão continua sem saber...

– E do Inverno?

– A nova Rainha do Inverno não está recebendo convidados. Eu tive o acesso negado. – Devlin fez uma pausa, como se a ideia do acesso negado lhe parecesse chocante. Para ele, que existia desde o início dos tempos, constatar que um ser encantado conseguira surpreendê-lo era uma sensação oscilante entre o divertido e o desconcertante. – O homem-árvore disse que eu podia deixar... um recado.

– Então vamos aguardar – assentiu Sorcha. Aquelas criaturas mais jovens eram estranhas. Seus modos lhe pareciam brutos às vezes, mas, ao contrário do irmão, ela não se divertia com isso. Era simplesmente como as coisas *eram*. Qualquer reação emocional seria desnecessária. Ela ergueu uma das pequenas figuras entalhadas e em seguida deixou-a cair no chão, transformando-a em poeira e cacos.

– Essa jogada já não tem funcionado há séculos, Irmão.

Devlin pegou outra peça e a levou para a mesma casa onde estava a anterior, substituindo-a.

– Você irá jantar ou pretende se recolher?

– Eu estarei recolhida.

Ele então fez uma reverência e saiu, deixando Sorcha a sós e livre para passar a noite meditando. Ela se levantou e alongou os músculos, e então também deixou para trás o ar parado da sala. Até mesmo aquelas minúcias de negócios deveriam ser tratadas da maneira como sempre haviam sido – em espaços austeros, com respostas ponderadas.

Só o farfalhar das saias perturbou a quietude reinante quando Sorcha se dirigiu para o pequeno aposento onde pretendia passar o resto do dia. Era um dos espaços internos que usava para meditar. Os jardins eram sempre preferíveis, mas nessa noite decidira abrir mão do ar livre pela privacidade do quarto pequeno.

Seus sapatos não fizeram barulho quando entrou na câmara vazia, e sua boca não verbalizou a pontada de desagrado que sentiu ao já encontrá-la ocupada.

– Não mandei chamá-lo.

Irial esticou o corpo numa das poltronas macias que ela mandara trazer de uma loja próxima.

– Relaxe, meu amor.

Sorcha lançou um olhar duro para o antigo Rei Sombrio.

– Membros da sua corte não são bem-vindos na minha presença...

– Não é minha corte. Não no momento. Estou afastado. – Ele se levantou enquanto dizia isso, o corpo retesado como se precisasse fazer esforço para manter-se longe dela. – Você nunca pensa em largar tudo, Sorch?

Sorcha reagiu com um calafrio diante dessa profanação do seu nome, do tom de intimidade na voz dele.

– Eu sou a Alta Corte. Não há como desistir.

– Nada permanece igual para sempre. Até mesmo você pode mudar.

– Eu não mudo, Irial.

– Eu mudei. – Ele estava a pouco mais de um passo de distância dela agora, sem contato direto, mas perto o bastante para fazê-la sentir seu hálito na pele. Sorcha teve que fazer um esforço para não estremecer. Irial podia não ser mais o Rei Sombrio, mas continuava sendo a encarnação perfeita da tentação.

E sabe muito bem disso.
Ele aproveitou-se da vantagem que tinha.
– Sentiu minha falta? Ainda costuma pensar na última vez em que nós...
– Não – cortou. – Creio que posso ter esquecido.
– Ha-ha-ha. Fadas não mentem, amor.
Ela recuou, saindo do seu alcance.
– Esqueça isso. Os detalhes desse erro pretérito têm tão pouca importância que nem estão mais claros na minha memória.
– Eu me lembro. Lua crescente no céu, outono, um ar frio demais para aquela – ele deixou o olhar pousar nela como se não houvesse as saias pesadas no caminho entre os dois – exposição toda, mas lá estava você. E eu fiquei surpreso quando não vi um carvalho na sua pele.
– Não era um carvalho. – Ela o afastou com um gesto. – Era um...
– Salgueiro – murmurou ele ao mesmo tempo. E tinha um ar satisfeito, saciado, quando se afastou.
– Que diferença faz? Até mesmo as rainhas cometem erros às vezes. – Mesmo não tendo o olhar dele sobre si, escondeu o sorriso dos lábios. Sempre se deliciara com a maneira como ele trazia suas emoções à tona, a ponto de fingir não saber que a Corte Sombria se alimentava delas. – Mas nada disso explica a sua presença aqui, Irial.
Ele acendeu outro dos seus cigarros e ficou junto à janela aberta tragando os fluidos tóxicos. Se Sorcha fizesse o mesmo, poluiria seu corpo. Irial – assim como todos os seres da Corte Sombria – também era diferente nesse aspecto. Eles sorviam toxinas sem que lhes causassem qualquer efeito adverso. Por um momento, o invejou. Ele lhe despertava os sentimentos mais inconvenientes – inveja, luxúria, ira. Não era adequado

que a rainha da Corte da Razão sentisse isso. Esse era um dos motivos que a levara a proibir que membros da Corte Sombria voltassem ao Mundo Encantado. Apenas o Rei Sombrio tinha permissão para se aproximar.

Mas ele não é mais o rei.

Uma pontada de remorso lhe doeu por dentro. Ela não tinha como justificar o fato de ter admitido sua presença. Não de maneira lógica.

E a lógica é só o que deve importar. Lógica. Ordem.

Irial continuou de costas enquanto as suas emoções borbulhavam sem controle.

— Eu quero saber por que Bananach vem aqui.

— Para me trazer notícias. — Sorcha começou a recuperar o autocontrole.

Já chega de me entregar.

O antigo Rei Sombrio teve a decência de não olhar na sua direção enquanto ela lutava com as próprias emoções. Seus olhos estavam voltados para a janela quando ele fez a pergunta:

— E será que você poderia me dizer que notícias são essas?

— Não. Eu não poderia. — Ela voltou ao seu assento, calma e com as emoções controladas.

— Seria algo relacionado a Niall? — Nessa hora, Irial voltou-se para olhá-la. Esse tipo de honestidade singular que os dois adquiriram através dos séculos era algo de que Sorcha sentiria falta agora que ele não era mais o Rei Sombrio. Ninguém, além de seu irmão e de Irial, tinha acesso a esse seu lado.

— Não diretamente.

— Ela não foi talhada para comandar — fez questão de lembrar Irial. — Quando ocupou o trono... Eu não estava lá, mas Miach me contou as histórias.

— Ela é uma força destrutiva que eu jamais libertaria. Não darei meu apoio a ela, Irial. Não tenho nada contra Niall — ela franziu o cenho — além das minhas objeções de sempre quanto à simples existência da Corte Sombria.

Ouvindo isso, Irial sorriu tão lindo e perigoso quanto sempre foram os seus sorrisos. Rei ou não, ainda era uma força a ser temida. *Assim como Bananach. Assim como o mortal da Rainha do Verão.* Muitas vezes os solitários eram os que ofereciam mais risco de trazer problemas; essa tendência à independência não era vista com bons olhos pela Rainha da Alta Corte. Perturbava a ordem.

Ele ficou só observando, saboreando suas emoções e acreditando que ela ainda não compreendera o que estava acontecendo ali. Desse modo poderia obter de Sorcha a emoção que mais almejava: o desejo. Ela não era capaz de externar seu desejo, de tomar a iniciativa. E esperava que ele fizesse isso. Porque assim seria absolvida da responsabilidade pelo erro que pretendia cometer.

Se Irial desconfiasse que ela conhecia o segredo da Corte Sombria, que sabia sobre a capacidade de se alimentarem de emoções, Sorcha perderia esses raros momentos de irracionalidade. Era isso que comprava com o seu silêncio. E ela mantinha as criaturas da Alta Corte fora do alcance da Corte Sombria, escondidas e reclusas. Tudo por causa disso.

A Rainha da Razão fechou os olhos, incapaz de fitar a tentação à sua frente, mas ao mesmo tempo sem vontade de lhe dizer que fosse embora. Ela sentiu a mão dele desatar o nó que mantinha seus cabelos presos.

— Você precisa dizer alguma coisa ou me dar uma resposta clara. Sabe disso. — O hálito dele roçava no seu rosto, na nuca. — Mais tarde ainda poderá alegar que tudo não passou de um erro terrível.

Ela abriu os olhos para mergulhá-los nos dele, escuros feito um precipício, e sussurrou:

– Ou até mesmo agora?

– Ou até mesmo agora – concordou Irial.

– Sim. – A palavra mal havia saído dos seus lábios quando ela envolveu o corpo dele nos braços e deixou a razão de lado por algumas horas.

Depois, Sorcha se sentou para refazer a trança dos cabelos com Irial deitado no chão a seus pés. Ele jamais a provocava nem falava sobre a verdade do relacionamento entre os dois durante esses momentos de quietude.

Irial apenas fumou em silêncio até que ela terminasse de recolher seus trajes do chão. Quando Sorcha segurou o tecido claro contra o peito e lhe deu as costas, ele apagou o cigarro, afastou sua trança por cima de um dos ombros e amarrou os cordões bem apertados.

– Bananach sempre pressiona para que haja guerra... mas tudo parece diferente desta vez – admitiu ela.

Uma parte da política que havia entre eles sempre envolvera a troca de confissões que não eram de conhecimento público. Durante o reinado de Beira, Irial a procurara para apoiá-lo; quando perdera Niall, fora lhe pedir consolo; e na ocasião em que Beira havia assassinado Miach, ele fora até ela – com toda a sua presença perturbadora –, e choraram juntos a morte do último Rei do Verão. E essa havia sido a primeira vez em que Sorcha escolhera ceder aos gloriosos erros terríveis que vinham acontecendo entre os dois ao longo dos últimos séculos.

Hoje será a última vez.

Sorcha havia terminado de se vestir quando perguntou:

– E quanto a Gabriel? Qual é a posição da Caçada?

– Ao lado de Niall.

– Ótimo. Já temos facções demais. Com as desavenças entre Verão e Inverno, e também entre a Corte Sombria e do Verão... – Sorcha deixou as palavras morrerem, recusando-se a trazê-las à existência.

– Niall é um reforço para a Corte Sombria. Caso tivesse permanecido como rei... Keenan acabaria atacando. Ele não vai perdoar o trato que fiz. Nove séculos é tempo demais para deixar a ira supurar. – O remorso de Irial estava óbvio, mesmo ele não tocando diretamente nesse ponto.

Eles, e também alguns dos outros, estavam cientes da fragilidade do seu trato com Beira. Um acordo com o filho de Miach não era algo que o Rei Sombrio tivesse vontade de fazer, mas, assim como acontecia com todo governante, sempre haveria escolhas difíceis no seu caminho. E essa escolha fortalecera sua corte. Sorcha, na ocasião, sentira-se grata por Beira não ter voltado seu foco para o Mundo Encantado. Com o tempo isso acabaria acontecendo, claro, mas aí... Aí tinha acontecido a queda do Verão, o aprisionamento das Sombras, e o silêncio dela mesma.

– Portanto, vamos aguardar. – Sorcha retomara a fleuma serena que lhe era habitual. Ela fez um gesto na direção da porta. – E, nesse ínterim, enviarei Devlin para saudar o novo rei em meu nome.

Irial não reagiu à advertência feita por ela. Em vez disso, apenas destrancou a porta e se foi.

CAPÍTULO 3

Depois de séculos fazendo a passagem, Irial ainda se abalava com a jornada do Mundo Encantado para o mundo mortal. As diferentes cores da paisagem, a dissincronia do tempo e as hordas de mortais por toda parte o deixavam empolgado e irritado ao mesmo tempo. O Mundo Encantado permanecia imutável pela eternidade afora, enquanto o mundo mortal parecia se alterar de uma hora para a outra. Ele se admirava ao constatar a evolução ao longo dos últimos séculos, e se perguntava o que mais ainda veria depois de tanto progresso. Para alguns seres encantados, os mortais não passavam de meros parasitas, mas Irial era fascinado por eles. *Ainda mais agora que não sou mais um rei.* Mas, é claro, o seu fascínio era ainda maior pela criatura mágica de quem estava se aproximando nesse momento.

O Rei Sombrio retesou os músculos quando Irial se pôs ao seu lado. A reação, no entanto, foi o resultado de um esforço consciente: na sua condição de Rei Sombrio, Niall detectara a presença de Irial bem antes de ele chegar ali.

O rei olhou para ele de relance.

– O que está fazendo aqui?

Irial baixou os olhos respeitosamente.

– Vim pedir uma audiência com o Rei Sombrio.

– Como soube que eu estava aqui? – Niall quis saber.

– Conheço você, Niall. Conheço seus hábitos. Este espaço o acalma. – E Irial fez um gesto para o pequeno pátio em frente à biblioteca dos mortais.

Um sorriso surgiu no rosto de Irial quando se lembrou do ano em que o prédio fora construído. Ele andava entediado, e mesmo não sendo capaz de criar por si mesmo, podia incutir visões na mente do arquiteto mortal.

– *Colunas?* – *repetiu o homem.*

– *Parece bem estranho, não é?* – *murmurou Irial de volta.* – *Sem nenhuma função prática. Quem se importa com a aparência do lugar?*

– *É verdade.*

E ele prosseguiu:

– *Vejo também estátuas, imensas mulheres seminuas. Você consegue imaginar?*

Niall tinha os olhos pregados às colunas que ladeavam a porta em madeira trabalhada da biblioteca.

– Ele sempre me parece familiar.

– Entendo.

– Este prédio... se parece com algo que vi em outro lugar – sondou Niall, sem tirar os olhos da fachada. – Por que será isso?

– É difícil saber – desconversou Irial.

Niall lhe lançou um olhar.

– Sinto o gosto das suas emoções, Irial. Essa sensação de familiaridade não é mera coincidência, é?

– Sabe, meu rei, é bem mais fácil conseguir respostas quando você *ordena* que as pessoas lhe obedeçam. – Irial sorriu para uma jovem mãe que acompanhava um par de crianças irrequietas. Havia algo de encantador no entusiasmo incontido que transbordava nas crianças de qualquer espécie.

Uma pontada passageira de arrependimento por não ter gerado descendentes lhe veio à mente, mas esses pensamentos eram sempre seguidos pelas lembranças dos descendentes semimortais da Corte Sombria que eram verdadeiras feras selvagens. *Coisinhas lindamente caóticas, as crianças.* Ele amara diversas como se fossem suas descendentes.

– Irial. – A voz de Niall agora tinha um tom irritado. – Por que esta biblioteca me parece tão familiar?

Irial deu um passo à frente, colocando-se numa proximidade ligeiramente maior do que a que seu rei consideraria confortável.

– Porque, há muitos e muitos anos, você foi feliz no pátio de um edifício bem parecido com este.

A tensão tomou conta de Niall.

Irial prosseguiu como se nenhum dos dois tivesse percebido o desconforto dele.

– E eu estava sentindo... uma nostalgia desses momentos felizes justo num certo dia do século passado em que um arquiteto mortal estava empacado diante da folha em branco na sua prancheta. Soprei algumas sugestões para o seu projeto.

O Rei Sombrio se afastou para o lado.

– Isso foi uma tentativa de me impressionar?

Irial respondeu com um sorriso amargo.

– Bem, considerando que você levou mais de cem anos para reparar, obviamente a tentativa *não deu certo*.

Niall suspirou.

– Volto a perguntar: o que veio fazer aqui?

– Vim procurar você.

Irial caminhou até um banco voltado para a fachada da biblioteca e se sentou.

Como era de se esperar, Niall o seguiu.

– E *por que* estava me procurando?
– Estive no Mundo Encantado... para vê-la. – Irial esticou as pernas e ficou observando os mortais que passavam deslizando em cima das suas tábuas com rodas. Aquele era um hobby um tanto peculiar, mas nunca deixava de se impressionar com a destreza dos seus movimentos.

Com uma ponta de esperança nervosa, Niall sentou-se ao seu lado no banco, tratando de se acomodar à maior distância possível, é claro.

– Você esteve com Sorcha.
– Achei que ela deveria saber sobre a mudança na liderança da corte.
– Mas ela *já* sabia – disparou Niall. – Ninguém entra lá sem o seu consentimento.
– A menos que seja o Rei Sombrio – retificou Irial.
– Você não é o Rei Sombrio. – A ira de Niall ardeu forte. – Desistiu de sua posição.
– Não seja louco – falou Irial. – Apenas a entreguei ao rei de direito.

As emoções que fluíam de Niall eram um banquete delicioso. Irial precisou se forçar a manter os olhos abertos enquanto a onda de preocupação, raiva, choque, afronta e uma ponta de tristeza o envolvia. Era melhor não mencionar para o outro que era capaz de perceber tudo isso. Em tese, apenas o Rei Sombrio teria a capacidade de ler as emoções de outros regentes, mas, por motivos que Irial não se empenharia em investigar, ele havia mantido essa característica em particular. A maior parte dos outros dons que tinha como soberano desaparecera: agora estava vulnerável a qualquer criatura mágica que o atacasse, e mais uma vez se tornara fatalmente viciante para os mortais. Sua ligação com a corte como um todo fora cortada, e a capacidade de escrever ordens na pele de Gabriel, eliminada. Esses, junto com a maior parte dos outros atributos reais, agora pertenciam somente a Niall, mas a capacidade de interpretação emocional permanecera inalterada.

Mesmo sacudido por aquele pipocar emocional intenso, Niall manteve a voz muito serena.

– Se ela assim o desejasse, poderia ter matado você.

– É verdade.

Mais alguns instantes do jorro delicioso de emoções se passaram antes que Niall dissesse:

– Você não pode dizer que será meu conselheiro e depois aparecer morto. Um bom conselheiro dá conselhos. Ele se dedica à comunicação. E não a fazer coisas idiotas que possam despertar a fúria da Rainha da Alta Corte.

Com um ar inocente, Irial indagou:

– E ele tem ações idiotas que despertam a ira do Rei Sombrio?

– Você gera muito mais aborrecimento do que val... – As palavras estancaram na garganta de Niall quando tentou dizer aquelas coisas que não eram verdades *nem* correspondiam à sua opinião real. Ele franziu o cenho e falou: – Não seja um idiota, Iri.

– Existem ordens impossíveis de serem cumpridas, meu rei. – Irial abriu um sorriso zombeteiro. – Quer que peça perdão?

– Não. Quero o que se comprometeu a fazer: dar conselhos. E você não poderá mais fazer isso se irritar Sorcha a ponto de acabar morto, preso, ou...

– Eu estou aqui. – Irial estendeu a mão, embora não tenha chegado a tocar em Niall. – Só fui até lá para descobrir por que Bananach tem lhe feito visitas. A Rainha da Alta Corte e eu temos um... acordo, que já se estende por séculos.

Niall abriu a boca, mas não saiu uma palavra.

Irial prosseguiu:

– Precisava me certificar de que ela não apoiaria a irmã em nenhum ataque ao seu reinado. Sei que o caos é bom para a corte, mas jamais vou permitir que você seja sacrificado para o bem dela se puder impedir isso. Não outra vez.

– O dever de um rei é para com a sua corte – pontuou Niall.

– E é por isso, Gancanagh, que não tenho os requisitos para ser o rei – falou Irial, suavemente. – Não se trata de estar farto da minha corte ou de ter desistido de tudo, ou de querer punir você, prendê-lo ou nenhuma dessas razões diabólicas nas quais você gostaria de acreditar a meu respeito. A questão é simplesmente que a corte precisa de um regente que priorize as necessidades dela.

– E você acha que eu sou essa pessoa? – indagou Niall.

– Sei que sim. – O sorriso que Irial abriu foi para mostrar a Niall que isso era algo *bom*, porém o gosto da culpa do outro ainda estava muito acentuado. Nenhum dos dois chegou a discutir o que isso significaria com relação às lealdades de Niall – ou às escolhas que Irial fizera no passado. *Escolhas que haviam posto Niall abaixo da corte na lista de prioridades*. Afinal, nada do que pudesse ser dito amenizaria a monstruosidade dessas escolhas.

– Se você for meu conselheiro, eu *preciso* saber do seu paradeiro sempre. E *não* poderei me preocupar com a possibilidade de ter ficado preso no Mundo Encantado ou ter sido assassinado por Devlin porque irritou Sorcha – vociferou Niall, com uma virulência maior do que Irial estava esperando.

– Sim, meu rei. – Ele se pôs de joelhos. – Devo entender com isso que o meu *acordo* com Sorcha deve ser suspenso também?

Niall passou a mão no rosto.

– Nunca nada é simples com você.

– Posso pedir a permissão dela para visitas no futuro... ou simplesmente permanecer aqui. Certamente encontrarei outra...

– Até que dê ordens do contrário, você não entrará no Mundo Encantado – interrompeu Niall. – O que mais você apurou lá?

Irial permaneceu ajoelhado, mas ergueu os olhos para fitá-lo.

– Devlin virá visitá-lo.

– Com que propósito? – Niall fez um gesto que demonstrava impaciência. – Mas trate de se levantar. Você anda apreciando demais essa posição, e os motivos estão relacionados com resp... – E as suas palavras estancaram outra vez.

Irial riu, mas pôs-se de pé.

– É *em parte* uma demonstração de respeito, meu rei.

– Irial... – alertou Niall.

– Devlin muitas vezes busca entre os mortais o descanso que não consegue encontrar no Mundo Encantado. Por muito tempo ofereci a ele a hospitalidade da corte, mas – Irial encarou o seu rei nessa hora – Sorcha agora está ciente dessas visitas. Estou ansioso para saber como será essa primeira visita sob um novo reinado. Sorcha não se furtaria de aproveitar a oportunidade e marcar sua posição. Na condição de seu conselheiro, recomendo fortemente que mantenha os Hounds por perto. Também seria recomendável convocar à sua presença os partidários mais aguerridos de Bananach. Devlin tende a agir de forma sanguinária nessas visitas, e esta pode ser especialmente... vigorosa. Podemos aproveitar a ocasião para nos livrarmos dos desleais. Seria útil por diversos aspectos, para nós e para Sorcha.

– O que você não está me contando?

— Quanto a isso? Nada. — Irial sacudiu a cabeça, negando. — Ficarei ao seu lado, assim como Gabriel, e deixaremos bem claro que a Corte Sombria não é fraca.

— Nós *estamos* enfraquecidos. Se não estivéssemos, você não teria feito as trocas de tinta.

Irial encarou Niall.

— A violência que será trazida por Devlin os alimentará. É um dos motivos pelos quais sempre aceitei recebê-lo. Desta vez, ela irá nutrir a *sua* corte, e consequentemente, você também.

— Preciso de mais do que violência.

— Chame algumas Garotas do Verão, então, ou convoque as Vilas, alguma Hound... — Irial fez uma pausa, medindo as palavras. — *Qualquer um* que deseje será seu. Humano, criatura encantada ou halfling. A filha de Gabriel é forte o bastante para ficar à vontade com você.

— Não.

Irial conteve um suspiro.

— Você não se mantinha celibatário na Corte do Verão.

— Eu não estou pronto para...

— Leslie foi embora, Niall. — Irial se agachou e fitou o rosto de seu rei. — Ela partiu. Precisa conhecer a vida no mundo mortal, pelo menos por enquanto. E você, meu *Gancanagh*, precisa dos prazeres que está se negando a buscar. Se eu achasse que iria me perdoar por fazer isso, poderia providenciar para que algumas distrações lhe fossem entregues como costumava acontecer antes. Você não hesitava em aceitá-las na época, *e nem* no tempo em que estava na Corte do Verão. E agora é o rei da Corte Sombria. Tem todas ao seu dispor.

— Mas, agora que eu sou rei, talvez não se sintam mais livres para dizer *não*. — O medo na expressão de Niall era apenas uma amostra muito pequena da onda avassaladora de medo que Irial sentia emanar dele. – Eu não quero que ninguém se sinta acuado por mim.

– Não seja tolo. – Os olhos de Irial procuraram os do rei. – Poderia lhe oferecer o que precisasse. Assim como os outros fariam também. Ninguém se sente acuado oferecendo a felicidade ao seu regente. – A afeição que Irial tinha por Niall não estava nem um pouco escondida nessa hora. – Se for essa a sua preocupação, posso buscar criaturas solitárias para entretê-lo, ou talvez você pudesse encontrar-se com Sorcha... Existe a opção de estar com seres que não são seus súditos. Você prefere dessa maneira? Diga, meu rei, e providenciarei o que quer que seja.

– Não. A questão é simplesmente que eu não quero... sexo sem amor. – Niall desviou o olhar. – Depois de Leslie.

Irial grunhiu:

– Ela foi embora.

– Eu *sei* – vociferou Niall de volta. – Mas tudo ainda está muito recente e... Eu não consigo.

– Na posição de seu conselheiro, sugiro que ouça o que estou dizendo. Não enfraqueça sua corte com bobagens sentimentais. Você nunca teve uma relação monogâmica na vida, e, se pensa que teria sido capaz disso com ela, está sendo um tolo. Você era um Gancanagh. E, agora, é o Rei da Tentação. Ninguém escapa da própria natureza.

– E você é um canalha. Sabe disso?

– Eu sei. – Irial ficou de pé. – Amanhã Devlin estará aqui, e, se você pretende recebê-lo na sua melhor forma, recomendo que trate de arrumar...

– Eu odeio você por ter me tornado o rei – falou Niall, antes de se afastar.

Depois que ele se foi, Irial sorriu.

Tudo correu surpreendentemente bem.

CAPÍTULO 4

*N*IALL ESTAVA EM UM DOS PORTÕES DE ACESSO AO MUNDO Encantado. Espantara-se com a constatação de que raramente os mortais cruzavam aquela passagem, mas a questão era que, ao contrário das criaturas encantadas e halflings, a maioria dos humanos era incapaz de enxergar os portões. Os mortais e halflings que acabavam no Mundo Encantado eram levados ou surgiam por mero acaso. *O que não é muito diferente do que acontece com os membros da Corte Sombria.* A Rainha da Alta Corte não costumava ter uma atitude especialmente tolerante com visitantes não solicitados, sobretudo os vindos da corte que ele regia. O êxodo que levara a Corte Sombria para longe do Mundo Encantado acontecera há tempo suficiente para garantir o domínio exclusivo sobre todo o território encantado, enquanto o mundo mortal era dividido pelas demais criaturas mágicas.

Não que quisesse trazer a corte de volta para este lugar.

Niall gostava de fantasiar que, se Irial pudesse ouvi-lo, ou se Keenan pudesse ouvi-lo, ou se qualquer um que conhecera nos últimos séculos pudesse ver a facilidade com que estava incorporando o papel de Rei Sombrio, todos ficariam muito chocados. Mas a verdade, claro, era que muitos haviam aceitado o seu novo papel tão naturalmente quanto ele. *Porque era inevitável.* Agora Niall compreendia. Quando Irial lhe oferecera o trono pela primeira vez, ficara horrorizado, mas o tempo tinha suas maneiras de acabar com as ilusões.

As complicações de uma visita de Devlin à Corte Sombria ainda não estavam inteiramente claras na sua cabeça. Obviamente havia algo nessa situação do qual Niall não estava a par. Irial podia ter muitos defeitos, mas não era dado a exageros. Se havia dito que a visita de Devlin seria importante, seria mesmo.

Niall passou os dedos sobre o véu que separava os dois mundos. O tecido insubstancial envolveu sua mão como se fosse uma coisa viva. *Eu poderia procurá-la.* No passado, Sorcha já fora uma espécie de amiga. No passado, Niall já se imaginara meio apaixonado por ela. Na verdade não estava propriamente envolvido, mas ela representava tudo o que Irial não era. E, na ocasião, isso lhe parecera motivo suficiente para chamar sua amizade de amor.

– Preciso de ajuda.

Dedos agarraram suas mãos e puxaram com força. Alguém do outro lado o encontrou, pegou-o pelos pulsos e segurou firme. A voz que parecia acompanhar esse gesto desesperado era miúda.

– Por favor, não consigo enxergar.

Uma segunda mão pegou o braço de Niall como se quisesse puxá-lo através da passagem, e, no mesmo instante, qualquer intenção que tivesse de passar para o Mundo Encantado se esvaiu. Niall puxou no sentido contrário.

Um velho surgiu aos tropeços através do véu. Ele ainda agarrava o braço de Niall com força.

– Por favor.

Niall firmou-lhe o corpo; ao fazer isso, baixou os olhos e viu o rosto do velho: ele não tinha nenhum dos dois olhos. As pálpebras pendiam sobre aberturas vazias.

— Quem é você?

— Ninguém. — O homem choramingava. — Não sou ninguém, não vi nada... Juro.

— O senhor está em Huntsdale — falou Niall com a voz suave. — Sabe onde fica?

O alívio que surgiu no rosto enrugado do homem foi comovente. Ele sussurrou:

— Eu sei. Casa. É aqui que deveria estar. Eu me enganei antes. Pensei que... Eu fui atrás de uma pessoa, mas... — Ele sacudiu a cabeça. — Ela era uma ilusão. Era tudo uma ilusão.

Não havia necessidade de perguntar qual ser encantado o velho seguira. Isso não importava. Casos de mortais raptados, iludidos, presos e ludibriados existiam desde que as duas raças começaram a coexistir.

— Vou ajudá-lo. — Niall não tinha obrigação nenhuma para com aquele homem, mas não se sentia confortável com a ideia de simplesmente abandoná-lo. A Corte Sombria não era má. Seria mais fácil se fosse. Uma divisão clara entre bem e mal, certo e errado, simplificaria tudo, mas a vida raramente era simples. Sua corte era formada por paixões, sombras, impulsos. A Corte Sombria, da mesma maneira que o seu rei, era o que existia para equilibrar a existência da Alta Corte. E, nesse momento, o necessário para manter o equilíbrio era oferecer um gesto de bondade àquele homem.

— Você é um deles. — O sujeito puxou a mão para longe de Niall. — Não vou voltar. Ela mandou que eles arrancassem meus olhos, disse que eu ficaria livre... Você não pode...

— Eu não vou fazer nenhum mal ao senhor. Ao contrário de Sorcha, não sou cru... — E as palavras de Niall estancaram: ele era, sim, capaz de cometer crueldades; a diferença estava na motivação dos seus atos. A oposição da Alta Corte ao contato entre as criaturas mágicas e os mortais era algo que ele jamais compreendera. A lógica de punir todos que descobrissem a existência delas não entrava na sua cabeça. – O senhor sabe que não conseguimos mentir.

O homem assentiu.

– Vou lhe oferecer minha proteção. Não posso reverter o que ela lhe fez, mas posso lhe dar um refúgio. – Niall aguardou um instante. Ele estava tentando não apressar a decisão do homem, mas estava ciente do fato de que não demoraria para alguém reparar que um mortal saíra do Mundo Encantado sem permissão. Mantendo a voz bem calma, acrescentou: – O senhor ficará livre para partir quando bem entender. Não há punições para quem decide ir embora.

– Ela disse isso. – O homem levou a mão ao rosto. – Que não era uma punição.

– Não farei ou permitirei que lhe façam nenhum mal. – Suavemente, Niall tocou-lhe o pulso. – Se preferir, posso levá-lo a um médico mortal. Mas, qualquer que seja a sua decisão, é aconselhável que saiamos logo deste lugar.

O homem deixou escapar um suspiro.

– Um mortal não seria de muita ajuda contra os seus. Prefiro aceitar sua oferta de proteção, pelo menos por enquanto.

– Vou carregar o senhor – avisou Niall, antes de erguê-lo no colo como se fosse um bebê.

O velho largou o corpo nos seus braços como um saco vazio, e Niall se perguntou por quanto tempo aquela criatura frágil permanecera no Mundo Encantado. Uma vez, Sorcha havia lhe explicado que cegar os mortais também era para o seu próprio bem: *Ver o seu mundo modificado depois de tanto tempo é perturbador para eles,* ela lhe dissera. *Dessa forma é mais piedoso.* Ele discordou, mas Sorcha se limitara a sorrir e acrescentar: *Os diferentes, os artistas, são sempre frágeis. Se pudessem continuar nos vendo depois de terem partido, seria muito mais cruel.*

A caminhada por Hunstdale não era longa, mas era um trajeto comprido o suficiente para que ele fosse avistado por seres solitários e membros de outras cortes. Ninguém o abordou, mas foram muitos olhares cheios de curiosidade na sua direção. A sensação não era de todo desagradável: ele estava mostrando sua oposição à Alta Corte com um ato que lhe aplacava a culpa por besteiras cometidas no passado.

Quando ele se aproximou do seu novo lar, uma criatura de cardo adiantou-se para abrir a porta principal.

– Gabriel – chamou Niall.

O Hound – que já fora seu amigo no passado, recentemente um inimigo, e agora representava o apoio mais confiável com que Niall podia contar – surgiu no saguão com uma elegância tão silenciosa que teoricamente seria impossível pertencer a uma criatura tão corpulenta.

– Meu rei – cumprimentou Gabriel.

– Rei? – murmurou o velho.

– O opositor dela – acalmou-o Niall, enquanto o depositava com os pés no chão. – O senhor estará seguro aqui.

Gabriel sacudiu a cabeça.

– Está querendo arrumar problemas?

– Talvez – admitiu Niall. – Mas imagino que isso não seria de todo mau, não é mesmo?

O sorriso que se abriu no rosto de Gabriel combinou com seu tom de voz alegre quando respondeu:

– De maneira alguma, só queria ter certeza de que havia entendido direito.

– A Rainha da Alta Corte cegou este homem. Eu lhe ofereci refúgio aqui. – Niall acenou na direção de uma das Vilas que sempre estavam em volta de Gabriel. – Vá com essa mulher. Ela providenciará um aposento onde poderá descansar enquanto decide o que irá fazer.

O sujeito estendeu uma mão hesitante, claramente ainda não habituado à falta de visão.

Niall tomou-lhe a mão e começou a conduzi-lo até onde a Vila estava.

– Essa é Natanya e...

– Qual é o *seu* nome, rei?

A belicosidade no tom de voz do velho fez brotar sorrisos tanto em Niall quanto em Gabriel. Aquele não era um mortal que se acovardaria e desistira. Sua bravura o tornava ainda mais digno de proteção.

– Niall.

– Estou a salvo dela, Niall? – O homem inclinou a cabeça. – Elas são criaturas lindas, mas monstruosas também. Você sabe disso, não sabe?

– Nós sabemos – confirmou Niall.

– Vocês também são criaturas lindas? – o mortal quis saber.

Era uma curiosidade um tanto óbvia, mas que ainda assim os pegara de surpresa. Natanya arregalou os olhos para Niall; Gabriel encolheu os ombros. Niall não sabia qual resposta seria mais verdadeira. *Criaturas lindas?* A aparência de Gabriel lembrava os tipos ameaçadores de mortais encontrados nos bares de péssima reputação, aqueles que demoram a se irritar, mas que quando se irritam são capazes de atacar num piscar de olhos. Era esbelto, com o corpo cheio de cicatrizes, silencioso. Com sua pele e seus olhos cinzentos, todas as Vilas eram belas. Mesmo em momentos de violência, seus movimentos sempre eram elegantes, mas elas não hesitavam em manchar os lábios de sangue só para lhes dar um pouco de cor. E quanto a Niall... Ter uma aparência atraente para os mortais era parte do que significava ser uma criatura encantada, e na sua condição de Gancanagh, nascera para seduzir. *Criaturas lindas?* Ele já havia pensado que sim, muitos séculos atrás, mas havia muito tempo que essa não era a expressão mais adequada para descrevê-los em sua opinião. Fosse como fosse, Niall se orgulhava disso: mantinha sempre o cabelo muito curto para realçar a cicatriz que com toda a certeza estava longe de deixá-lo lindo. Mas a questão era que ele também não via os membros da Corte Sombria como criaturas feias. Mesmo nos momentos em que se viu tomado de desprezo por tudo que ocorria na corte, mesmo quando considerava as criaturas mágicas – a maior parte delas, seres assustadores –, jamais pensara nelas como lindas ou feias. Elas simplesmente *eram*.

– A Alta Corte nos considera monstros. – Niall deixou que suas próprias emoções impregnassem essas palavras. – E imagino que se pudesse nos ver o senhor concordaria com isso em muitos casos. No entanto, não somos criaturas dotadas de crueldade fria. Nós definitivamente *não somos* como eles.

O homem assentiu.

Natanya e Gabriel exibiam sorrisos, e Niall teve a certeza de que o tipo de aceitação que nutria pela sua corte tenderia a ecoar entre os demais.

– Natanya? – Gabriel fez um gesto na direção do mortal. – Cuide dele para o seu rei e para mim.

– Como se ele fosse um filho seu, Gabriel. – A Vila fitou-o bem nos olhos. As correntes de prata que prendiam seus sapatos feitos de ossos aos pés tilintaram quando atravessou o saguão para tomar a mão do mortal na sua. Natanya conduziu o sujeito para fora dali, e por um instante Gabriel permaneceu em silêncio.

Lançou um olhar especulativo na direção de Niall.

– Será como jogar sal na ferida aberta quando souberem que você trouxe para cá um mortal que Sorcha descartou.

– É verdade.

– Há apenas duas criaturas que ela poderia atacar e com isso enfraquecer realmente a sua corte... ou fazer você parecer mais fraco – observou Gabriel. – E elas são também as escolhas mais lógicas. Não tenho qualquer intenção de ir até *lá,* e no dia em que não conseguir enfrentar Devlin numa de suas visitas, isso será um sinal de que preciso ser substituído. Sendo assim, não é preciso se preocupar com proteção no meu caso. E, quanto ao outro...

– Ele esteve lá. Foi assim que soube que Devlin está a caminho.

– Huh – bufou Gabriel. – Ele não perdeu tempo quando se tratava de tentar proteger você, não é mesmo? E foi lá para ameaçá-la, seduzi-la ou ambas?

Niall não respondeu, mas desconfiou de que Gabriel soubesse bem qual era a resposta. Irial talvez não tivesse ido falar com o Hound ainda, mas os dois haviam sido parceiros por um período igual àquele em que Niall e Irial se conheciam. Antes que aquele dia terminasse, Irial certamente procuraria Gabriel para lhe dizer o que julgasse necessário, tentando novamente garantir que Niall estivesse em segurança.

Sem pensar nem uma vez na maneira como ele está pondo a si mesmo em perigo.

Um regente podia evitar que qualquer um dos seus súditos enxergasse a passagem entre os mundos, e um ser encantado solitário mais forte poderia impor restrições a uma criatura mágica mais fraca. Uma parte de Niall achava que privar a vontade dos outros era errado, mas agora compreendia que em certos momentos fazer escolhas era uma questão de optar pela alternativa menos terrível entre várias ações intrinsecamente erradas.

– Ordeno que nenhum dos *súditos* da Corte Sombria entre no Mundo Encantado sem meu consentimento. – Niall ficou olhando para os antebraços de Gabriel enquanto as palavras surgiam neles. – Até que decida o contrário, os portões permanecerão invisíveis aos meus súditos.

Os Hounds não deviam lealdade à corte, portanto, continuariam tendo livre acesso ao Mundo Encantado. Mas, claro, nenhum deles iria até lá a menos que recebesse instruções de Gabriel. Irial, entretanto, estava impedido a partir daquele momento de enxergar a passagem e de entrar no Mundo Encantado.

CAPÍTULO 5

Sorcha não esboçou reação quando Devlin caminhou pelos seus jardins. Há muito tempo ela havia parado de se importar com suas aparições. *Como se isso pudesse contribuir para deixar as decisões menos difíceis no futuro.* Ela odiava o fato de ele ser uma criatura anômala – quase tanto quanto o prezava por isso. Devlin seria a causa da sua ruína caso ela assim o permitisse. Ou talvez acabasse sendo de qualquer maneira, mesmo com seus esforços para impedir. Em se tratando de certos assuntos, as tramas das possibilidades aparentemente já estavam todas escolhidas.

– Minha rainha?

Ela não se virou. Ter que encará-lo enquanto os dois estavam mergulhados nas próprias omissões tornava a coisa toda ainda menos palatável.

– Irmão – disse ela.

– Ceguei o mortal como o ordenado. – Sua voz soou tão vazia quanto de costume, mas isso também era de certa forma uma mentira. O irmão podia fingir ser parte da Alta Corte, mas ela não tinha ilusão de que ele era uma criatura somente sua. De todo modo, Devlin *pertencia* a ela.

– Tenho certos assuntos que precisam ser tratados – falou ela.

Ele já estava esperando ouvir isso, embora estivesse torcendo pelo contrário. Sorcha pôde perceber o ar de resignação que tomou conta da sua expressão no instante em que a testa se franziu. Fora breve demais para ser notado, claro, mas estava habituada a perceber muito mais do que os outros enxergavam. A pausa antes da sua resposta foi infinitesimal, mas ainda assim aconteceu.

– Que seja feita a sua vontade – respondeu Devlin.

Ela se virou para fitá-lo.

– Mesmo?

Antes que seus olhares se cruzassem, ele caiu de joelhos.

– Alguma vez já falhei em minhas incumbências?

Sorcha não falou nada. *Já falhou?* Ela sabia que ele falharia, mas será que já havia falhado? A visão que tinha do passado não era clara. O presente e o futuro ocupavam quase inteiramente o foco da sua concentração, e a eternidade se estendia por mais tempo do que sua mente era capaz de alcançar. *Você já terá falhado?* Sorcha esperou com os olhos postos no primeiro ser encantado que havia feito. Antes da existência dele, havia somente duas entidades, Discórdia e Ordem, as gêmeas que, juntas, criaram algo. *Você*. Estendeu a mão e correu os dedos pelos seus cabelos multicores. Eles eram diferentes dos de qualquer outra criatura mágica, e eram resistentes à sua vontade. Devlin não podia ser modificado pelo seu toque, não agora que existia realmente. Outros seres encantados também não podiam, mas não eram criações suas.

Os dois haviam ficado dessa maneira durante horas em outras ocasiões. Devlin tinha paciência e força de vontade para permanecer ajoelhado pelo tempo que ela desejasse. Sem fraquejar, sem cair no sono nem se encolher. Simplesmente esperava. A ponto de Sorcha se perguntar indolentemente se por acaso esperaria eternamente.

– Então nós seríamos capazes de passar décadas assim, Irmão? – murmurou.

Ele ergueu os olhos.

– Irmã?

– Se eu assim ordenasse, por quanto tempo ficaria ajoelhado? – Ela passeou as pontas dos dedos pela maçã do rosto dele, descendo pelo osso do maxilar. – Ou será que fraquejaria antes por pura exaustão?

– Você é minha rainha.

– Eu sou – assentiu ela. Envolvendo-lhe o rosto com as mãos, segurou bem firme. – Isso não foi uma resposta.

Ele não fez nem menção de resistir.

– Você deseja que eu fraqueje ou que consiga esperar tantas horas quanto me peça?

Sorcha abriu um sorriso.

– Foi uma resposta muito sábia. Quer dizer então que você fará o que eu desejar? Que sempre irá se esforçar para não falhar comigo? Que me servirá para sempre?

– Como seu servo, suas Mãos Ensanguentadas, seu irmão e conselheiro, atenderei a todos os seus desejos. – Quando ela afrouxou as mãos para permitir que o fizesse, ele curvou a cabeça. E então acrescentou: – Mas a última pergunta é impossível de responder.

– Realmente. – Ela virou as costas, sem soltá-lo. Arrumou um assento com os galhos das videiras em flor e se acomodou nele. Em suas mãos, surgiu um livro. O livro em si não fora uma criação de Sorcha. Ela não tinha toda essa habilidade com objetos de arte. De qualquer maneira, ordenara que ele aparecesse na sua mão. Ignorando a presença do irmão, começou a ler.

Ele ficou ajoelhado por mais três horas enquanto Sorcha lia.

Em algum momento da quarta hora, ela ergueu o olhar para encará-lo.

– Preciso que você se encontre com o Rei Sombrio. Para informá-lo de que a Alta Corte está ciente da sua nova posição. E para deixar bem claro que, mesmo não havendo conflito entre nós no momento, farei o que for necessário para manter a ordem.

Devlin permaneceu em silêncio, aguardando o resto.

– Seria prudente demonstrar de alguma forma a sua prontidão para atacar a Corte Sombria se assim lhe fosse ordenado – prosseguiu ela. – Através de uma briga com o antigo Rei Sombrio, talvez? Com Gabriel? O parceiro dele? Deve ser uma ação capaz de deixar evidente os seus atributos como uma arma a serviço da Alta Corte.

– Perfeitamente – murmurou Devlin.

O breve relance de mágoa que passou pela sua expressão bastou para Sorcha ter a certeza de que suas ações eram necessárias. Mimar Devlin não teria utilidade alguma. Lembrar-lhe que era apenas uma arma, pronta para ser utilizada segundo a vontade da rainha, ajudava-a a manter sob controle sua tendência ao sentimentalismo.

É melhor que seja dessa maneira.

– É da sua vontade que haja mortes? – indagou ele. – Isso limitaria a escolha dos adversários.

Sorcha fez uma pausa e refletiu sobre as tramas de possibilidade que haviam surgido enquanto Devlin falava. Algumas mortes poderiam trazer consequências desastrosas. *De maneira bastante inesperada, é verdade.* Mais tarde, ela voltaria a remoer a aparição de uma das tramas em especial, mas por ora disse apenas:

– Nenhuma entre os nomes já citados. Machuque um deles, ou machuque muitos. Uma morte menor poderá ser admissível, mas não a do conselheiro do novo rei ou do seu capanga. Regentes tendem a reagir de maneira desmedida a perdas dessa natureza.

A oportunidade estava criada, e ela tinha certeza de que ele faria a pergunta. Nesse aspecto, como em tantos outros, seu irmão era previsível. Ele fixou aqueles olhos de uma escuridão sobrenatural nos seus e indagou:

– A morte do *capanga* da Alta Corte também despertaria uma reação assim?

– O meu assassino particular é também meu conselheiro e uma criação minha. – Ela franziu os lábios numa expressão que deveria passar o desagrado que sabia ser apropriado à situação. – Assim, sua morte me causaria uma enorme inconveniência. E não gosto de inconvenientes.

Ele curvou a cabeça outra vez.

– Certamente.

– Se tivesse que me mostrar sentimental com relação a qualquer criatura da minha corte, essa criatura certamente seria você, Irmão. – Pondo-se de pé, ela caminhou na direção de onde ele estava. – Sua existência é valiosa para mim.

O alívio que ficou evidente com o relaxamento ligeiro da sua postura não passou despercebido. Era disso que Devlin precisava: ser lembrado do seu valor, da sua utilidade, do seu papel de direito. Jamais mencionara o fato de que ter feito a opção pela corte dela fora uma decisão difícil, mas Sorcha sabia. *Da mesma forma que Bananach sabe.* Era da natureza de Devlin ansiar tanto pela Discórdia quanto pela Ordem. E na sua corte, sob as suas mãos e as suas ordens, ela podia lhe dar isso. *Mantendo-o longe do alcance de Bananach.*

– Espero que se faça violência o suficiente para que a Corte Sombria seja adequadamente relembrada da minha força – concluiu Sorcha.

– Como quiser.

Ela havia esperado que nesse momento pudesse lhe oferecer algum conforto. Devlin despertava esse seu traço, esse impulso de cuidar, mas fazer isso só apressaria o futuro que aparentemente era inevitável. *O futuro no qual ele se tornará meu inimigo.* Em vez disso, então, falou:

– E trate de não se deixar ferir, Irmão. A Alta Corte estará representada pelo seu sucesso nessa incumbência. Não me decepcione.

– Não decepcionarei. – Ele continuava de joelhos, ainda impassível. – Posso me retirar?

Ela conjurou uma tempestade sobre a sua cabeça e depois se afastou.

– Quando a próxima hora terminar, você pode se levantar.

Enquanto estava de saída, ela fez surgir um pequeno raio para atingi-lo. Não houve grito de dor. Um emaranhado de rosas selvagens cresceu em volta dele enquanto ela abria o portão do jardim. Os espinhos não foram suficientes para tirá-lo do prumo, mas deixariam sua posição cada vez mais desconfortável ao longo da hora seguinte. Seria uma dor previsível, uma vez que o ritmo do crescimento das flores era regular e preciso. Mas, numa concessão à porção de Devlin que pendia para a Discórdia, determinou que os raios seguintes caíssem de maneira aleatória.

CAPÍTULO 6

Depois que havia tratado de alguns assuntos que necessitavam de negociações sobre as quais o Rei Sombrio não precisava tomar conhecimento ainda, Irial enfim se encaminhou até o que parecia ser um armazém abandonado para resolver a última pendência do dia. As criaturas dentro do prédio inspiravam medo e desconforto com a sua mera presença. Correndo, formavam um lindo pesadelo – a ponto de até mesmo o antigo Rei dos Pesadelos sentir-se atravessado por uma onda de terror diante da cena. Aquele era um alerta ao qual mesmo os regentes deviam prestar atenção: dentro da cavalariça, era a Caçada que dava as ordens. Nenhum reinado, nenhuma lei de qualquer um dos mundos, nada além da palavra de Gabriel importava dentro dos seus domínios. E, sendo assim, aquele era um dos poucos lugares no mundo mortal ou Encantado capaz de levar Irial a agir com cautela.

Parou diante de uma das portas e aguardou.

Um dos Hounds mais jovens adiantou-se para examinar Irial com seu olhar verde sulfúrico. A visão daqueles olhos verdes na escuridão foi mais reconfortante do que ameaçadora, mas revelar esse detalhe ao Hound provocaria uma reação indesejada. E como lutar não costumava ser um dos passatempos preferidos de Irial, guardou para si o comentário.

– Gostaria de falar com Gabriel. – Ele não chegou a baixar os olhos, mas não encarou diretamente o Hound.

Um segundo Hound, que estava apoiado na parede do galpão, cruzou os braços.

– Até onde sei, ele não está à sua espera.

– Estão me negando a entrada? – Irial estendeu a mão com a palma voltada para cima, como é o costume diante de animais selvagens.

O primeiro Hound farejou-lhe a mão. Depois, aproximou-se mais um pouco e farejou o ar perto do rosto de Irial.

– O cheiro é do outro lugar.

– Do Mundo Encantado – respondeu ele num murmúrio.

O segundo Hound soltou um resmungo.

– Nós não podemos correr por lá. Porque *ela* determinou assim. E quer que peçamos permissão antes.

– Trago notícias de violência.

Ouvindo isso, a postura dos dois Hounds mudou. O que estava recostado afastou-se da parede para puxar a maçaneta da porta.

– Entre. Gabriel está no ringue.

Como sempre, os cavalos dos Hounds tinham assumido formas variadas. Carros, motocicletas e feras aguardavam em baias de madeira. Os cavalos ocupavam abrigos com aparências variadas. Aqui, podiam adotar a forma que bem entendessem. Irial sentiu uma pontada de saudade do Mundo Encantado nessa hora. Antes, numa época que agora estava enterrada para sempre no passado, os cavalos de batalha podiam adotar a forma que bem quisessem o tempo todo. De início costumavam fazer isso inclusive no mundo mortal, mas ultimamente se mostravam mais cautelosos. Os motivos eram óbvios: a visão do dragão verde vivo que cochilava agora no corredor central deixaria a maior parte dos mortais apavorada.

O dragão se remexeu o suficiente para deixar à mostra o cristalino rebrilhando em um dos olhos imensos. Quando bocejou, Irial avistou de relance dentes do comprimento dos seus braços. E então, ao captar seu cheiro, suas narinas se inflaram. A fera despertara.

Os dois olhos da criatura agora estavam fixos em Irial.

– Vim falar com Gabriel – explicou ele. – Trago notícia de sangue prestes a ser derramado na Caçada. O Mundo Encantado enviará um emissário em breve.

O dragão pôs para fora a sua língua roxa e fina, não chegando a tocar Irial com ela, mas fazendo-a chegar perto o suficiente para fazê-lo considerar por um instante que havia calculado mal a que distância poderia chegar do bicho sem que pusesse em risco a própria segurança. Mas então a língua foi recolhida, e o dragão fechou os olhos.

E Irial voltou a caminhar na direção do ringue que havia sido montado no final do galpão.

O cheiro de sangue e a mistura de rosnados e vozes trovejantes não se alteraram nem por um instante, mas Irial tinha certeza de que todos estavam cientes da sua aproximação. Cada cavalo tinha um elo de comunicação não verbal com seu cavaleiro – e também com o Hound que guiava a todos. Todos ali dentro já sabiam o que ele dissera ao Hound na entrada e também para o cavalo de batalha em forma de dragão deitado no corredor. Isso, entretanto, não significava que vissem esse fato como motivo suficiente para interromper as lutas que já estavam em curso. As prioridades ali eram diferentes do que criaturas menos ferozes normalmente considerariam razoáveis.

Irial se aproximou, pronto para aguardar o fim do combate. Quando chegou próximo da multidão aglomerada, os Hounds abriram caminho para permitir que passasse. À beira do ringue isolado por cordas, ele estacou, boquiaberto.

Pouca coisa poderia ser mais inesperada do que a visão que se apresentava à sua frente: Niall estava no centro do ringue. Havia sangue escorrendo das marcas de dentes no seu antebraço e também ensopando o tecido em volta de um rasgo que havia sido feito na sua calça jeans. O oponente, um Hound de porte médio, rosnou ao ser atingido por um soco que fez sua cabeça sacudir para trás. E, antes que pudesse reagir, Niall desferiu um segundo soco na altura da garganta que fez o Hound despencar no chão coberto de palha.

Enquanto Irial tinha os olhos arregalados e fixos na cena, Gabriel postou-se ao seu lado.

– Sempre a mesma crueldade impiedosa nas lutas.

– Ele faz isso com frequência? – Irial viu seu rei fincar a sola da bota no peito do Hound caído.

– Praticamente todas as noites desde que você o nomeou rei. – As emoções de Gabriel eram uma mistura de contentamento e diversão. – Parece que está se adaptando bem ao cargo, se quer a minha opinião.

– Talvez eu *devesse* ter perguntado mesmo sua opinião – murmurou Irial. Ele sentiu uma onda curiosa de tristeza ao constatar que Gabriel não lhe contara a respeito. A omissão não fora por mal, mas era mais uma perda entre tantas outras que estava precisando enfrentar.

Nesse momento, Niall lançou um olhar por cima do ombro para encará-lo. Era verdade que os Hounds não podiam sentir o gosto das emoções alheias, mas o resto da Corte Sombria podia. Isso não significava que todos sempre fossem capazes de *compreender* os motivos por trás da emoção em questão – coisa que a onda de fúria que Niall sentiu nesse momento deixou muito evidente.

O Rei Sombrio agarrou o Hound a seus pés e o içou de volta à posição vertical. Lançando a criatura ferida contra as cordas do ringue, ele rosnou:

– O próximo.

Se eles fossem duas outras criaturas mágicas quaisquer, Irial teria puxado Niall para um canto e lhe explicado que sua tristeza não era por tê-lo visto acabando com o Hound no combate, e sim por causa da decisão de Gabriel de manter segredo a respeito daquelas lutas constantes. O caso é que os dois não eram outras criaturas quaisquer, e Irial fez, então, a segunda melhor coisa que poderia fazer: avançou na direção do outro.

– Não seja louco – disparou Niall.

Sem despregar os olhos do seu rei, Irial baixou o corpo para passar sob a corda do ringue.

– Por favor, Gabe.

– Parece que há um banho de sangue para acontecer. Quem está vindo nos visitar? – indagou Gabriel.

– Devlin. Sorcha sem dúvida deseja que ele demonstre a posição da Alta Corte. É a tradição. – Irial fez uma pausa, ouvindo o som dos passos e dos motores começando a ganhar vida à sua volta. Os Hounds estavam deixando o estábulo, certamente comandados por uma ordem silenciosa de Gabriel.

Com cuidado, Irial acrescentou:

– É melhor que os filhotes permaneçam perto de casa por alguns dias.

Os dentes de Gabriel rangeram quando ele deixou escapar num rosnado baixo:

– Os meus filhotes...

— Estarão em segurança — cortou Irial — *desde que* permaneçam escondidos. Sorcha deu ordens para ir contra os halflings; então é melhor mandar que fiquem escondidos por alguns dias.

Niall deu um passo na direção de Irial e disse em voz baixa:

— É por isso que preciso de você aqui. Por causa dos seus séculos de experiência em lidar com essas nuances. A corte necessita dessa sabedoria. — Ele não chegou a mencionar que necessitava pessoalmente de Irial também, mas essa emoção foi provada pelo outro junto com a sua pontada de ressentimento. — Exijo sua presença e que seja mantido em segurança. Os portões do Mundo Encantado não poderão ser vistos pelos seus olhos no momento, Irial.

— Ora, esta noite está mesmo cheia de surpresas, não é mesmo? — Irial ergueu um punho. — Você me quer nas suas rédeas, então? Eu fui até lá para...

Gabriel pigarreou alto.

— Trataremos de providenciar algum alimento para a corte esta noite. — Ele fez uma pausa breve, e depois disse: — Niall?

Niall desviou o olhar para longe de Irial.

— A sua força é a força da corte. Não importa muito onde buscará se alimentar de ira ou desejo, ou com quem fará isso, mas é necessário que se mantenha forte. — Gabriel expressou em palavras o que todos ali já sabiam. — Posso trazer alguns seres solitários ou as Garotas do Verão, caso prefira...

— As Garotas do Verão *não* podem ser entregues à corte dessa maneira. — Niall mostrou os dentes. — Ninguém deve ser tocado sem seu consentimento.

— Sabemos disso — falou Gabriel. — O *antigo* rei criou essa regra. A Caçada se encarregará de trazê-las, mas elas poderão decidir se preferem ficar ou ir embora.

Niall lançou um olhar curioso para Irial, mas o outro permaneceu em silêncio. Se tivesse contado isso a Niall, não teria mudado a situação em nada, mas iniciaria uma conversa que nenhum dos dois se mostrara preparado para ter nos anos anteriores. Saber que Irial se arrependia por não ter conseguido protegê-lo não modificaria o passado de Niall.

Por fim, Niall desviou os olhos.

– Faça o que for preciso para garantir o alimento de que a corte necessita.

– Eu digo o mesmo a você – acrescentou Irial. – Umas poucas brigas não são suficientes, e você sabe disso... Embora fique feliz por ver que *está* lutando, pelo menos. Agora, se quiser...

– Chega. – As emoções que jorravam de Niall cobriam todo o espectro existente, de uma extremidade a outra. O olhar dele chicoteou de volta para Irial. – Não pense que serei fácil de abater só porque alguns Hounds tentaram me esmurrar.

Ouvindo isso, a irritação súbita que havia tomado conta de Irial desapareceu. Ele baixou o punho e começou a rir.

– Você nunca foi fácil em nada, meu amor.

O soco que atingiu o rosto de Irial veio mais veloz do que lembrava que os golpes de Niall costumavam ser, mas já fazia muito tempo que não apanhava dele. Bater no rei não era um comportamento tolerado a menos que se tratasse de um combate previamente arranjado, e ao longo dos onze séculos anteriores, Niall estivera ciente o tempo todo da posição de Irial como regente.

Da mesma forma que também sabia que eu decidi omitir esse pequeno detalhe quando nos conhecemos pela primeira vez.

Os olhos de Niall estavam fixos nele.

— Nós estamos num ringue, Irial. Aqui você pode bater no rei.

Um sorriso se abriu no rosto de Irial quando ele ouviu Gabriel anunciar:

— Vamos partir.

Enquanto a Caçada começava a sair, o tumulto de emoções que tomou conta do estábulo foi prontamente sorvido por ele e por Niall. Enquanto elas ainda estavam inundando os dois, Irial disse:

— Será que eu deveria ter feito a oferta a você uma segunda vez, depois de saber que eu era um regente?

— Talvez. — Niall abriu um sorriso ligeiro. — Pensei nisso algumas vezes.

— Em me bater?

— Não — corrigiu Niall, desferindo um novo golpe. — Em bater até quase matá-lo.

E então os dois ficaram ocupados demais para continuar discutindo. Irial não era tão veloz nos golpes, mas deixava livres todas as emoções que sentia. A habilidade de ler as emoções do outro junto com o seu próprio prazer culposo por ter conhecimento delas bastaram para desestabilizar Niall a ponto de dar a Irial a chance de resistir ao longo da meia hora seguinte em melhor estado do que os dois haviam previsto.

Mas, por fim, Irial foi ao chão. O olho esquerdo não conseguia abrir de tão inchado, e possivelmente havia pelo menos uma costela quebrada.

— Para mim, chega.

Em vez de se retirar como era esperado, Niall se jogou no chão também. Estava coberto de sangue e suor, e exalava um ar de contentamento.

— É mais fácil do que eu pensava — falou.

— Não sou *tão* fácil assim de derrotar. — Irial deu um sorriso, contraindo o rosto de dor ao sentir que o movimento fez jorrar sangue do lábio partido.

— É mais fácil ser o rei deles do que pensei — corrigiu Niall.

— Eu tinha entendido da primeira vez. — Irial fez um esforço para se sentar, e na mesma hora a estimativa de costelas quebradas subiu para pelo menos três. — Você estava destinado a ser o próximo regente deles desde sempre. E sempre soube disso. Da mesma forma que eu sabia. Até Sorcha sabia disso, oras.

Os olhos de Niall se arregalaram ligeiramente.

— Ela lhe disse isso?

Irial havia se esquecido de como Niall costumava baixar a guarda depois das brigas.

— Não diretamente, mas as emoções dela disseram.

Hesitante, quis saber:

— Que emoções? A Rainha da Alta Corte não pode... Ou ela *pode*?

— Ela pode, sim, na presença do Rei Sombrio. — Irial sustentou o olhar do outro da maneira mais firme que conseguiu fazer com seu olho inchado e quase fechado pela lesão. — Quando indaguei se você seria o próximo rei e ela se sentiu ao mesmo tempo empolgada e pesarosa. Na ocasião não tinha como me certificar, mas torci para que fosse o que estava pensando — e hoje acredito que ela sabia, sim, e que estava ansiosa por vê-lo nessa posição.

Os dois ficaram sentados em silêncio, mas sem deixar de se comunicar. Através dos séculos, Irial lera as emoções de Niall sem que ele soubesse disso. Nessa noite, pela primeira vez, Niall lhe revelou conscientemente o que estava sentindo com o objetivo de partilhar aquilo que não conseguia verbalizar. Os dois haviam mudado com o passar dos anos, mas todas as mudanças só haviam servido para tornar Niall mais adequado para o posto de Rei Sombrio. E ele se sentia ao mesmo tempo aliviado e desapontado por causa disso. Também estava mais feliz agora do que em qualquer outro momento dos nove séculos desde que saíra do lado de Irial.

Sim, feliz.

Por fim, Niall pôs-se de pé.

– As coisas nunca vão voltar a ser como eram.

– Eu não achava que fossem. – Irial, ainda no chão, ergueu os olhos para encará-lo.

Inesperadamente, Niall estendeu-lhe a mão e sorriu ao sentir o gosto da reação de surpresa de Irial.

– Você é melhor de luta do que eu me lembrava.

– E você conseguiu quebrar várias costelas minhas. – Irial aceitou a mão que Niall lhe estendia e foi posto de pé. – Um dos meus olhos está tão inchado que não consigo enxergar, e acho que alguma coisa se arrebentou dentro do meu joelho.

– Justamente. – Niall soltou-lhe a mão e abriu um sorriso.

– Quem sabe da próxima vez eu me saia melhor? – Irial se arrependeu das palavras assim que elas saíram da sua boca, mas não iria admitir isso. Tratou de esconder suas emoções sob a expressão mais plácida que conseguiu pôr no rosto.

Por um momento, Niall permaneceu em silêncio. Suas emoções também estavam bem trancadas e fora do alcance de Irial. E então ele deu de ombros.

– Quem sabe?

Irial ergueu a corda para Niall passar.

Os dois caminharam lado a lado em silêncio. Niall não o mandou embora enquanto seguiam na direção da casa que pertencera ao antigo rei, tampouco o convidou para entrar. Chegando à entrada, os dois pararam, e durante um momento tolo e cheio de esperança Irial ficou simplesmente à espera. Então, Niall estendeu a mão para a gárgula que havia na porta e saiu caminhando na direção da sua atual residência. Foi uma despedida tranquila.

Pode ser que tudo fique bem, afinal de contas.

Irial sabia que os dois guardavam segredos que poderiam abalar esse laço de confiança que vinha sendo construído, mas haviam feito progresso. E, por ora, isso bastava.

Até que aconteça a visita do emissário da Rainha da Alta Corte.

As informações que Irial havia apurado nas conversas com seus espiões o levaram a traçar o plano de ação que fora até o estábulo discutir com Gabriel, mas fazia tempo que havia descoberto a importância de saber agir por improviso. A chance de resgatar seu relacionamento com Niall lhe parecera mais importante do que as vantagens de informar Gabriel sobre as suas intenções. Poderia muito bem tomar as providências necessárias sem fazer alarde, e depois se desculpar com Niall caso fosse descoberto.

CAPÍTULO 7

Apesar de tudo que havia permanecido não dito, Niall sabia que a casa onde estava morando não deveria ter ficado para o novo Rei Sombrio. Caso o regente anterior tivesse morrido, Niall teria direito de se apossar dos pertences dele. O regente anterior, entretanto, estava bem vivo. *Ele está é muito presente. Ainda bem.* Niall abriu um sorriso, mas logo parou. *Será que sou capaz de perdoar tudo?* Ele havia conseguido deixar de lado séculos de desprezo por Irial no espaço de poucas semanas. *Não.* Niall atravessou o saguão, consciente da presença atenta dos servos prontos para atender às suas necessidades. *Qualquer que seja.* Alguns membros da Corte Sombria pareciam se deliciar ao receber ordens. Isso nunca deixava de espantá-lo. *Perdoar* tudo *é algo que nunca vai acontecer.* Mas nem por isso Niall poderia continuar agarrado às mesmas ilusões que mantinha nos últimos séculos: não conseguia esquecer as lembranças boas tanto quanto não se esquecia das ruins.

Ignorando as criaturas que esperavam à espreita em todos os quartos e cantos da casa, Niall encaminhou-se para os seus aposentos. Abriu a porta e congelou.

– Ele disse que estava precisando de mim. – Os olhos o encaravam sem que ela se mexesse um músculo, sem que desse um passo para atravessar o tapete espesso e chegar mais perto dele. Em outros tempos, era justamente o que teria feito. Agora, limitava-se a olhar nos seus olhos, dizendo: – O Hound. Ele me trouxe até aqui porque você precisava de mim.

– Não – corrigiu Niall. – Precisava que um *corpo* fosse trazido até aqui. Não você. É isso que sou agora. Tenho necessidade de corpos.

Ela deu de ombros.

– Eu sou um corpo.

– Não. – Ele não reagira com *alegria* ao descobrir uma das Garotas do Verão à sua espera ali. Era assim que tentava vê-la, de qualquer maneira: como uma das Garotas do Verão. Tentava não pensar nela como alguém que ele protegera no passado. Porque isso não daria certo.

– Você podia ser qualquer uma. – Ele fechou a porta com uma batida. – Você...

– Não precisa tentar me ofender, Niall. – Ela lhe lançou um sorriso triste. – Basta dizer.

– Dizer...

– Do que está precisando – esclareceu ela. Até mesmo ali, naquele lugar tão oposto da sua corte, ela ainda aparentava dançar como se ainda estivesse ouvindo o som da música. Os compridos cabelos castanhos, que geralmente prendia para formar cachos, estavam soltos. – O antigo Rei Sombrio costumava nos convidar para vir até aqui muitas vezes. Mas hoje... Torci para que fosse a você que tivesse que servir quando vi o Hound se aproximar. Eu teria vindo de qualquer maneira, mas fico feliz por ter sido trazida para você.

Niall nunca havia parado para pensar com calma nesse assunto. Mas, realmente, fazia sentido: as Garotas do Verão não partilhavam do ódio que Keenan sentia pela Corte Sombria. Eram criaturas feitas para o prazer, que incorporavam apenas as alegrias do Verão. Mais tarde, perguntaria a Gabriel com que frequência as Garotas do Verão costumavam ser convidadas à sua corte para aqueles encontros e com que frequência seria seguro que o fizessem. Mesmo com toda a fúria que sentia por Keenan, Niall continuava acreditando que o Rei do Verão não se contentaria em assistir passivamente caso ficasse sabendo que algumas das Garotas do Verão eram usadas. Seu antigo senhor era tão manipulador quanto qualquer outro ser mais poderoso – *incluindo eu mesmo* –, mas muitas vezes suas ações eram motivadas pelo impulso de proteger os membros da sua corte. E as Garotas do Verão, antigas mortais transformadas em fadas por uma maldição que as condenava a depender de Keenan para o seu sustento mais básico, eram súditas especialmente importantes para o Rei do Verão.

– Ele sempre perguntava a seu respeito. O antigo rei. – Ela desabotoou o vestido leve que usava. – Algumas vezes, cheguei a pensar em lhe contar isso. Mais de uma vez, ele me pediu que viesse vê-lo logo depois de eu ter estado nos seus braços.

Niall congelou. *E você vinha? Por quê? Quantas vezes?* Nada do que lhe ocorria para dizer naquele momento soaria menos do que bizarro – não que ela fosse do tipo que se chocaria por ouvir algo bizarro. Garotas do Verão eram conhecidas por se manterem sempre imperturbáveis. Niall conservou os olhos fixos nela enquanto o vestido caía a seus pés.

– Sabíamos que um dia – ela deu um passo para se desvencilhar do tecido agora espalhado no chão – você estaria de volta a esta corte.

Se tivessem vindo de qualquer outra das Garotas do Verão essas palavras o surpreenderiam, mas Siobhan sempre dizia a Niall o que ele pensava que ninguém mais havia notado. *Ela é minha amiga.* Ele se recordou dos primeiros anos depois da entrada de Siobhan para a Corte do Verão, quando a garota se dera conta de que o amor de Keenan era tão volátil quanto a sua atenção.

Ainda com os olhos fixos nele, Siobhan puxou os cabelos por cima do ombro nu.

— Ainda lembro de quando você me ensinou a respeito deste mundo, Niall. Você falava deles, da corte *dele,* com um tom diferente na voz. Uma sombra escurecia seus olhos ao tocar no nome dele. Você sabia disso?

A maneira como ela o encarava era excitante. Durante o tempo que havia passado na Corte do Verão, Niall sempre tivera preferência por Siobhan, mas para as Garotas do Verão nunca parecia fazer diferença em que braços estavam. *Ou será que na verdade faz diferença e eu é que nunca soube?* Ele virou de lado, tendo que reunir forças para dispensá-la, e caminhou até o baú baixo que ficava ao pé de sua cama enorme. Apoiando um dos pés sobre a tampa, começou a afrouxar os cadarços da bota.

Sem se voltar para olhar para ela, falou:

— Você já pode ir. Há outras que talvez...

Ela riu.

— Eu estava com *saudades*. Vim até aqui por livre-arbítrio. Meu rei não gostaria se ficasse sabendo disso, mas não estamos sendo desleais a ele. Nossa corte não foi mencionada em nenhum momento da conversa... Exceto para Irial, mas tudo o que queria era saber de você.

— Keenan não aprovaria — observou Niall, de uma maneira um tanto tola. As coisas que o Rei do Verão aprovaria ou não estavam longe de ser uma preocupação para ele. Mesmo agora, a Corte Sombria continuava forte o bastante para ser capaz de enfrentar qualquer tipo de ameaça que a Corte do Verão pudesse oferecer. *Diferente do que aconteceria com a Alta Corte ou a Corte do Inverno.* Niall desfez o laço do outro calçado e voltou a apoiar os dois pés no chão. O negro do couro das botas quase sumia contra o espesso carpete cor de vinho. *Não vou olhar para ela.* Ele se sentou sobre o baú.

– Niall?

Seus olhos se ergueram.

Num instante, Siobhan havia atravessado o quarto e estava em pé na sua frente. Com cuidado, ela estendeu uma das mãos para tocar-lhe o rosto. A impulsividade típica das Garotas do Verão que ele havia conhecido tinha se esvaído. Em vez disso, Siobhan se aproximou como se estivesse cercando um animal selvagem.

– Você andou lutando.

Até esse momento, o fato de que seu corpo estava coberto de sangue passou despercebido para Niall. Mas ele se encolheu e fugiu do toque dela.

– Você deveria i... – A inverdade das palavras fez a frase estacar pela metade. Ele tentou novamente: – Você *poderia* i...

– Não. – A mão continuava estendida, mas não tocou nele dessa vez. A aflição dela, a sua ânsia e o seu amor o inundaram. – Aqui é onde eu quero estar.

Amor?

Ele a encarou, fascinado.

Ela congelou.

– O que foi?

A resposta foi uma sacudida silenciosa de cabeça. A habilidade que sua corte tinha de provar as emoções alheias era secreta. Com o mesmo cuidado que ela tivera ao fazer o gesto, Niall estendeu a sua mão. Embora já estivesse inúmeras vezes com Siobhan, algo lhe pareceu novo dessa vez. Seus dedos mergulharam por entre os cabelos dela, colocando as mechas para trás, fazendo-as escorregar contra a sua pele.

– Quero que fique.

Ao sentir o seu toque, ela fechou os olhos, e Niall tentou não reparar que as videiras na pele dela foram murchando enquanto sua mão escorregava pelo braço nu. Siobhan era membro da Corte do Verão; ele não era. E, como acontecia com qualquer outra criatura estranha à Corte do Verão, o seu toque não a nutria.

— Niall?

Ele correu um dedo pelos ramos de videira murchos sobre a barriga desnuda dela.

— Você sabe que pode ir embora.

— Eu vim por livre-arbítrio — repetiu Siobhan suavemente. — Aqui é onde quero estar.

As emoções estavam tão claras no som da sua voz quanto no ar em torno de Niall. O medo da rejeição emaranhado ao desejo. Mesmo estando ferido e ensanguentado, mesmo sem nada a lhe oferecer, ela o desejava. E estava apavorada com a possibilidade de ser dispensada. Niall sorveu o pavor junto com o desejo quando a puxou para o seu colo.

Com esse gesto, toda a hesitação de Siobhan desapareceu. Ela o beijou e enlaçou as pernas em volta do seu corpo. *Essa* era a garota que ele tomara nos braços tantas vezes ao longo dos últimos cem anos. Ela não fez menção de pedir desculpas quando rasgou o que restava da camisa ensanguentada nem se desculpou por causa da dor que provocou por pura impaciência diante do seu corpo machucado.

Diferente de todos os outros relacionamentos que Niall havia conhecido, com Siobhan não existia qualquer complicação. Ela não pensava no futuro, não fazia perguntas sobre o passado. *Nem me faz pensar a respeito dessas coisas.* Simplesmente estava ali, vivendo o momento, no lugar presente. Era uma Garota do Verão exigindo o prazer que considerava seu por direito. Ela tomava o que precisava, e se entregava porque queria. Era aquilo que era, e nunca tentava esconder essa verdade.

Nesse aspecto, Niall argumentou consigo mesmo, talvez a Corte do Verão e a Corte Sombria não fossem tão diferentes uma da outra.

CAPÍTULO 8

No dia seguinte, muito antes do horário em que a corte se reuniria, Irial já esperava no beco próximo ao galpão que Niall vinha preferindo usar ultimamente. Assim como as mudanças feitas por ele na casa que lhe servira de residência, essa mudança era ao mesmo tempo reconfortante e desconcertante. A corte era proprietária de diversas boates, tanto para mortais quanto para seres encantados, mas, por motivos que Niall jamais se dispusera a esclarecer, tomara a decisão de fazer suas reuniões ali naquele amplo depósito abandonado. Eles haviam contratado mão de obra mortal para reformá-lo, retirando o excesso de aço até que o espaço ficasse suportável e acrescentando instalações em madeira e pedra. A presença do aço enfraquecia as criaturas mágicas de modo geral, mas também significava que apenas os mais fortes entre eles eram capazes de agir ali. E esse, Irial precisava admitir, havia sido um arranjo bastante inteligente. Quando ele assumira o trono, havia adotado uma solução mais sanguinária, mas Niall já dera mostras de ser um tipo diferente de governante.

Irial estava lá desde o nascer do sol, mas foi apenas à tarde que avistou a criatura que esperava encontrar.

– Irial. – Devlin era capaz de se deslocar com a mesma facilidade de uma sombra, mas, em vez de tirar vantagem disso, preferia anunciar sua presença sempre que chegava aos lugares –

a menos que estivesse a mando de Sorcha para assassinar alguém que a rainha tivesse considerado um incômodo.

— Tornei sua presença bem-vinda entre nós nos últimos séculos, mas já soube que a Senhora Dificultadora Imutável o enviou para causar problemas nesta visita — murmurou Irial.

— Minha rainha é sábia em todas as suas atitudes. — Devlin retesou a sua postura. — Busca conservar a ordem, não promover o conflito.

— E busca isso atacando membros da minha... *da* Corte Sombria? — Irial abriu um sorriso irônico. — A Alta Corte é mesmo um lugar esquisito.

— Você não é mais rei. Não há nada que me impeça de atacá-lo. — A voz de Devlin não tinha qualquer inflexão. Na maioria das vezes, arrancar uma emoção óbvia do irmão de Sorcha era um desafio.

— Caso seja necessário, eu me ofereço em sacrifício para que você tenha o naco de carne que veio buscar. — Irial fez um gesto na direção da rua. — Podemos resolver isso aqui fora antes ou depois de você falar com meu rei.

A expressão no rosto de Devlin ficou ainda mais inescrutável, e suas emoções já escondidas agora se tornaram tão ausentes que ele era como uma casca oca diante de Irial.

— Infelizmente, acho que precisarei recusar a oferta.

O barulho da aproximação dos Hounds não provocou mais do que um ligeiro frêmito em Devlin. Os motores dos seus cavalos de batalha em forma de veículos humanos rugiram e resfolegaram; e as suas emanações — que os mortais veriam como fumaça dos escapamentos — tinham o mesmo tom de verde dos seus olhos. Embora a Caçada não estivesse atrás de ninguém, chegaram com a mesma ferocidade que teriam demonstrado na perseguição a um inimigo. O cavalo de Gabriel, atipicamente, tinha assumido a forma de uma imensa motocicleta com escapamento duplo e um motor que roncava tão alto a ponto de fazer a rua inteira estremecer. E o rugido que saiu da garganta do Hound foi tão feroz quanto o do cavalo, tornando as palavras quase ininteligíveis.

– Irial... O. Que. Você. Está. Fazendo.

Irial arregalou os olhos com um ar de inocência fingida.

– Saudando o convidado da Corte Sombria. Estávamos aqui na rua, e... – As palavras dele se perderam sob outro rugido medonho.

Perfeitamente impassível como sempre, Devlin se limitou a olhar para os Hounds reunidos como se não passassem de um bando de criancinhas mortais.

– Da parte da Rainha do Mundo Encantado, vim requisitar uma audiência com o Rei Sombrio.

– Irial? – chamou Gabriel, numa voz ligeiramente mais clara. – Para dentro. Já.

Irial sentiu suas entranhas se contorcerem de irritação ao receber ordens dessa maneira, mas Gabriel sempre tivera a inclinação para tratar Irial como semelhante, mesmo em seus tempos de regente. *E agora não sou um rei.* Ele deu de ombros, lançou um olhar para Devlin e falou:

– Minha oferta continua de pé.

O ressoar do coro de grunhidos com que essas palavras foram recebidas pelos Hounds fez brotar um ar genuíno de divertimento – acompanhado pela emoção correspondente – em Devlin.

– Pelo visto, há quem se oponha à sua sugestão.

Gabriel estendeu o braço esquerdo; na pele dele, numa espiral, surgiram ordens claras do Rei Sombrio para que Irial fosse mantido em segurança.

– Para dentro.

O sorriso no rosto de Devlin estava totalmente aberto agora. Seus olhos saltaram da tinta no braço de Gabriel para o rosto de Irial.

– Seu rei parece desaprovar sua propensão a querer protegê-lo.

Ouvindo isso, Irial sacudiu a cabeça.

– Compreenda uma coisa: se levantar uma mão sequer contra o meu rei, a destruição que lançarei sobre o Mundo Encantado será tão grande que fará a Guerra em toda a sua fúria se parecer com um ataque de birra infantil. Não são poucos os que me devem favores, e eu não hesitarei em cobrá-los para cumprir meu propósito. – Ele então baixou a voz, não para ocultar suas palavras daqueles que estavam em volta, mas para evitar que fossem ouvidas por eventuais observadores escondidos. – Já falei com aqueles que anunciaram as ordens da Rainha da Alta Corte. Seja agora ou pelo resto da eternidade, quem se insurgir contra ele terá que se ver comigo.

– Sua ameaça enfraquece a imagem dele – comentou Devlin.

– Não – corrigiu Irial. – Ajo para a sua *proteção*. O que não é diferente do que você faria pela sua rainha.

A pausa de Devlin se estendeu por uma fração de momento a mais do que seria necessário antes que respondesse num murmúrio:

– Pode ser.

– Entre agora por suas próprias pernas, ou eles farão com que entre à força. – Os dedos de Gabriel se engancharam no ombro de Irial. – Não desobedecerei ao meu rei. E você também não o fará.

Essas palavras fizeram diversos Hounds se remexerem irrequietos nos seus lugares. Eles deviam obediência ao seu

Gabriel, mas, depois de séculos oferecendo proteção a Irial, a ideia de ter que coagi-lo era desconfortável.

– Suas palavras foram registradas e serão transmitidas à minha rainha. – Devlin curvou a cabeça, Irial não saberia dizer se num sinal de respeito ou para ocultar a expressão em seu rosto.

Niall estava furioso quando Irial entrou no galpão. Uma muralha de sombra sólida surgiu de imediato em volta dos dois, isolando-os do restante.

– O que deu em você? Não ouviu *nada* do que lhe falei ontem?

– Não foi isso. – Irial se manteve inabalável. Ele apoiou a mão contra a parede de sombra. – Você consegue fazer coisas que para mim eram penosas com tanta facilidade que parece ser rei há anos.

– Pelo menos um de nós está se adaptando sem problemas.

Isso fez Irial estacar.

– Como assim?

– Em vez de ter escondido a informação de que Devlin viria para atacar você ou Gabriel, teria sido melhor falar comigo – explicou Niall, com toda a calma que conseguiu reunir. – Logo você, que me ofereceu a corte, a sua lealdade e seus conselhos, escondendo informações que, *como seu rei*, deveria ficar sabendo.

Por um instante, Irial se manteve em silêncio.

– Se Gabriel fosse ferido, os Hounds poderiam substituí-lo, e não temos como ter certeza de que outro Hound lhe daria o mesmo apoio que Gabriel dá.

– Eu sei.

– Assim sendo, entre nós dois, o mais dispensável sou eu. – Irial encolheu os ombros.

– Você não é dispensável... E eu não teria conseguido dizer isso se fosse mentira. – Erguendo uma das mãos, Niall deteve Irial antes que ele pudesse interromper. – E muito menos você poderia, então isso quer dizer que acreditamos que estamos dizendo a verdade um ao outro. Você me informou sobre a visita dele, me deu conselhos sobre como proceder, mas depois minou a minha autoridade. Devia ter me passado a informação que havia recebido.

– Não me saio muito bem em posições servis.

Apoiando uma das mãos no ombro de Irial, Niall o empurrou para que ficasse de joelhos.

– Já percebi isso.

A verdade era que, mesmo no momento em que estava se desculpando, Irial não tinha uma postura subserviente. Reis não eram talhados para se tornarem súditos, e depois de séculos de reinado era improvável que mudasse da noite para o dia. *Ou que fosse mudar, e ponto.* E, em decorrência dessa verdade, o único ser encantado em toda Corte Sombria que parecia mais apto a servir como conselheiro para Niall era também o menos propenso a se comportar como súdito de quem quer que fosse.

– Teremos que encontrar uma solução, ou você precisará ir embora – iniciou o rei.

Irial ergueu os olhos.

– Você seria capaz de me mandar para o exílio?

– Se você agir contra mim, farei isso. – Niall franziu o cenho. – Diga tudo o que sabe. Talvez tenhamos que repetir isso diariamente. Na forma de uma reunião... ou relatório... Eu não sei.

Irial começou a tentar ficar de pé.

– Não – murmurou Niall. – Continue de joelhos até eu mandar que se levante.

Um sorriso se abriu lentamente no rosto do outro.

— Como o senhor quiser.

— Não estou brincando, Irial. Ou me reconhece como o seu rei, ou terá que ir embora. Para governar esta corte, preciso da sua ajuda. — Niall fez uma pausa para esperar que o peso dessa última frase fosse absorvido pelos dois. — Preciso dela mais do que precisei da ajuda de qualquer outro depois que você falhou comigo, séculos atrás. Portanto, é necessário que me diga agora: você quer a corte de volta, quer ir embora, ou pretende começar a agir como meu conselheiro de fato?

— Só desejo garantir a sua segurança *e* a da corte. — Irial manteve o olhar pousado apenas em Niall, apesar da aglomeração cada vez maior de criaturas do lado de fora da muralha de sombra. — E isso significa que não posso ser o rei deles.

— Então pare de tentar tomar as decisões. — Niall também decidiu ignorar o tumulto ao redor. Um número considerável de Ly Ergs se pusera à frente de Devlin, que estava atirando um por um do outro lado do recinto como se não pesassem nada. — Você sabia que a Rainha da Alta Corte planejava fazer um ataque que servisse como uma demonstração inequívoca do seu poder assassino.

— Sabia.

— Mas foi Gabe que tramou tudo. Inclusive a ponto de permitir que você fizesse papel de idiota — esclareceu Niall.

Irial reagiu com surpresa.

— Entendo.

— Mandei que descobrisse com qual dos seus espiões você havia se encontrado. — Niall deixou que o seu prazer com aquela situação ficasse bem evidente no seu tom de voz. — Eu manipulei você, Irial.

Irial desviou os olhos a tempo de ver mais uma criatura passar voando ao ser arremessada em frente à muralha de sombra.

– Posso me levantar?

– Não. – Niall disfarçou um sorriso. – Quero antes que faça um juramento.

– Que juramento?

– Quero que jure me contar sempre que surgirem ameaças das quais tenha a intenção de me proteger; seja alguma ameaça a mim, à corte ou a você, que por algum motivo tenha pensado em manter oculta. E quero que jure que me passará a informação sobre ela assim que tiver condições de fazer isso.

Niall havia ponderado sobre cada uma das palavras enquanto digeria a traição de Irial.

– Quero que jure confiar a mim a regência desta corte; caso contrário, você se tornará um ser encantado solitário, exilado da corte e da minha presença até o momento em que eu decidir.

A pontada de medo que brotou em Irial quase fez Niall hesitar. Em vez disso, continuou:

– Você passará o tempo que eu quiser na minha presença, me relatando até mesmo aqueles segredos que está pensando que ainda não estou pronto para lidar.

– São séculos de segredos – Irial tentou se esquivar.

– Ou você fica ajoelhado aí e jura fazer tudo isso – Niall estendeu uma das mãos para agarrar o queixo daquele que já havia sido seu amigo, até mais do que isso, e depois seu inimigo e obrigá-lo a encarar seu rosto – ou pode se levantar agora mesmo e sair por aquela porta.

– Se eu for lhe contar tudo, nenhum de nós dois vai dormir nem fazer outra coisa durante meses a fio.

Niall apertou o pescoço de Irial entre os seus dedos, não com força suficiente para machucá-lo – *muito* – e perguntou:

– Se eu lhe ordenasse para me contar tudo que está escondendo, você seria capaz de me dar uma resposta completa?

– Com tempo para fazer isso? Sim. Imediatamente? Não. Séculos, Niall, são séculos de segredos acumulados. – Irial se deixou ficar imóvel entre os dedos do outro. – Eu lhe falei do meu acordo com Sorcha. Mandei Gabe levar até você uma das...

– Sim – interrompeu Niall, apertando com mais força. – Elas eram suas espiãs?

– Só quando estavam com você.

Com um rosnado, ele o empurrou para longe.

– Faça o juramento ou vá embora.

Mesmo tendo que fazer um esforço perceptível para continuar de joelhos, Irial não hesitou ao proferir as palavras.

– Eu juro... Você saberá de toda a verdade ao longo dos próximos dez anos.

– Ao longo do próximo ano.

Irial sacudiu a cabeça.

– Isso é impossível.

– Dois anos.

– Em três anos, no máximo – ofereceu Irial. – Você tem o resto da eternidade para governar; três anos passam em um piscar de olhos.

Por um momento, Niall pensou em insistir mais. Porém, se ele mesmo levara séculos para mudar, não parecia fora de propósito exigir menos de uma década da parte de Irial. Ele assentiu:

– Que seja.

– Posso me levantar agora? – indagou Irial.

– Não, na verdade não pode. Quero que fique nessa posição. Aliás, acho que prefiro que assuma essa posição sempre que vier me trazer notícias. – Niall fez sumir a muralha e se lançou para o meio da turba briguenta.

Isso, pelo menos, eu consigo compreender.

CAPÍTULO 9

Irial se encheu de um orgulho desmedido de seu rei enquanto via Niall misturar-se à confusão que agora já era mais do que uma luta entre Devlin e os Ly Ergs. A entrega de Niall, em momentos de conflito, sempre fora irrestrita e apaixonada. O Rei Sombrio tomara seu lugar no coração da batalha, golpeando Hounds e Ly Ergs e Vilas sem parar.

Um vidro se espatifou acima da cabeça de Irial e caiu numa chuva de cacos sobre seu corpo. E a chuva trouxe consigo os restos de uma garrafa de Merlot. O vinho tinto respingou, mas Irial ficou exatamente onde seu rei havia ordenado que ficasse: ajoelhado e imóvel em meio ao caos de uma bela batalha sangrenta.

Por vários minutos, Irial permaneceu ajoelhado no meio da briga, que agora incluía pelo menos sessenta criaturas. E não foram poucas delas que se aproveitaram da bagunça para atirar coisas na direção dele, nas paredes e no teto. Destroços não paravam de cair em cima de Irial. Pelo menos três golpes o atingiram. Não era sua intenção ignorá-los, mas lutar ajoelhado se mostrou um desafio diferente.

Por fim, Niall apareceu e o agarrou pelo braço.

– Levante-se.

Irial obedeceu como era o objetivo do exercício desde o início. Ele espanou os cacos de vidro dos braços e sacudiu lascas de madeira que haviam ficado agarradas no seu cabelo.

– Fique perto de mim ou de Gabe – mandou Niall, enquanto golpeava uma criatura do pilriteiro exuberante. – Fui claro?

– Sim. – Irial agarrou o que parecia ser um pedaço de cadeira e o atirou feito uma lança na direção de Devlin.

O capanga da Alta Corte interceptou o projétil em pleno ar com um movimento de cabeça. Não havia nenhum ferimento visível em seu corpo, mas ele estava coberto de sangue e exibia um sorriso no rosto. Devlin podia ter tomado a decisão de ignorar deliberadamente o fato de que era irmão tanto da Ordem quanto do Caos, mas ali, em meio à violência da Corte Sombria, sua condição de membro ilegítimo da Alta Corte ficava muito clara.

Outra criatura surgiu voando pelo ar, chocando-se contra Devlin como se a preocupação de ter dado impulso antes do salto fizesse alguma diferença. Não fez. As Mãos Ensanguentadas da Alta Corte derrubaram o atacante com um tapa, como se fosse um mosquito, antes de passar ao oponente seguinte.

– O que falta a eles é estrutura – resmungou um dos Hounds, pisando na mão de uma Vila caída. – Não têm nenhum plano de ataque.

– E deveria haver um plano? – quis saber Irial.

O Hound se desvencilhou dos olhos dele para buscar o rosto de Niall, que assentiu com a cabeça. E só então respondeu:

– Não. Gabe achou que um pouco de diversão seria bom para todos. O rei concordou. – A criatura baixou o tom de voz antes de prosseguir. – E *ele* luta tão bem que a briga vale a pena de qualquer maneira.

— Ele é fantástico. — Irial olhou de relance na direção de Niall. O Rei Sombrio parecia estar se divertindo à medida que a luta começou a se transformar numa espécie de concurso. Num dos cantos, Devlin tinha se empoleirado no alto de uma pilha formada por mesas e pedaços de madeira solta; noutro, Gabriel tinha as costas voltadas para a parede. Ao lado de Irial, Niall estava a postos sobre uma pequena plataforma elevada. Por todo o galpão, as criaturas presentes se apressavam a juntar-se ao seu candidato favorito entre os três. Sem que nada fosse dito, a luta começou a se parecer com nada menos que uma versão mais sangrenta do desenho animado O *Rei do Pedaço*. Todos faziam de tudo para conseguir derrubar um dos três competidores mais fortes ainda que apenas por um instante, e todos continuavam se divertindo como nunca.

Devlin já havia mais do que garantido a própria integridade diante dos atacantes da Corte Sombria, deixando claro para todos que sua presença jamais deveria ser ignorada. E todas as criaturas presentes no recinto receberam mais alimento do que o esperado por conta da explosão de violência e do embate sangrento.

E Niall havia comprovado seu argumento.

O novo Rei Sombrio conseguiu manipular a todos como se fossem peões. Irial começou a recuar, e o Hound mais próximo apertou os dedos em garra no seu braço. O seu olhar foi dele para Niall, que abriu um sorriso sardônico, desviou o corpo para se esquivar do soco de um glaistig e falou:

— Não me lembro de ter dispensado você.

Tanto o Hound quanto o glaistig riram.

Eu amo a minha corte.

— Como quiser. — Irial esquivou-se da mão do Hound para ir se recostar contra uma das paredes, fora do tumulto. Ele já tinha mais do que esgotado a sua dose de socos e pontapés até segunda ordem. Se pudesse entrar num embate direto com Niall, seria outra história, mas brigar aleatoriamente pelo prazer do esporte não estava entre as suas distrações favoritas.

Quase uma hora mais tarde, Devlin fez uma reverência para Gabriel e em seguida para Niall.

E, com isso, a multidão se dispersou. Mancando, ensanguentada, aos tropeços e gargalhando de satisfação.

– A Rainha da Alta Corte manda seus cumprimentos – falou Devlin, ao se aproximar de Niall. – E deseja lembrar ao Rei Sombrio que ele não é diferente de nenhum outro ser encantado, e que, portanto espera-se que siga as mesmas restrições que o último – Devlin lançou um olhar na direção de Irial nessa hora – Rei Sombrio cumpriu.

Ninguém mencionou o detalhe velado das muitas visitas que costumavam ser feitas por Irial à Rainha da Alta Corte no Mundo Encantado, mas todos ali estavam cientes delas. *Porque é assim que são as coisas.* Irial manteve os olhos pregados em seu rei em vez de responder a Devlin. Era o *rei* que precisava dar sua resposta ao convite que viera implícito naquelas palavras.

E Niall não deixou por menos.

– Por favor, comunique a Sorcha que os cumprimentos foram recebidos, que o capanga da Alta Corte deixou muito clara a sua intenção de atacar a mim e aos meus, e que – Niall deu um salto para descer até a altura dos olhos de Devlin –, se ela encostar um dedo que seja naqueles que estiverem sob minha proteção sem ter um motivo plausível para isso, terá que se ver diretamente comigo.

Devlin assentiu.

– Deseja requisitar uma audiência com ela?

– Não – respondeu Niall. – Não há nada nem ninguém no Mundo Encantado neste momento que me interesse ao ponto de me fazer querer ir até lá.

Por um instante, Irial achou que Devlin fosse atacar Niall, mas a tensão logo se dissipou.

E então, Niall sorriu. Ele fez um gesto para trás de si, e uma Vila escoltou um mortal cego para dentro do recinto.

– Isto – Niall falou sem se voltar para olhar o humano – é inaceitável. A minha corte ofereceu proteção a esse homem. Não permitirei que ele seja levado para o Mundo Encantado ou interpelado de nenhuma maneira. – Seu olhar ficou o tempo todo pousado em Devlin enquanto falava.

A sombra de um sorriso passou pelo rosto do outro, mas tudo o que ele disse foi:

– A mensagem será transmitida à minha rainha.

– E qualquer assunto ligado à Corte Sombria que ela tenha a tratar – Niall deu um passo à frente – deverá ser discutido de regente para regente ou por meio de seus emissários oficiais.

Dessa vez, Devlin sorriu de verdade.

– A minha rainha tem apenas um emissário. Você já escolheu o seu porta-voz?

– Até o momento, não. – Niall olhou de relance para Irial. – Mas talvez isso mude *no momento certo*. – O Rei Sombrio então deu as costas a todos eles e disse apenas: – Gabriel.

O Hound respondeu com uma inclinação da cabeça, e Devlin seguiu à frente de Gabriel na direção da porta. Os dois saíram do galpão, deixando apenas Niall e Irial no meio dos escombros.

Irial ficou aguardando as palavras que fossem condizentes com a onda de raiva carregada de frustração que provara em Niall. Ele contou uma dezena de batidas do coração até que o rei finalmente girou o corpo para encará-lo.

– Não me pressione outra vez, Iri – falou Niall num sussurro. – Estou no comando desta corte maldita agora, e continuarei no comando, seja com você ao meu lado – *como prometeu que ficaria* – ou esmagado sob os meus pés.

Irial chegou a abrir a boca para retrucar, mas Niall soltou um rosnado.

– Você vive dizendo que se importa com eles, que se importa comigo, então é melhor provar isso. – Ele piscou para deter um respingo de sangue que estava escorrendo para dentro do seu olho. – Não espero que mude da noite para o dia, mas precisa confiar em mim mais do que vem fazendo.

– Confio minha vida a você. – Irial rasgou a barra da sua camisa e a estendeu para o outro.

– Disso eu sei – respondeu Niall entre os dentes. – Agora experimente confiar a *minha* vida a mim.

E, a isso, Irial não tinha como responder. Ele observou de boca fechada enquanto Niall saiu pisando duro por cima dos destroços e deixou o galpão. O Rei Sombrio estava encarnado ali, de corpo e alma, e Irial faria o que fosse preciso para servir o seu rei.

Da forma mais verdadeira que eu for capaz.

Não havia uma maneira de contar tudo a Niall, mas ele ainda teria três anos antes de precisar dizer toda a verdade. Um ser encantado que não tivesse muito mais o que fazer da vida seria capaz de conseguir muito nesse espaço de tempo, e pelo estilo de reinado que Niall vinha mostrando ter adotado provavelmente conseguiria pôr a corte deles em ordem em muito menos tempo do que isso. Como um todo, a Corte Sombria estava agora numa situação bem melhor do que a que se vira durante muito tempo.

E o mesmo podia ser dito sobre Niall.

EPÍLOGO

— INEVITÁVEL, MEU IRMÃO — FALOU SORCHA À GUISA DE cumprimento, quando ele terminou seu relato.

— O que é inevitável?

— A ascensão dela a uma posição de força. — Sorcha não era capaz de enxergar o futuro de sua irmã gêmea, mas conhecia bem os efeitos do fortalecimento do Caos. O mundo não era como deveria ser. Mortes que seriam pranteadas por ela, à sua maneira, estavam por acontecer.

Com as mãos estendidas para o espaço aparentemente vazio à sua frente, Sorcha dedilhou os fios das possibilidades. Ela deixou que escorregassem entre seus dedos, cada um tão insatisfatório quanto os outros: seu antigo amante morto, seu irmão morto, um mortal que usava piercing morto, o seu amigo de outrora morto, o Mundo Encantado mergulhado nas trevas. Eram apenas possibilidades, mas nenhuma lhe parecia agradável.

— Ela não se deixará aplacar facilmente — sussurrou a Rainha.

— Você é mais forte, Irmã. — Devlin estava cheirando a sangue. Não havia nenhuma mancha visível em seu corpo, mas o perfume persistente da violência estava ali.

Uma arma a postos para segurar a ânsia de Caos.

– Conto com a sua ajuda?

– Eu estou a serviço da Alta Corte, minha Rainha. Não imagino nenhum motivo pelo qual não poderia contar. – Seus olhos encararam os dela enquanto Devlin falava. – A senhora sabe de alguma razão?

Para essa pergunta, não poderia haver uma resposta amena. Sorcha sabia de diversas razões que poderiam fazê-la não contar com ele: o fato de que era também uma criatura de Bananach, de que possuía certos desejos que não eram vistos no Mundo Encantado havia séculos, a mágoa que guardava dela, o gosto que tinha pela violência. E nada disso era novidade. Obviamente, portanto, não valeria a pena mencionar essas coisas.

– Vejo um mortal.

– Um artista? Alguém com a Visão? Um halfling?

Curiosamente, sempre que Sorcha tentava fixar o olhar nele, o mortal com metal decorando o seu rosto, ela enxergava apenas as trevas. Nada. Era o mesmo que tentar ver o futuro de Devlin ou de Bananach. *Ou o meu próprio futuro.* No instante entre o surgimento da visão do mortal e ela ter dito que o vira, ele havia se tornado parte de uma das suas três vidas. *Ele é importante.*

– Não sei – admitiu. – Tenha cuidado com ele. É um jovem, mas não criança. Ele será importante para um de nós.

Devlin fez uma reverência.

Sorcha fechou os olhos para tentar se recordar de outros detalhes, mas só conseguira vê-lo por um instante curto demais.

– Ele usa um artefato de metal sobre a pele.

– Aço?

– Eu não sei. Não tenho a Visão agora. – Os olhos dela se abriram. – Foi um vislumbre, e nesse vislumbre estava parado, sangrando, caído no solo aqui do Mundo Encantado.

– E isso lhe pareceu agradável?

Ela sacudiu a cabeça, sem, no entanto, admitir a curiosa sensação de que a dor do mortal havia *doído* nela. O sentimento de pesar não fazia parte da essência da Rainha da Ordem. Era um contrassenso.

– Creio que não.

Devlin se aproximou. Em silêncio, estendeu a mão e limpou a lágrima que escorria do rosto de Sorcha. Ele a ergueu e a segurou bem no alto.

O olhar dos dois se voltou para a gota prateada na ponta do seu dedo esticado.

– O corpo às vezes produz coisas estranhas – sussurrou Sorcha.

– É uma lágrima.

Ela tirou os olhos daquela coisa exótica para fitar o rosto do irmão.

– Eu não choro.

– Sim, minha Rainha. – Ele puxou a mão para escondê-la atrás das costas. Mesmo sem olhar, ela soube que a lágrima ainda estava segura entre seus dedos.

Sorcha respondeu com um meneio de cabeça e passou por ele com um farfalhar de saias. No vão da porta, estacou até que um servo surgisse. Ela não lhe dirigiu a palavra. Para serem considerados dignos de ter acesso aos seus aposentos privados, esses servos da mais alta confiança sacrificavam a própria audição. Em locais predeterminados, aguardavam de prontidão – sempre com os olhos baixos, para que não lessem nos lábios da Rainha as palavras ditas por ela. O servo avistou a bainha do vestido no chão à sua frente, e então se adiantou para puxar a tapeçaria que bloqueava o vão da porta.

— Vou encontrá-lo — Devlin falou às suas costas. — O tal mortal.

Um aperto estranho tomou o coração de Sorcha.

— Nem todos os filamentos são verdadeiros, Irmão. A única certeza é que o Caos está crescendo. Todas as possibilidades que a Visão me mostra dão os sinais da sua força. E preciso que você seja meu.

— A Rainha tem a minha palavra de que jamais falharei com a Alta Corte enquanto isso estiver no meu poder. — Essas palavras de Devlin não ofereceram consolo. Ele não afirmou que pertencia a ela, nem que ficaria ao seu lado contra Bananach, *porque não poderia fazer isso.*

— Quando estiver no mundo deles, fique atento a qualquer mortal que pareça relevante. — E dizendo isso, ela atravessou a porta, ainda tentando não dar atenção à reação incomum que tivera ao imaginar um mortal desconhecido caído inerte na sua presença.

Parar o Tempo

Depois de FRÁGIL ETERNIDADE

*D*IFERENTE DE ALGUMAS FADAS, *ELE* NÃO SE DEU O TRABALHO de usar um feitiço. Estava sentado num banco do lado de fora do café. Aqueles seus encontros silenciosos no fim da tarde haviam se tornado uma espécie de rotina nos últimos meses, e, a cada semana, a tentação de tomar a iniciativa de falar com ele aumentava. Era justamente por isso que, dessa vez, convidara um grupo de estudos para se reunir com ela essa semana. A presença dos companheiros serviria como um incentivo para que continuasse distante.

Mas não adiantou. Esses momentos juntos-sem-estar-juntos eram os mais parecidos com um encontro que teve em muitos meses. Ela ficava ansiosa para vê-lo, pensava nele ao longo da semana: no que estaria vestindo, no livro que estaria lendo, se dessa vez finalmente iria abordá-la.

E ele não abordava. Prometera que ela controlaria o rumo disso, e não iria mudar. Se ela falasse com ele, teria que ser graças à sua própria iniciativa. Se fosse para ir até ele, seria uma aproximação feita por ela, por vontade própria. Caso quisesse deixar de vê-lo, só precisaria deixar de aparecer no café toda a semana. Essa escolha também era dela. Até o momento, resistira ao impulso de se aproximar ou puxar conversa. Mas, ainda assim, continuava indo até o ponto de encontro toda a semana, no mesmo horário. Os dois criaram uma rotina: ele sentava e lia o livro que escolhera naquela semana, e ela estudava.

Tente não o encarar... nem ir até ele... nem falar com ele.

Num primeiro momento, ela não conseguiu ver qual era a capa do livro da vez. Era eclético quanto ao gênero da leitura, mas consistente em termos de qualidade. Ela lançou vários olhares de relance na direção da capa. Embora estivesse tentando ser discreta, ele percebeu.

Ele ainda percebe tudo.

Abrindo um sorriso, ele ergueu bem para o alto o livro – que dessa vez se chamava *Deuses Americanos* –, o que acabou escondendo seu rosto. A título de bônus, o movimento lhe deu a chance de encará-lo descaradamente enquanto os dois fingiam que ela não estava admirando-o. Ele aparentava estar feliz ultimamente, bem mais do que quando ela havia ido embora de Huntsdale. A regência da Corte Sombria sempre lhe caíra bem, mas a posição de conselheiro do novo Rei Sombrio parecia ter lhe caído ainda melhor. E o seu gosto por roupas finas continuava o mesmo. A camisa de seda e a calça de linho bem cortada o deixavam elegante sem parecer extravagante demais. A lâmina que trazia na corrente prateada pendurada no pescoço agora estava acompanhada por um pequeno frasco de vidro escuro. Sem ter que lhe perguntar, ela sabia que era a mesma tinta que compunha sua tatuagem.

Piegas ou romântico? Ela não saberia dizer. *Talvez ambos.*

Ele baixou o livro, interrompendo o momento que ela tivera para olhar sem ser notada, e a encarou por um longo tempo. Muitas vezes, preferia permanecer invisível quando ia se sentar perto dela. Mas dessa vez ele estava muito visível. Ela o enxergaria de qualquer jeito, claro, mas sempre que se fazia visível também para os outros, ficava ainda mais difícil tirar os olhos dele. A visibilidade funcionava como uma espécie de convite, incitando-a a se aproximar.

Significa que posso ir até lá e conversar com ele.

– O cara está muito apaixonado – comentou um dos companheiros de estudo.

Sentado ao seu lado, Michael permanecia em silêncio.

Leslie parou de olhar Irial para fitar o grupo.

– É um velho amigo meu.

A curiosidade ficou evidente nos rostos de todos. Ela não devia ter dito que fossem encontrá-la ali.

– Um velho amigo que você não cumprimenta? – Jill expôs a dúvida que os outros haviam sido educados demais para externar. – Que tipo de amigo é esse?

– Um amigo que faria tudo por mim, mas – Leslie olhou rapidamente para Irial – que, ao mesmo tempo, não desperta as minhas melhores qualidades.

A boca de Irial se torceu num riso involuntário.

Como não amar a audição dos seres encantados? Leslie observou enquanto as garotas da mesa o examinavam e viu o jeito como ele se empertigava sob os olhares delas. Não que fosse evidente para todos, mas ela o conhecia bem. A sua tendência a se exibir sempre da maneira mais conveniente a cada momento era algo que acontecia mais por reflexo do que como ação consciente.

– Bem, se você não está interessada nele... Acho que eu vou lá dar um 'oi'. – Jill mostrou os dentes numa careta que deveria se passar por sorriso.

Leslie deu de ombros.

É claro que estou interessada *nele. Todos que batem os olhos nele ficam* interessados *na mesma hora.*

A raiva ferveu dentro dela enquanto Jill se levantava para atravessar o trecho de gramado que separava o café do banco onde Irial estava sentado à espera. E, pior do que a raiva, foi constrangedor ter que reconhecer a pontada familiar de possessividade. Irial era *seu*. Isso não havia mudado, nunca mudaria.

Só que na verdade mudara.

Quando decidiu ir embora do mundo dele – *do mundo deles* –, ela fez com que mudasse. Ele continuava à espreita, era verdade. Não de um jeito predatório, nem invasivo, mas ela o flagrara algumas vezes rodando pelo campus. No entanto, se Irial espreitava, Niall estava respeitando o seu pedido de se manter distante. Em vez de vigiá-la pessoalmente, ele mandava os Hounds tomarem conta dela. Às vezes, algum homem-árvore de Aislinn ou o lobo encantado da Rainha do Inverno apareciam também. Leslie nunca estivera tão segura na vida, vigiada por emissários das três cortes mágicas enquanto fingia não reparar na presença de nenhum deles.

Havia este acordo tácito: basicamente ela fingia que eles não estavam lá, e, por sua vez, eles fingiam que ela não os estava ignorando. Às vezes, essa atitude de ignorar deliberadamente as criaturas mágicas a fazia sentir-se parecida com Aislinn. Quando Aislinn era mortal, ela tivera que fingir que não os enxergava também. Pois eles não sabiam que ela era dotada da Visão. Leslie, entretanto, não tinha necessidade de fingir.

Exceto por minha causa... e por ele.

Ela lançou um sorriso para Irial, deixando o véu da ilusão escorregar por um instante – e imediatamente se arrependeu do que havia feito. Ele abaixou o livro e se inclinou para a frente. A dúvida na sua expressão fez o coração de Leslie se apertar. Ela não tinha lugar no mundo dele, nem mesmo agora que ele não era mais o Rei Sombrio. Falar com ele seria perigoso. Ficar sozinha com ele seria perigoso. Ela não podia desrespeitar esse limite e ainda manter-se afastada. Para ser

honesta consigo mesma, esse era o outro motivo que a fizera convidar os colegas de estudo nessa semana: porque assim ela poderia falar com eles, dizer coisas que queria que ele soubesse sem precisar admitir para si mesma que estava falando diretamente com Irial.
Lógica do mundo encantado.
Ele se levantou.
Ela sacudiu a cabeça e virou para o outro lado. Havia momentos em que sua força de vontade falhava, quando ela conversava com as criaturas mágicas, mas não com Irial.
Nunca com Irial.
Jill postou-se ao lado dele, e ele disse algo. Algo que sem dúvida soaria como um misto de atraente com desencorajador.

Leslie colou os olhos na folha de papel à sua frente, as anotações ficando turvas enquanto ela tentava se concentrar em qualquer coisa, menos em Irial. Decidida, releu as palavras escritas no caderno. Os estudos eram a sua salvação para manter o foco; eram eles que haviam garantido que não surtasse na época em que estava morando em Huntsdale, e eram eles que continuavam lhe dando forças para seguir adiante naqueles últimos meses. Ela preferia sofrer e continuar tentando esconder seus sentimentos. Irial a ajudara a enxergar isso.

Ver qualquer pessoa chegar perto dele doía. Vê-lo doía. *Mas não o ver dói mais ainda.* Esse era o desafio, o dilema para o qual Leslie não conseguia achar uma solução: a proximidade dele a trazia segurança, fazia com que se sentisse amada e valorizada, mas ao mesmo tempo servia para lembrar tudo aquilo que Leslie não podia ter. Dois seres encantados, provavelmente os dois mais irresistíveis do mundo, eram apaixonados por ela. E ela não podia ficar com nenhum dos dois. Não sem que fosse obrigada a fazer sacrifícios grandes demais. Não havia uma maneira de Leslie ser uma boa pessoa e ao mesmo tempo permanecer no mundo deles. Se os dois fizessem parte de outra corte mágica, ou se ela fosse uma pessoa diferente, talvez fosse possível construir uma vida ao seu lado, mas o futuro que Leslie teria na Corte Sombria não era um futuro que podia aceitar. Monstros não se transformam em bichinhos de estimação, e ela não queria se transformar num monstro.

– Bem... – Jill voltou a ocupar sua cadeira. – Foi uma experiência interessante.

– O quê? – O coração de Leslie disparou. Ela era dotada da Visão, mas nem por isso tinha a audição aguçada ou os reflexos rápidos dos seres encantados.

– Ele me falou, e eu estou repetindo palavra por palavra: 'Diga a Leslie que eu estou lhe mandando o meu amor e qualquer outra coisa de que ela possa estar precisando.' – Jill cruzou os braços, se recostou na cadeira e ficou observando a expressão no rosto da amiga. – O cara é lindo, pelo jeito ama você, e você fica aí...

– Vamos mudar de assunto. – A calma de Leslie fraquejou nesse momento. A mão começou a tremer enquanto ela recolhia as suas anotações. – Falando sério. Ele... faz parte do passado. Foi por causa dele que me mudei para cá. Para ficarmos longe um do outro.

Michael pousou uma das mãos no braço de Leslie.

– Se ele estiver ameaçando você...

– Não. Ele não veio até aqui para me fazer mal. Ele... ele seria capaz de arriscar tudo o que tem para me proteger. Mas a situação entre a gente é... – ela se virou na direção de Irial, cruzando seu olhar com o dele – ... complicada. Eu estava precisando de espaço.

Ela não encarou o pessoal do seu grupo de estudos. Ninguém disse nada, e também não lhe ocorreu nada mais que pudesse falar. A situação incômoda já era mais do que Leslie estava disposta a suportar. *Como posso dizer a eles que amo e sou amada por... Reis Sombrios? Fadas? Monstros?* Não sabia como explicar – e o único dos presentes que merecia qualquer explicação já sabia de tudo.

Ela se levantou.

– A gente se vê na aula.

E, jogando a alça da mochila por cima do ombro, caminhou para longe da mesa. Depois de ter passado por ele, fez uma pausa e sussurrou:

– Boa-noite, Irial.

– Fique bem, meu amor. Eu estarei aqui se precisar – prometeu. Não havia qualquer tom de censura nas suas palavras. Ele apenas falou aquilo de que sabia que ela precisava se assegurar: que a amava e iria protegê-la, e que continuava fazendo isso a distância.

Criaturas mágicas não mentem, ele havia lhe dito uma vez, *então escute com atenção as coisas que nós* de fato *dizemos.*

Segundo os padrões mortais, os piores seres encantados do mundo certamente eram os que pertenciam à Corte Sombria. Eles se alimentavam das emoções mais básicas; tinham práticas que as outras cortes mágicas – e igualmente amorais – costumavam repudiar. Mas também eram os únicos nos quais ela confiava de verdade. E os únicos que conseguia realmente compreender.

Irial ficou observando enquanto ela se afastava até ter a certeza de que já estava sob a vigilância dos seus guardas. Ela estava ficando mais forte a cada semana. Se havia um mortal capaz de sobreviver à Corte Sombria, esse ser era a sua Leslie. A força dela o impressionava, mesmo quando se manifestava pela escolha de continuar amando dois seres mágicos sem, no entanto, ficar com nenhum deles. Poucos mortais teriam tanta determinação quanto ela.

Mas toda essa força não significava que ela merecesse sofrer. Se Irial pudesse escolher, manteria Leslie sob a sua tutela pelo resto da sua vida. *E essa vida se alongaria por tanto tempo quanto a de Niall.* Mas havia muitos séculos que Irial aprendera que o mundo nem sempre era como ele queria que fosse. *Infelizmente.*

Depois que se certificou de que ela estava longe o bastante para não se sentir perseguida, ele foi embora do café. Os guardas estavam por perto o tempo inteiro, próximos o suficiente para escutarem caso Leslie gritasse por socorro. Irial achava que seria melhor ter guarda-costas andando ao lado de Leslie por toda parte, mas isso só a faria sofrer mais. Reconhecer a presença dos guardas a entristecia, portanto os guardas haviam recebido ordens para não se aproximarem demais. *Ou pelo menos não o tempo todo.* Era uma dança delicada, observá-la sem impor a sua presença. Nesse, como em tantos outros aspectos, Leslie era atípica. Ela aceitava a proteção deles, mas não sua onipresença. Aceitava o seu amor, mas não a sua companhia.

Tudo do jeito que ela quer, ou então de jeito nenhum. Exatamente como Niall.

Ele não tinha caminhado mais do que uma quadra quando avistou Gabriel encostado no seu corcel, que no momento tinha assumido a forma de um Mustang clássico verde-escuro. Se Irial perguntasse, Gabriel seria capaz de citar o ano, o motor e as modificações do modelo escolhido, e por um instante foi isso que pensou em fazer. Teria sido mais divertido do que ter que ouvir um sermão.

Gabriel afastou o corpo do carro.

– O que você está fazendo?

Irial encolheu os ombros.

– Só vim ver como ela estava.

– Mas e se Niall souber disso? O seu *rei*, que lhe falou para ficar longe de Leslie? O que acha que ele dirá? – Gabriel pôs-se ao seu lado, caminhando na mesma direção de Irial. O carro não os seguiu.

– Acho que ele ficaria furioso. – Irial sorriu para si mesmo. Lidar com um Niall furioso era muito mais divertido do que um Niall emburrado. Se não fosse tão contraproducente, ele certamente passaria mais tempo empenhado na tentativa de provocar a ira de seu novo rei. *Meu único rei.* Às vezes, a simples constatação de que estava submetido a um rei bastava para divertir Irial em um nível perverso. Depois de séculos como regente da Corte Sombria, ele não era mais o monarca. Ele retornara à sua condição anterior como um Gancanagh, uma criatura cujo toque era fatalmente viciante para os mortais, um ser solitário por natureza – isso se não fosse pelo detalhe de que Irial jamais fora inclinado a seguir quaisquer convenções, exceto as por ele criadas. Em vez de reassumir a sua condição solitária, portanto, como costumavam fazer todos os ex-Reis ou Rainhas da Corte Sombria, ele preferira jurar lealdade e permanecer na sua corte como conselheiro do novo regente.

Gabriel franziu o cenho.

– Falando sério, Iri, você não pode continuar a vê-la se pretende permanecer na corte... E sabe que ele precisa da sua presença. Não está achando que Niall iria tolerar uma situação dessas, certo?

– Eu não estava pretendendo contar a ele. Por acaso *você* pensa em revelar os meus segredos? – Irial parou, colocando-se à frente do amigo e antigo conselheiro. – Está pensando em contar a ele sobre o que eu faço quando não estou parado obedientemente à espera da sua atenção real?

– Não seja idiota. – Gabriel deu um soco em Irial. A força do golpe o fez cambalear para trás. Um filete de sangue pingou do seu lábio. O Hound sempre batia forte o suficiente para tirar sangue. A coleção de anéis extravagantes nos seus dedos era a garantia de que seus socos abririam uma ferida no oponente, ou que, pelo menos, deixariam um hematoma com a sua marca registrada.

— Agora que você expôs sua opinião — Irial lambeu o sangue do lábio —, me responda: já localizou o pai dela? Ou o infeliz?

Gabriel sacudiu a cabeça.

— Niall não queria que você soubesse disso.

— Mas acontece que nem tudo ocorre como Niall quer, não é mesmo? — Irial ficou observando uma dupla de jovens que encaravam Gabriel. E lhes lançou um sorriso que fez com que elas se desviassem do seu caminho para se aproximarem, até Gabriel rosnar na direção delas.

A cena fez brotar nele uma nostalgia de tempos mais simples, de quando ele encontrara Niall pela primeira vez, e os três viajaram juntos. Diversos Hounds e seres da Corte Sombria costumavam se juntar à expedição em algum momento, mas Gabriel estava sempre ao seu lado para manter Irial em segurança. E Niall naquele tempo era até certo ponto o inocente da história: ele não fazia ideia de que estava ao lado do Rei Sombrio e de que era um Gancanagh também. Era jovem e tolo, confiante e afável.

Até que me conheceu.

Gabriel deu de ombros. A sua lealdade era primeiramente para com os Hounds, e em seguida vinha o Rei Sombrio. Um ex-Rei Sombrio, sendo seu amigo ou não, teria que ocupar uma posição mais abaixo na fila.

— Não vou desobedecer ao meu rei, Iri, nem mesmo por sua causa. Se Niall quiser falar com você sobre isso, o fará. Agora venha. Vamos voltar para Huntsdale antes que ele...

— Não. — Irial não estava com paciência para discutir. Não com Gabriel, pelo menos. O Hound era uma criatura obstinada, para dizer o mínimo. — Não estou exatamente com

Leslie, então você não precisa interceder em favor do rei. Quem sabe ele não tenha mandado você atrás de mim, quem sabe?

Gabriel estendeu os braços nus mostrando o lugar onde antes as ordens de Irial eram escritas, onde agora apareceriam as determinações de Niall.

— Não há ordem alguma aqui.

— Então vá embora.

Gabriel sacudiu a cabeça.

— Eu achei que *ele* foi um idiota quando se aliou à Corte do Verão e tentou ficar longe de você, mas o fato é que vocês dois andam difíceis de aguentar ultimamente. É melhor tratar de resolver essas suas questões ou ir embora da corte de uma vez, Iri, porque do jeito que está agindo você não vai conseguir manter a obediência ao seu rei *e muito menos* resolver a sua relação com aquela que afirma amar.

Irial não respondeu. Não havia nada a ser dito. Os sentimentos que nutria por Niall e os sentimentos que nutria por Leslie estavam embaralhados. Ele queria ver Leslie cercada pela proteção da Corte Sombria, mimada e papariacada de todas as formas até o fim de sua existência mortal. Ele queria que Niall a cortejasse e que a trouxesse para casa. Não estava ao seu alcance ter um relacionamento de verdade com nenhum dos dois, mas Irial fizera todo o possível para garantir um relacionamento entre Niall e Leslie em segurança. Se ficassem juntos, ele teria os seus dois amados sob o mesmo teto. E isso era o mais perto de um relacionamento com eles que a sua mente conseguia conceber. Além de ser também o que os deixaria mais felizes. Mas os dois eram simplesmente difíceis demais para escolher esse caminho tão óbvio.

O que é uma das razões de amá-los.

Leslie entrou no edifício, desejando por um instante que Irial a tivesse acompanhado ou seguido até em casa. Ela sabia que estava em segurança, sabia que o prédio era protegido, sabia enumerar todos os argumentos lógicos que deveriam bastar para que se sentisse tranquila. Mas seus ataques de pânico continuavam acontecendo, de qualquer maneira. O terapeuta insistia em falar em um progresso impressionante, e mesmo assim a sensação de hipervigilância surgia com mais força à noite. *E em lugares fechados. E lugares desconhecidos. E no escuro, quando estou sozinha.* Às vezes, ela chegava a pensar em invocar os seus guardiões mágicos para não ter que ficar sozinha. *Os meus monstros de estimação, aqueles que são capazes de espantar o medo.*

Agora que voltara a sentir as próprias emoções, ela se percebia desejando poder entregar nas mãos dele aquelas que a deixavam trêmula e coberta de suor frio ao despertar de pesadelos dos quais mal conseguia lembrar-se direito. Queria poder alimentá-lo com suas emoções ruins – para também conseguir dormir um pouco.

Mas não era assim que o mundo funcionava. Desde que cortara a sua ligação com Irial, só lhe restavam as reles soluções mortais. Leslie entrou no seu apartamento, girou a chave na fechadura da porta, mas não passou o ferrolho. *Ainda não.* Triscou no interruptor para acender uma luz, depois outra. E, em seguida, verificou janela por janela. Abriu os armários, espiou debaixo da cama e puxou a cortina do boxe do banheiro para o lado. Era óbvio que não caberia ninguém debaixo da cama: não havia espaço. Seria impossível também se esconderem atrás da cortina do banheiro, pois já estava recolhida no canto do boxe. Mesmo assim, se não checava tudo, Leslie não conseguia descansar. Depois de certificar-se de que estava mesmo sozinha, passou o ferrolho na porta.

O frasco do spray de pimenta foi deixado ao alcance da mão, de qualquer maneira. *Sempre.* E o telefone também estava por perto. As meninas, da terapia em grupo, costumavam conversar sobre a diferença entre ser cautelosa e estar desequilibrada. Todas afirmavam que Leslie só estava sendo razoável, que ter cuidado não era uma coisa ruim, mas ela não se sentia lá muito razoável.

– Eu estou com medo – soltou num sussurro. – Mas não faz mal sentir medo. É normal. Eu sou normal.

Quieta, ela preparou uma salada e levou a tigela para a sala de estar. E pôs um DVD no aparelho, para que o silêncio não começasse a pesar. A abertura de *Buffy, A Caça-Vampiros*, um seriado que adorava e que havia encontrado para comprar, fez Leslie sorrir. Talvez aquele fosse um tipo de amuleto de segurança um tanto esquisito, mas o seriado sempre servia para lembrar que ela conseguia ser forte. *Que eu sou forte.*

O telefone tocou. Ela foi atender. Não havia ninguém na linha. Ela colocou o aparelho na base. Ele voltou a tocar.

– Alô?

Mais uma vez, ninguém na linha.

Aconteceu outras duas vezes. *Número desconhecido*, a tela do aparelho mostrava. Em todas as ligações, nenhuma palavra do outro lado da linha. Não era a primeira vez que Leslie recebia telefonemas estranhos. O episódio se repetira com alguma frequência ao longo do mês inteiro. O pensamento racional dizia que provavelmente não devia ser nada, mas sua cautela a deixava nervosa.

Decidida, Leslie ignorou as ligações seguintes. A campainha do interfone do prédio soou duas vezes. Andando de um lado para outro, esperou enquanto os telefonemas se repetiram por mais trinta minutos.

E então, quando o telefone voltou a tocar depois de dez minutos de silêncio, ela já estava no seu limite.

– O que foi? Quem você pensa que é?

– Leslie? Está tudo bem? – Era Niall do outro lado da linha. – Eu não... você está legal?

– Desculpe. – Ela tapou a boca com a mão, tentando impedir que a risada histérica transbordasse, e caminhou até perto da porta mais uma vez. Estava bem trancada. Leslie estava em segurança no seu apartamento.

– O que está acontecendo?

Por um instante, não quis contar. O sujeito que a estava importunando não era do Mundo Encantado. Poucas criaturas mágicas sequer usavam telefones, e nenhuma das que usava teria o seu número. *Nem qualquer motivo para me ligar.* O seu problema devia ser com algum humano mesmo.

Não é um problema com seres encantados. Não é problema de Niall.

– Fale comigo – pediu ele. – Por favor.

E, assim, Leslie falou.

Depois que terminou de falar, Niall ficou calado por tanto tempo que ela chegou a pensar que a ligação tivesse caído. O seu coração estava batendo forte demais enquanto os dedos se agarravam ao aparelho com força.

– Niall?

– Deixe eu ir até aí ficar com você, ou me deixe mandar alguém. Só até nós...

– Não posso. Nós já conversamos sobre isso. – Leslie afundou o corpo no sofá. – Se houvesse algum tipo de ameaça mágica, o caso seria diferente.

– *Qualquer* tipo de ameaça é inaceitável, Leslie – interrompeu ele com um tom ainda mais soturno. Um novo tom. O tom do poder inabalável do Rei Sombrio. Ela gostou de ouvi-lo. – Você não tem que lidar com isso. Deixe que eu...

– Não. – Leslie fechou os olhos. – Eu vou trocar o número. Provavelmente é só algum bêbado discando errado.

– E se não for?

– Eu procuro a polícia. – Ela puxou um cobertor por cima do corpo como se assim fosse acabar com a tremedeira que havia começado a sacudi-la. – Não é um assunto para a Corte Sombria se preocupar.

– *Você* é um assunto com que a Corte Sombria deve se preocupar, e isso não vai mudar nunca – Niall lembrou a ela, suavemente. – A sua segurança e felicidade sempre serão preocupações nossas. Tanto eu quanto Irial...

– E se essa preocupação for um impedimento para minha felicidade, Niall, você vai continuar agindo assim?

Ele ficou em silêncio por alguns minutos. Apenas a respiração cadenciada sinalizava que ainda havia alguém do outro lado da linha. Até que, por fim, falou:

– É difícil argumentar com você às vezes.

– Eu sei. – Os dedos de Leslie, agarrados ao aparelho, relaxaram um pouco. Com todas as paixões que impulsionavam cada um de seus atos, o melhor que Niall poderia fazer era deixar que ela se mantivesse afastada se assim desejasse. Quanto a esse aspecto, ele e Irial pareciam concordar. Obviamente, bastaria que ela emitisse um sinal qualquer de que desejava a intervenção dos dois para pessoas começarem a morrer. E a dimensão muito palpável desse poder não era algo em que Leslie gostasse de pensar muito. Em vez disso, ela pediu: – Vamos falar sobre outra coisa?

Niall, entretanto, não estava disposto a deixar o assunto de lado, ou pelo menos não inteiramente.

– Você sabe que minha intenção é respeitar a sua necessidade de ficar afastada de nós, mas saiba que Gabe está na região. Ele foi se encontrar com alguém por aí. Então, se precisar de uma...

– O que eu estou precisando neste momento é de um amigo que converse comigo para que eu possa me distrair. – Leslie se deitou no sofá com o spray de pimenta ao alcance da mão na mesinha, Buffy no encalço dos vampiros na tela da televisão, a voz de Niall soando em seu ouvido. – Você pode ser esse amigo? Por favor? Pode falar comigo?

Ele suspirou.

– Estreou uma exposição nova naquela galeria de que eu lhe falei no mês passado.

Niall não ignoraria o problema, mas parecia propenso a cooperar até certo ponto. E o fato de saber que ele estava lá fora empenhado em protegê-la deixava Leslie se sentindo mais tranquila. *Os dois estão empenhados nisso.* Ela às vezes se sentia culpada por causa dos cuidados que eles continuavam tentando lhe dedicar, mas sabia também que a proteção da Corte Sombria era o que a mantinha a salvo de se enredar outra vez nas tramas políticas do Mundo Encantado ou de se transformar numa vítima nas mãos de solitários mais poderosos. Certamente não faltariam criaturas ávidas por acabar com ela caso ficassem sabendo que era amada tanto pelo atual Rei Sombrio quanto pelo regente anterior.

Por um instante desejou que o autor dos tais telefonemas, se estivesse mesmo fazendo aquilo para perturbá-la, fosse um ser encantado. Porque, se ele fosse, Irial ou Niall acabariam descobrindo. Eles resolveriam.

A constatação da facilidade com que parecia disposta a aceitar atos violentos fez Leslie refletir. *É exatamente por isso*, concluiu, *que eu não posso ficar com nenhum de vocês.* E se obrigou a afastar o pensamento. Um laço de amizade era tudo o que podia manter com aqueles dois, e mesmo ele era um tanto frágil. As barreiras teriam que continuar todas em seus lugares: nada de falar com Irial nem de se encontrar com Niall, e nada de tocar em nenhum dos dois. No início, Leslie pensara que conseguiria transformá-los logo em passado e que eles acabariam se esquecendo da sua existência; talvez isso acontecesse algum dia.

– E você comprou alguma coisa dessa vez? – indagou ela.

– Por quê? Você acha que eu não consigo entrar numa galeria sem comprar uma peça? – O tom na voz dele, de uma provocação carinhosa, soou tranquilizador.

– Acho sim.

– Três gravuras – respondeu ele.

Ela riu, deixando-se desfrutar da conversa reconfortante que Niall estava lhe oferecendo.

– Parece que *alguém aqui* tem um probleminha para se controlar.

– Ah, mas você precisava ver as gravuras – iniciou ele, então começou a descrever cada uma numa riqueza de detalhes deliciosa, e a lhe contar sobre todas as outras que vira, mas não comprara. Até que, no final, Leslie já estava sorrindo, bocejando e pronta para dormir.

Irial viu o garoto, Michael, rondando o edifício. Ele procurava ficar nas sombras, deixando muito óbvia a sua intenção de passar despercebido. Escolhera um lugar onde os postes de luz não conseguiam destruir inteiramente o manto da escuridão sobre a rua e de onde, mesmo assim, podia ter uma visão clara da entrada do prédio. O mortal tinha um copo grande de café na mão e estava usando roupas escuras sob uma jaqueta igualmente escura – numa combinação que mostrou a Irial a sua intenção de permanecer por algum tempo ali.

Mas por quê? Ele havia mostrado um ar tenso no café mais cedo, e Irial não deixara de notar os olhares furiosos que lançara na sua direção. Os tais olhares tinham sua razão de ser: o ciúme era uma característica inerente aos mortais. Mas ficar de sentinela do lado de fora do prédio onde Leslie morava parecia uma reação meio exagerada. *Normalmente.* Irial abriu um sorriso irônico para si mesmo. *Ficar de sentinela é um exagero, a menos que seja eu fazendo isso ou alguém cumprindo ordens minhas.* A diferença era que Irial conhecia bem os horrores que existiam no mundo que os cercava – era, aliás, o mandante de alguns desses horrores – e, portanto, os seus cuidados com relação a tudo o que dizia respeito a Leslie eram perfeitamente razoáveis.

– Por que você está aqui? – perguntou.

Michael se assustou.

Como ele não era um ser mágico nem tinha a Visão, Irial assumiu uma forma visível. Àquela hora, Leslie certamente não sairia de casa. *E, se por acaso saísse...* Irial abriu um sorriso. Ela não esperaria que ele agisse de maneira diferente. Leslie o vira como o que ele era e quem ele era de verdade, e continuara a amá-lo mesmo assim. Apesar de ser aquilo do que os pesadelos são feitos, Irial não parecera assustador aos seus olhos.

Mas não era diante dos olhos de Leslie que ele estava agora. Entre um passo e o seguinte, Irial se fez visível diante do mortal. Se Michael representasse algum tipo de ameaça, ele não teria se comportado dessa maneira.

O garoto engoliu em seco. Nervoso, deu um passo para trás e piscou várias vezes. Em favor dele, Irial foi obrigado a reparar, não houve gritos, correria nem nada de tão exagerado assim. O fato de Leslie ter escolhido aquele mortal para ser seu amigo confirmava a sua habilidade de avaliar as qualidades das pessoas à sua volta.

– O que está fazendo aqui? – indagou Irial, com a voz mais suave que conseguiu. – Por que está localizado justo neste lugar? A uma hora destas? Escondido na escuridão?

– Eu só vim ver como ela estava. – O mortal endireitou os ombros, aquietando o corpo quase ao ponto de conseguir disfarçar a tremedeira. – Que *tipo* de criatura você é para *aparecer* assim, do nada? Porque foi isso que fez agora mesmo, não foi? Foi sim.

– Sim, foi isso mesmo. – Irial teve que reprimir o sorriso diante da coragem do rapaz. Muitos mortais não conseguiam processar o choque de ver o impossível se manifestar diante dos seus olhos. Leslie realmente havia escolhido bem quando decidira ficar amiga daquele ali.

– Isso não importa. Eu não vou deixar você fazer mal a ela – falou Michael.

Irial aguardou. O silêncio muitas vezes acabava sendo um incentivo maior do que qualquer questionamento.

– Eu vi você mais cedo. Todo mundo viu. É você que anda perseguindo a Leslie – acusou o outro.

Irial deixou que as sombras à sua volta se deslocassem perceptivelmente, deixou que suas asas ficassem visíveis.

– Não. O que eu tenho feito é *visitá-la*, para tomar conta dela. Leslie sabe onde estou agora. E ela espera que eu esteja aqui. E quanto a você, ela sabe que você está aqui?

– Não. – Os olhos do garoto ricochetearam para o chão e de volta para Irial, fitando, em seguida, a fachada do prédio. – Mas é que eu me preocupo. Leslie é... frágil.

– Ninguém vai fazer mal a ela. *Nunca.* – Irial sacudiu a cabeça. – Um dia, eu já fui o Rei dos Pesadelos. Hoje sou outra coisa. Mas, seja o que eu for, estarei sempre aqui zelando pela segurança de Leslie, enquanto vivermos.

Michael estreitou o olhar.

– Você não é humano.

– Ela é – retrucou Irial. – E precisa de amigos humanos... como você.

– Michael. – O rapaz estendeu a mão. – Eu me chamo Michael.

— Irial. — Ele apertou a mão que o mortal lhe ofereceu. — Eu sei. Andei vigiando você enquanto eu estava invisível para os seus olhos. Sei que você toma conta dela.

Michael não respondeu, e nem era necessário que respondesse. Irial vira o mortal conversando com ela, acompanhando-a até o edifício, dizendo coisas que a faziam sorrir. Ele era um bom humano. Para sua própria infelicidade, também estava apaixonado por Leslie, pronto para defendê-la de qualquer ameaça. Irial percebera isso claramente semanas antes quando observara os dois caminhando uma noite. Se nutrisse algum apreço especial pelos humanos, ele se sentiria solidário com o rapaz. O seu raciocínio, entretanto, era mais pragmático: as emoções de Michael o tornavam útil para seus propósitos.

— Conte por que você está aqui — encorajou Irial.

— Alguém anda telefonando para ela em horários estranhos — revelou Michael. — E depois de ter visto a maneira como olhou para Leslie, achei que essa pessoa pudesse ser você. Ela me disse para não ficar preocupado, mas acontece que... Eu pensei...

— Entendo. — Irial deu um sorriso e passou um dos braços em volta dos ombros do garoto. — É justamente esse tipo de acontecimento que eu gostaria que você dividisse sempre comigo, Michael. Venha, vamos sentar um pouco.

O mortal lançou um olhar de relance para o edifício.

— Mas não seria melhor nós... Ou pelo menos você, não deveria ficar *aqui*?

— Tenho um apartamento que costumo usar quando estou na cidade, e fica bem do outro lado da rua. — Irial conduziu o jovem até um prédio de aparência indistinta. — Assim posso estar sempre por perto se ela precisar. E, nos momentos em que não posso estar aqui pessoalmente, há outros sempre por perto para ouvir caso ela peça a nossa ajuda.

– Ah. – Michael fitou Irial por um instante. O seu olhar era especulativo, embora já tivesse impregnado de uma dose de confiança que parecia excessiva.

Em outros tempos, numa outra vida, acompanhar cegamente um Gancanagh daquela maneira seria uma tolice. *E talvez ainda seja.* Irial não queria mal ao garoto. Ele representava simplesmente uma ferramenta, um recurso que lhe seria útil. Somente Leslie importava. Tirando uma única outra criatura no mundo inteiro, todos os outros seres não passavam de alvos legítimos para o que quer que Irial precisasse fazer a fim de garantir a felicidade e a segurança dela.

Quando acordou na manhã seguinte, Leslie continuava com o telefone na mão. Sem ouvir o tom de discagem, ela testou:
– Alô?
– Bom dia – disse a voz de Niall.
– Você ficou no telefone o tempo todo em que eu estava *dormindo*? – Ela endireitou o corpo no sofá.
Niall riu.
– Você não fala dormindo.
– Eu ronco.
– Um pouco – admitiu ele. – Mas gostei de poder ouvir os seus roncos.
– Você é esquisito. – Mas ela se sentiu segura, de qualquer forma. Ter Niall ali, ainda que só pelo telefone, a fazia se sentir protegida. – Eu gostei de você ter ficado... aqui.
– Eu queria estar *aí* de verdade.
– Eu... eu sei. – Leslie nunca encontrava as palavras certas para responder a esse tipo de declaração. Todas pareciam ruins, em parte porque nunca correspondiam à verdade completa. Era verdade que ela queria estar com ele, *e também com Irial,* mas para isso seria preciso que voltasse para a Corte Sombria.

Os dois ficaram em silêncio. Leslie ouvia a respiração de Niall, podia ouvi-lo esperando por uma coisa que ela não seria capaz de lhe dar.

– É melhor pararmos de nos falar. – Os dedos dela agarraram o telefone com força. – Eu não posso... não sou... Eu preciso de tempo para viver, e a sua corte...

– Eu sei. – A voz dele soou afável. – Você é boa demais para viver aqui conosco.

– Eu não falei isso! – Leslie sentiu as lágrimas querendo rolar dos seus olhos. Ela sentia saudades deles, tinha saudade de Niall, Irial, Gabriel, Ani, Tish, Rabbit... da sua corte, sua *família*.

– Eu falei – murmurou Niall. – Amo você.

– Eu também – sussurrou ela.

– Trate de se cuidar. E, se precisar de qualquer coisa...

– Eu sei. – E, com isso, desligou o telefone. O que era preciso fazer era cortar de uma vez os laços; o que Leslie queria fazer era agarrar-se com força a eles. Irial seria viciante ao primeiro toque, e Niall precisava ficar com a sua corte. Estar com Irial a mataria. Estar com Niall seria ter que viver na Corte Sombria. Leslie jamais conseguiria levar uma vida mortal normal no meio da Corte Sombria; e não poderia se deixar transformar na pessoa em que se transformaria caso tomasse a decisão de viver lá. O fato era que jamais seria nada além de humana, e no mundo deles os humanos não prosperavam. Eles morriam.

Autocomiseração nunca adiantou coisa nenhuma, ela recitou para si mesma.

E então tratou de se levantar e se arrumar para a aula, sabendo que em algum lugar lá fora havia seres encantados atentos à sua segurança, que Irial estava sempre por perto para protegê-la, que num local mais distante havia Niall sempre à espera para ouvi-la e ajudá-la a acreditar em si mesma. Ela não estava sozinha, mas ainda assim se sentia solitária.

Irial seguiu Leslie sem que ela soubesse. Ele se sentia mal por fazer isso às escondidas, mas se apressava em sumir de vista sempre que a sentia prestes a virar a cabeça, examinando o seu redor por cima do ombro.

– Perdão, meu amor – sussurrava todas as vezes. Aquilo era parecido demais com uma mentira, mas se ela o flagrasse seguindo-a tão de perto ficaria alarmada. Embora não tivesse havido um acordo explícito entre os dois, Irial vinha se mantendo oculto para os olhos dela, exceto pelo seu encontro semanal e silencioso. Se Leslie agora o visse tão perto, perceberia que ele sabia sobre os telefonemas inquietantes, ou acabaria achando até que podia haver algo mais. E Irial estava determinado a fazer o que estivesse ao seu alcance para evitar deixá-la apreensiva.

Quando ela entrou no edifício com a fachada de tijolos vermelhos, ele ficou esperando e observando o pátio em frente. Os mortais o fascinavam muito mais, agora que ele era um Gancanagh outra vez. Com suas risadas cativantes e sorrisos conspiratórios, seus olhares desafiadores e posturas convidativas... Não era fácil resistir a tanto potencial bruto. Irial não se lembrava de que era tão fácil se encantar com a simples visão deles, mas já fazia séculos que havia sido um Gancanagh pela última vez. E a posição de Rei Sombrio anulara esse traço da sua natureza essencial, da mesma maneira como agora havia anulado em Niall.

Niall... que seria capaz de me bater até quase me matar se eu decidisse ceder a esse impulso.

O pensamento fez brotar um sorriso em Irial. Já fazia muito tempo que o outro não mostrava disposição de lutar com ele. Talvez, depois que aquela questão toda estivesse resolvida, fosse procurar o Rei Sombrio para lhe dizer que andara pensando em desfrutar de um pouco de distração com os mortais.

Primeiro os negócios, depois a diversão.

E, sendo assim, Irial esperou até que Leslie estivesse segura dentro do edifício para só então ir atrás de Gabriel. A aula dela não demoraria nem uma hora, mas certamente já estaria de volta antes disso. Não seria difícil encontrar alguém capaz de descobrir o paradeiro de Gabriel. E, depois, os dois teriam que decidir se Niall deveria ser envolvido na tarefa de localizar quem andava importunando Leslie ou se o assunto poderia ser resolvido de maneira mais reservada.

A aula mal havia começado quando Leslie sentiu seu telefone vibrar. Como o professor fazia questão de proibir os celulares em sala, tentou ignorar o aparelho. Mas depois de deixar sem atender a quarta chamada seguida começou a ficar preocupada. Os toques silenciosos não cessavam dentro do seu bolso. E logo começaram as mensagens, provocando ainda mais vibrações.

Com todo o cuidado, deslizou o aparelho para fora do bolso e deu uma espiada na tela.

"O tempo acabou", dizia a primeira mensagem.

Ela não conhecia o número do remetente.

O segundo texto era: "Se você quer que Eles sejam expostos, pode me ignorar. Se não quer, venha AGORA."

Eles? Não havia muitos tipos de ameaça capazes de deixar Leslie em pânico, mas certamente as que envolviam perigo para Niall ou Irial encabeçavam a lista. O tom da tal mensagem fora um tanto vago. Não havia motivo para concluir que aquele "Eles" era uma referência a Irial e Niall. Sentiu um calafrio.

A terceira mensagem acrescentava: "Eu sei o QUE eles são."

Leslie apertou a mão em torno do aparelho de telefone por um instante, depois o empurrou de volta no bolso, levantou e saiu da sala. Não havia como manter a rotina normal quando havia alguém lá fora fazendo esse tipo de ameaça. As mãos tremiam quando foram acessar a caixa postal do telefone. *Criaturas mágicas não deixam recados assustadores. Criaturas mágicas não enviam mensagens de texto com ameaças.* Leslie sabia que não estava lidando com um ser encantado.

E assim que mergulhou na luz do sol que banhava o lado de fora do edifício, ela o viu: seu inimigo misterioso.

Com sua beleza de arcanjo e um ar mais do que familiar, o irmão de Leslie estava sentado numa das mesas do pequeno pátio em frente ao Edifício Davis. Tinha os pés apoiados sobre o banco e um dos braços passando pela frente do corpo, com a mão escondida debaixo da aba da jaqueta aberta do lado oposto. A outra, relaxada, estava apoiada sobre o joelho. Ele não fez questão de levantar quando a viu se aproximando, mas a probabilidade de Leslie lhe oferecer um abraço era próxima de zero. Apesar da irritação que tomou conta dela ao se deparar com ele ali, foi também um momento quase de alívio. Leslie podia não gostar do irmão, e talvez no momento só estivesse mesmo ligada a ele por um sentimento de desprezo profundo, mas ainda assim era seu irmão.

– Como assim, Ren? – Ela cruzou os braços por cima do peito para disfarçar a tremedeira. – Você achou que seria engraçado se me ligasse desse jeito, e...

– Não. – Ele abriu um sorriso. – Eu acho que estou sendo esperto. Se você estiver com medo, seus amiguinhos vão acabar aparecendo. E você sabe quanto eu vou faturar quando comprovar que existem *monstros* vivendo entre nós?

Ele ficou de pé, com o braço ainda colado ao peito.

Leslie deu um riso forçado.

– Monstros? Está falando sério? O único monstro que vejo aqui é *você*.

Por um momento desconfortável, ela se deu conta de aquilo era mesmo verdade: não havia qualquer membro da Corte Sombria à vista. *Porque eu deveria estar na aula agora.* Leslie pensou em dar um grito. Algum deles certamente estaria a uma distância que permitisse ouvir sua voz. *Mas ele é meu irmão.* Se viessem mesmo em seu resgate, e se o vissem perto dela, eles o machucariam. E, apesar de tudo, esse não era o desfecho que ela desejava.

– O seu namorado não era humano, Les.

Ren avançou para agarrá-la pelo braço e puxá-la mais para junto de si. Quando estavam perto um do outro o suficiente para que alguém vendo a cena pensasse que iam se abraçar, ele levantou a aba da jaqueta. Por baixo, estava segurando uma arma ocultada pela roupa e agora também pela proximidade entre os dois corpos.

– Se tentar gritar ou escapar você leva um tiro, maninha.

Leslie passou um longo momento com os olhos fixos no revólver. Ela não entendia nada sobre armas, sobre modelos ou fabricantes, e não sabia que efeitos teriam sobre seres encantados. Quando enfim desviou o olhar do cano de metal, olhou para o irmão.

– Por quê?

– Nada pessoal. – Ren sorriu, mas a expressão no seu rosto não era nada reconfortante. – Você acha que eu *gosto* de ter que lidar o tempo todo com traficantezinhos pé de chinelo? Se capturar uma dessas aberrações com quem você anda, consigo um bom dinheiro. Negócios são negócios.

– Não sei o que você está pensando que eles são...

– Isso não me interessa. Agora trate de sorrir. – Ele passou o braço em volta dos ombros dela e saiu caminhando. A boca da arma estava encostada na lateral do seu corpo.

– Você está cometendo um erro. – Leslie não olhou em volta. *Ele é meu irmão. Não vai atirar em mim.* Ren podia não ser uma boa pessoa, podia já ter feito coisas terríveis, mas jamais tivera estômago para sujar as mãos diretamente em qualquer um dos seus esquemas sórdidos. Como em todos os outros aspectos da sua vida, até nisso ele era um incompetente.

– Vamos para casa, Les. – Com um beijo plantado na sua bochecha, ele recomendou: – E trate de sorrir. Eu não pretendo atirar em você a menos que seja obrigado a fazer isso. O seu papel é só servir de isca.

Ela pôs um sorriso no rosto, tentando ao máximo fazê-lo parecer convincente.

– Por quê?

– Conheci um cara. Ele me fez uma proposta de negócio. – Ren ergueu um dos ombros num gesto de desdém. – Tinha visto as fotos. Você estava levando uma vida de celebridade, vivia com cara de quem estava se matando de tanto curtir... – Ele parou para rir da própria piada sem graça. – Agora, aquele que pagar melhor leva. Se o seu velho topar cobrir a oferta, eu não atiro no monstro nem tento capturá-lo. Mas, se não quiser pagar, sigo com o meu plano original.

Chantagear Irial? A ideia em si já soava ridícula: ele mataria Ren na mesma hora. Talvez Niall buscasse outra solução, mas Niall não estava por perto. Aliás, até onde Leslie sabia, Irial também não. Os encontros dos dois vinham acontecendo uma vez por semana. *Ontem à noite.* Hoje, quem poderia saber o paradeiro dele? *Isso não é culpa deles, nem é problema deles.* Se os dois se machucassem por sua causa, ela jamais conseguiria se recuperar desse golpe.

Leslie tropeçou.

Ren a puxou mais para junto de si e pressionou o cano da arma na sua pele.

— Não seja idiota. Você não tem força para conseguir escapar de mim *nem* vai conseguir correr mais depressa do que uma bala.

— Eu... não é nada disso. Eu *tropecei*, Ren. — Manter a voz firme estava exigindo esforço de Leslie.

O que eu faço?

Deixar que ele entrasse no seu apartamento não parecia uma ideia inteligente. Gritar por socorro seria arriscado demais. O irmão estivera por trás de atos de horror que Leslie nunca mais conseguiria esquecer. *Se eu chamar por eles, Ren vai acabar morto.* Antigamente, ela fizera de tudo para acreditar que ele era doente, que poderia melhorar se recebesse ajuda. *O vício é uma doença,* repetia o tempo todo para si mesma. Mas isso não significava que o que ele fizera, ou que estivesse fazendo agora, poderia ser considerado aceitável. *Nem todo viciado quer se recuperar.*

— Nós vamos até a sua casa, e de lá você chama por eles — falou Ren. — Se ele não quiser cobrir a oferta que eu recebi, entrego para os caras. Simples assim.

Leslie se sentia entorpecida caminhando ao lado do irmão. Se chamasse por Niall, a ajuda viria. Irial logo ficaria sabendo também. E Gabriel. *E o meu irmão acabaria morto.* Se não chamasse, não tinha certeza do que poderia acontecer. Niall ligaria para o seu telefone mais cedo ou mais tarde; Irial desconfiaria da sua ausência no café; e os guardas certamente repararam. Nenhum dos dois Reis Sombrios jamais invadiria sua privacidade — a menos que Leslie estivesse correndo algum perigo de fato. Ela sabia disso. *O que aconteceria se Ren atirasse neles? Se ele sabe o que são, que tipo de bala deve estar usando nessa arma?* Ela pensou na vez em que vira Niall doente por ter tido contato com o aço. Se as balas fossem feitas de aço ou de ferro, e se entrassem no corpo de um ser encantado — de qualquer um que não fosse regente das cortes –, o resultado seria terrível. Leslie não estava pronta para tomar as decisões que estava sentindo que precisaria tomar, mas também não conseguiria simplesmente ignorá-las. Ren estava ali.

A mistura de pânico, medo e culpa atingiu Irial como uma onda. Se fossem os medos de qualquer outra pessoa, teriam sido recebidos como uma iguaria, mas as emoções que se precipitaram sobre ele eram as dela. Elas lhe chegaram numa enxurrada vinda através da ligação – já quase rompida – que ainda existia com Leslie.

Não. Ele não imaginara que o perseguidor seria capaz de invadir a sala de aula. A maior parte dos mortais não costumava evoluir de algumas ameaças feitas por telefone para uma abordagem arriscada em público tão depressa assim.

– Leslie precisa de ajuda. Chamem Niall – vociferou ele. – Depressa.

Pedestres mortais estacaram, em calafrios, mas não ouviram coisa alguma. Apenas as criaturas mágicas escutaram a ordem emitida por ele – e Irial sabia que os membros da Corte Sombria obedeceriam com a mesma rapidez com que costumavam obedecer quando ele era o seu rei.

Correndo até a sala de aula, Irial viu que Leslie não estava lá.

Leslie, chamou na esperança de que o fio de ligação que ainda existia fosse suficiente para fazer com que ela o ouvisse. Intermitentemente, um relance frágil de conexão faiscava ao longo dela. Irial havia sentido o pânico que emanava dela. Agora precisava sentir a ela *por si mesma*, precisava saber onde ela estava. E chamou mais alto: *LESLIE.*

O que um dia ligara os dois não reagiu.

Irial sentiu uma onda de terror. Ao longo dos séculos que havia passado à frente da Corte Sombria, só provara o gosto do terror verdadeiro uma única vez. Na vez em que Niall estava em perigo; na vez em que ele havia sido um inútil. E agora estava se sentindo no mesmo tipo de situação: Leslie corria perigo, e ele não tinha sido capaz de impedir isso.

O terror mais abjeto se derramou por dentro de Irial enquanto corria pelas ruas em busca dela, atento para captar o som da sua voz.

Até que a ouviu:

— Ren, você está cometendo um erro.

Irial abriu caminho pelas ruas na direção da voz, e, ao chegar do lado de fora da porta do seu apartamento, parou. O irmão de Leslie estava com o cano de uma arma encostado no corpo dela. Ele sentia o cheiro, o sabor amargo do aço frio. O aço não teria o poder de matá-lo, nem o cobre e o chumbo de que eram feitas as balas dentro da arma. Certamente causariam *dor*, mas os seres encantados — especialmente os mais fortes — sabiam se recuperar bem. Diferente de como acontecia no caso dos mortais. Leslie não se recuperaria.

Se ela fosse uma fada, teria uma maneira segura de tirá-la do alcance de Ren. Se fosse uma fada, provavelmente se curaria do tiro. Ela não era.

Eu devia ter matado o garoto naquela vez. Ele ficara olhando por ela, pusera guardas de prontidão, e mesmo assim Ren a sequestrara. *Se tivesse acabado com ele naquela ocasião...* Irial baqueou ao pensar na dor de Niall — *na nossa dor* — caso Leslie acabasse machucada por causa da sua decisão de ter deixado Ren viver no passado.

— Vou corrigir esse erro — murmurou.

As mãos de Leslie tremiam tanto que deixou a chave cair.

Ren lhe deu um tapa com a mão livre enquanto mantinha o cano da arma firmemente colado na lateral do seu corpo.

— Pegue isso aí. É melhor você não tentar fazer nada, Les. Estou falando sério.

– Não sei qual é o seu problema para achar que esse seu plano tem alguma chance de dar certo. – Ela pegou a chave do chão. – Está pensando que o meu ex vai simplesmente aparecer aqui?

A primeira resposta de Ren foi um olhar inescrutável.

– Não. Eu estou achando que você vai dar um jeito de entrar em contato com ele ou com algum deles, para mim não faz diferença qual vai ser. Então, até a tal criatura aparecer, nós dois vamos sentar nessa espelunca que você chama de apartamento e esperar.

Ela enfiou a chave na fechadura e lançou um olhar furioso para o irmão.

– Pode se preparar para esperar bastante. *Ao contrário de você*, não costumo pôr os outros em perigo para me proteger.

Um ar que pareceu ser de remorso cruzou o rosto dele, mas voltou a desaparecer num relance.

– A gente faz o que é preciso ser feito.

A porta se abriu, e, no curto instante em que Leslie levou para cruzar a entrada do edifício, o cano da arma não ficou em contato com o seu corpo. Um instante que não durou tempo suficiente para ter qualquer utilidade prática.

Ela pulou quando a porta foi fechada por Ren.

Ele gesticulou com a arma.

– Para cima.

– Bastaria uma palavra minha para que ele matasse você – falou Leslie.

Ren começou a subir a escada atrás dela.

– E o que impediu você de falar?

– Eu não tenho certeza, Ren. – Parando no último degrau, ela se virou para fitá-lo. – Seria porque os laços de família nos fazem querer proteger um ao outro?

Será que eu consigo empurrá-lo escada abaixo? Será que sou rápida o suficiente para escapar enquanto ele ainda estiver caindo? Deixar que ele entrasse no seu apartamento parecia o caminho certo para se meter num beco sem saída. *Mas ele vai ter que dormir em algum momento.* Chegou a considerar rapidamente a possibilidade de escapar enquanto ele estivesse dormindo, mas logo lhe surgiu na mente a imagem de como Ren ficava sempre que estava drogado e paranoico. O irmão virava um demônio quando entrava na onda da droga.

Leslie então o empurrou com as duas mãos espalmadas, o mais forte que conseguiu. E correu.

— Vaca! — xingou ele, cambaleando para trás.

— *Porfavorporfavorporfavor.* — Ela enfiou depressa a chave na fechadura do seu apartamento e bateu a porta atrás de si. Depois de baixar a tranca com a mão trêmula, foi se refugiar nos cômodos dos fundos.

Não havia como sair de lá. E não havia como saber se ele iria atirar através da porta. A redoma de medo à sua volta não deixava Leslie pensar com clareza.

Irial. Ela começou a tentar falar da mesma forma como eles costumavam conversar antes, mas o laço metafísico entre os dois se rompera — eliminado de vez, na verdade, por uma decisão dela.

Esta não é uma questão que envolva seres encantados.

Mas o caso era que envolvia sim. Se Ren estava atrás de Irial, se queria saber o paradeiro de Niall, de Gabriel, da Corte Sombria, então a questão envolvia todos eles. Leslie sacou o celular e apertou o botão que programa para fazer discagem rápida, embora nunca tivesse usado. De olhos fechados, ela esperou.

— Leslie. — O tom na voz de Irial era de alívio. — Você está... em segurança?

— Você chegou a vê-lo? — começou ela, e logo depois acrescentou depressa: — Não venha até aqui!

– Onde você está?
– No meu apartamento.
– Sozinha?
– Sou a única pessoa deste lado da porta. – Ela sentiu um calafrio percorrer o seu corpo. A voz dele lhe dava vontade de chorar, até mesmo num momento como aquele. *Especialmente naquele momento*. Irial era todas as monstruosidades de que ela não deveria sentir falta, todos os pesadelos que não deveria desejar.
– Está ferida?
Ela sacudiu a cabeça como se ele pudesse ver o seu gesto. As lembranças dos seus braços a amparando quando ela havia chorado voltaram numa avalanche.
– Não – sussurrou.
– Fique de dentro de casa. Vou resolver isso.
As lágrimas escorreram pelo seu rosto. A bondade e o tom sombrio na voz de Irial despertavam nela uma saudade tão intensa como a dos primeiros dias depois que o laço entre eles havia sido cortado.
– Não venha para cá. Ele quer fazer mal a você. Alguém lhe falou sobre o Mundo Encantado, e ele veio... Diz que está disposto a aceitar uma oferta melhor para ficar em silêncio, mas nunca foi confiável. Você *não pode*... Eu não posso... Se alguma coisa acontecer com você, ou com Niall...
Irial deu um suspiro.
– Minha linda Garota das Sombras... nenhum mortal vai conseguir machucar a mim *nem* ferir o nosso Niall. Isso eu lhe prometo.
Um soluço escapou por entre os lábios dela.
– Ren está dentro do prédio. Armado. Eu tenho que chamar a polícia. Não posso... se você fosse ferido... eu nunca... Não quero que ele faça nada contra você, contra nenhum dos dois. Preciso que fiquem longe daqui. Outra pessoa... mas não tem mais ninguém a quem eu possa pedir. Eu...

— Calma, calma — falou Irial. — Eu não darei um passo. E a situação será resolvida sem que eu ou Niall soframos qualquer coisa.

— Você promete?

— Não seremos feridos por Ren, e eu vou ficar exatamente onde estou agora. Prometo. — A voz dele havia se transformado na mesma cantilena reconfortante que a fizera sobreviver na vez em que Irial canalizara a torrente de emoções terríveis através do seu corpo.

Ela sussurrou:

— Eu queria estar aí com você, e não aqui.

Irial não titubeou ao ouvir isso, não fez com que ela se arrependesse da sua confissão. Tudo o que disse foi:

— Fale comigo, meu amor. Converse comigo enquanto esperamos.

A vontade de Irial era arrancar a porta da sua dobradiça, mas se ele fizesse isso o prédio ficaria vulnerável. Ele se afastou da entrada do edifício onde ficava o apartamento de Leslie quando Gabriel e Niall se aproximaram.

— Aperte o botão para abrir a porta, Leslie — pediu.

Ela arfou do outro lado.

— Abra a porta.

— Você falou que não ia fazer nada. — Mas, mesmo dizendo isso, ela apertou o botão.

— Não. Eu falei que não iria dar um passo, e não dei. — Irial espalmou a mão na janela à sua frente, querendo fazer alguma coisa, querendo que pudesse ser ele a entrar no edifício em vez dos outros dois. Mas prometera. Ele havia garantido para ela que não sairia de onde estava. E não pretendia distorcer promessas feitas a Leslie ou Niall se isso pudesse ser evitado. Se Niall fosse entrar no edifício sozinho, Irial talvez não aguentasse esperar tão calmamente, mas Gabriel estava ao lado do rei com o propósito de mantê-lo em segurança.

O riso fraco de Leslie o fez sorrir.

– Você disse que não iria dar 'um passo', não foi? Portanto, muitos passos não poderiam quebrar a promessa.

– Exatamente – murmurou ele. – Minha garota esperta.

– Nunca suportaria fazer esses joguinhos de palavras o tempo todo – falou ela, – mas vou tentar outra vez. Prometa que Ren não vai machucar você. Prometa para mim que você está em segurança neste exato momento.

Irial ficou olhando enquanto o Rei Sombrio, em toda a sua fúria majestosa, arrastava Ren para o meio da rua. Tanto o mortal quanto o ser encantado permaneceriam invisíveis para os passantes enquanto Niall estivesse com as mãos em cima de Ren – e era justamente lá que elas estavam. Uma delas fechada em garra no pescoço dele.

– Eu estou em segurança, meu amor – prometeu Irial. – E agora você também está.

– Você está sempre me protegendo, não é? – sussurrou Leslie. – Mesmo quando não noto a sua presença, você está aqui. Queria lhe dizer que não precisa fazer isso, mas...

– Shhhh. Eu precisava arrumar uma distração agora que tenho todo esse tempo livre. – Ele sentiu um jorro de amor através do que restava da conexão entre os dois. – E sou péssimo com as agulhas de tricô.

Ela suspirou.

– Você precisa me esquecer.

– Jamais. Serei seu até o último dos meus dias. Você sabia disso quando me deixou.

Na rua entre os dois prédios, Gabriel estava à espera. Oghams surgiam nos seus antebraços à medida que as ordens do Rei Sombrio se manifestavam.

Por um momento, Leslie ficou em silêncio. Depois, começou a sussurrar tão baixo que o que cruzou a linha telefônica foi mais hálito que palavras:

– Que bom que você estava por perto hoje.

Gabriel modulou a sua voz para que não fosse ouvida no aparelho do outro lado:

– Ela está ilesa?

– Estarei aqui. – Irial entrou no edifício onde mantinha seu apartamento agora-não-mais-secreto e olhou a janela de Leslie. – Mas você não precisou de mim, precisou? Já tinha conseguido escapar das garras dele sozinha.

– Se eu ligar para a polícia agora...

Suavemente, Irial lhe disse:

– Eles não encontrarão ninguém para levar preso, meu amor.

– Às vezes, eu durmo melhor sabendo que você... e que Niall... – A voz dela fraquejou.

– Amamos você a uma distância segura – completou ele.

– É.

– E sempre vamos amar. Seja a que distância for, por mais perto ou mais longe que você queira nos ter, é lá que estaremos até o fim dos nossos dias. – Irial fez uma pausa, sabendo que o momento era inadequado, mas sem ter a certeza de que ela voltaria a lhe telefonar. – Niall estará por aqui esta noite. Permita que ele conforte você. Permita-se confortá-lo também.

Gabriel se pôs de pé, praguejando.

Irial ergueu uma das mãos pedindo silêncio.

– Preciso resolver algumas questões agora. Você vai pensar na minha sugestão de que aceite se encontrar com Niall?

Seus olhos miraram mais uma vez a janela de onde Leslie agora olhava para ele. Quando era tomada por emoções cruas assim, ela se agarrava à conexão residual entre os dois como uma criaturinha faminta. Ele estremeceu com o turbilhão de sentimentos que vinha dela. Não podia sorvê-los, não agora que o laço havia sido cortado, mas ainda podia sentir cada um.

— Eu... — começou Leslie. Mas não conseguiu dizer as palavras. Ela espalmou a mão na janela como se quisesse tocar nele através do vidro e da distância.

— Eu sei. — Irial encerrou a ligação e depois acrescentou, silenciosamente: *Também amo você, Garota das Sombras.*

Depois, colocando o aparelho no bolso, foi até Gabriel:

— E então?

Estendendo o braço de forma que Irial pudesse ver apenas uma parte das ordens, o outro gesticulou na direção da rua à sua frente.

— Vamos indo.

Depois de chegarem ao café com as suas mesas espalhadas na calçada, Irial esperou até que Gabriel tivesse ido embora para sentar-se à frente do seu rei numa das mesas. Quando estavam os dois a sós, ele indagou:

— Vamos almoçar juntos? Ou você veio aqui para tentar me censurar por conta dos meus procedimentos equivocados?

O olhar que Niall lhe lançou foi de interrogação.

— Eu não sei qual das duas alternativas lhe daria mais prazer.

Irial deu de ombros.

— As duas possibilidades são tentadoras.

— Eu tinha pedido para ficar longe dela. — A possessividade de Niall foi bater na pele de Irial como um ruflar de asas de mariposas.

— Eu tenho problemas com figuras de autoridade — retrucou. — Mas ela está a salvo agora, não está?

Niall abriu um sorriso, meio relutante.

– Está. A salvo *dele*...

– Ótimo.

A garçonete já havia deixado uma bebida na mesa. O fascínio que Niall despertava entre os mortais sempre era a garantia de um serviço impecável. Bastou Irial erguer os olhos para a garota surgir novamente.

– Mais um desses – pediu, apontando para o copo de Niall.

– Um cesto de pão e uma tábua de queijos. Nada de cardápio por enquanto.

Depois que ela foi embora, ele se recostou na cadeira e esperou.

Niall o encarou por um longo momento antes de mencionar a questão inevitável.

– Você me deu um voto de *lealdade*.

– Sim, dei. – Irial estendeu a mão e pegou o copo do rei.

Vendo que Niall não reagira, tomou um gole da bebida.

O Rei Sombrio continuou inabalável. Irial debruçou-se por cima da mesa, abriu a jaqueta do outro e pescou o maço de cigarros do bolso interno. Em seu favor, é preciso dizer que Niall não se esquivou quando os dedos de Irial roçaram seu peito.

Em silêncio, Irial tirou um cigarro, bateu a sua traseira no tampo da mesa e o levou até a boca.

Mesmo tendo franzido a cara, Niall estendeu o isqueiro para acendê-lo.

Irial deu uma tragada comprida no cigarro agora aceso antes de voltar a falar.

– Eu sou melhor nesse jogo, Niall. Você pode bancar o rei intimidador e temperamental para qualquer pessoa, menos para mim. Nós *dois* sabemos que eu não me daria o trabalho de levantar um dedo para impedir caso você quisesse descontar todo o seu mau humor em cima de mim. Eu só seria capaz de enfrentá-lo se fosse para proteger uma única pessoa... e a duração da vida dela é só um piscar de olhos se comparada à nossa.

– Você agora é viciante para os mortais.

– Eu sei – assentiu Irial. – E é por isso que não vou tocar mais nela. Nunca mais.

– Você ainda a ama.

Irial deu mais uma tragada no cigarro.

– E mesmo assim fiz a única coisa que impediria para sempre que nós dois ficássemos juntos. Eu sou perfeitamente capaz de continuar amando alguém – seu olhar interceptou o de Niall – sem tocar nesse alguém. E você, melhor do que ninguém, sabe disso.

Como sempre, Niall foi o primeiro a desviar os olhos. *Esse* assunto definitivamente era proibido. Niall agora podia até entender por que Irial não havia interferido na vez em que ele se oferecera à violência da corte, séculos antes, mas ainda não o perdoara por isso. Não inteiramente.

Quem sabe viesse a perdoar depois de mais doze séculos?

– Ela está triste – disse Irial, atraindo novamente o olhar de Niall para o seu. – Assim como você também está.

– Ela não quer... – As palavras morreram antes que Niall conseguisse concluir a mentira. – Ela *diz* que não quer ter um relacionamento com nenhum de nós dois.

Irial deixou as cinzas caírem na calçada.

– Às vezes é preciso aceitar o que a outra pessoa, ou ser encantado, tem a oferecer. Você acha que eu viria para 'vê-la se ela não me quisesse também?

Niall congelou.

– Todas as semanas ela espera no mesmo lugar, à mesma hora. – Irial devolveu a Niall seu copo, agora com a bebida pela metade.

Depois de esperar o outro pegar o copo e beber um gole, continuou:

– Se não quisesse mesmo me ver, só precisaria mudar algum detalhe. Deixei de aparecer uma vez e mandei outra criatura mágica, cujo nome não mencionarei aqui, no meu lugar, usando o meu cavalo, só para ver qual seria a reação. E ela ficou procurando por mim. Não conseguiu se concentrar. E quer saber como estava na semana seguinte? Ela era só alívio por voltar a me ver. Eu pude sentir o gosto.

Niall teve um sobressalto.

– Mas eu pensei que vocês... que a troca de tinta tivesse sido rompida.

– Foi rompida a ponto de desfazer o laço que havia entre nós dois – afirmou Irial, tranquilizando-o. – Eu não tenho como a enfraquecer. – Ele não se deu o trabalho de completar revelando que Leslie, por sua vez, sim, o enfraquecia, e que ele ia até ali vê-la todas as semanas exatamente para isso. Não que fosse algo consciente, mas ela drenava suas forças. Irial desconfiava inclusive de que a sua longevidade estivesse diminuindo com aqueles encontros, enquanto a dela aumentava. Mas isso não era algo que Niall precisasse saber.

– Você está me escondendo informações. – Ele tomou o cigarro da sua mão e o esmagou no cinzeiro. Depois, empurrou um dos copos cheios que a garçonete havia deixado sobre a mesa sem dizer uma palavra.

– Não é nada que possa vir a prejudicar Leslie. – Irial aceitou o copo. – E isso é tudo o que você vai saber por mim.

– Porque você não quer ouvir a minha opinião sobre o que anda fazendo. – Niall levou aos lábios não o copo intacto, mas o outro, do qual Irial já havia bebido. – O caso é que, se essas ações puderem prejudicar *você*, eu ficarei igualmente perturbado. Detesto admitir que é assim, mas é a verdade.

– E é bom que seja. – Irial estendeu a sua mão e a deixou pairando acima da de Niall. Sempre que possível, ele preferia não tocar o Rei Sombrio quando estavam tendo esse tipo de conversa. *Porque eu sou um covarde.* – Vá ver Leslie. Nunca nesta vida eu poderei lhe dar aquilo que você quer de mim, mas lhe garanto que só desejo a felicidade dela... e a sua.

– A vida era mais fácil antes.

– Para você talvez. Porque eu sentia o gosto de todas as suas emoções naquela época – lembrou Irial. Não era mentira. Ele tinha sido *mesmo* capaz de saboreá-las. Só não mencionou para Niall que continuava sendo verdade. – E você nunca me odiou.

– Era mais fácil quando eu achava que você não sabia disso. – Niall ficou observando os mortais que passavam pelo café. – Eu continuo não gostando da ideia de vocês se encontrarem.

– Você é o meu regente. Pode dar ordens para que eu pare de vir vê-la.

Niall pousou os olhos nos de Irial.

– E o que você faria?

– Iria cegar a mim mesmo, caso você fizesse a tolice de usar *essas* palavras. – Pondo-se de pé, ele sacou algumas notas e enfiou debaixo do cinzeiro. – E, se não fizesse isso? Eu romperia o juramento que fiz a você.

– De que serve a lealdade prometida se não posso lhe dar ordens?

– Obedeceria a qualquer ordem sua, Niall, desde que ela não pusesse Leslie em perigo... ou a você mesmo. – Irial esvaziou o copo. – De resto, peça que eu arranque meu coração, ou que traia a minha corte, a corte que eu vivo para servir e proteger desde antes de você existir, e eu obedecerei. Você é o meu rei.

A mesma intensidade da raiva que Niall emanara mais cedo voltou agora sob a forma de esperança e medo, em partes iguais.

– Vocês dois precisam de mim, e pode ter certeza... – Irial pousou o copo na mesa, empurrou a cadeira e deixou que o momento se alongasse enquanto a esperança de Niall crescia para ficar maior do que o medo. – Não falharei com nenhum de vocês dois, nunca mais.

O Rei Sombrio não se pronunciou, mas não era preciso que dissesse nada. Irial saboreou o seu alívio, a confusão, e também o contentamento que não parava de aumentar.

– Vá se encontrar com ela. Seja seu amigo, se for o caso. *Você* não oferece risco se Leslie o tocar agora. Providenciei para que fosse assim. – Irial fez uma pausa. – E... Niall? Deixe-a acreditar que fui eu que resolvi todo o problema.

A expressão no rosto do outro ficou impassível. Nenhum olhar ou palavra que revelasse qualquer coisa.

Irial agachou-se à sua frente, procurando os olhos de Niall com os seus.

– Ela não me terá em menor conta por causa disso. Na visão de Leslie, você é mais dócil do que a nossa essência determina. Deixe que continue pensando assim.

– Por quê?

– Porque vocês dois precisam dessa ilusão – Irial apoiou uma das mãos no joelho de Niall ao se levantar, testando os limites sempre mutáveis do jogo que havia entre os dois – e porque precisam um do outro.

Niall desviou o olhar.

– E de você.

Irial encolheu o ombro, desdenhoso.

– O amor funciona assim.

Por um instante, simplesmente ficaram se encarando. Então foi a vez de Niall pôr-se de pé, invadindo deliberadamente o espaço pessoal do outro.

– É verdade.

Irial congelou. *Um sinal de reconhecimento?* Ele ficou o mais imóvel possível, à espera.

– Niall?

O outro sacudiu a cabeça.

– Não consigo esquecer. Queria que fosse possível...

– Eu também – falou Irial num sussurro. – Daria tudo o que tenho para conseguir desfazer o passado. Mas o fato é que não pude proteger você. Nem de si mesmo, nem da minha...

– Da *nossa* – interveio Niall.

– Da *nossa* corte. – Irial aproximou sua testa da de Niall. – Mas acredite que era o que gostaria de ter feito. Não por causa de um toque. Não em troca do esquecimento. O que eu mais queria era poder levar as cicatrizes embora.

E então foi a vez de Niall congelar.

Irial abriu um sorriso. Ele estendeu a mão para a marca no rosto do outro.

– Não que ela *diminua* você em nada, mas é o sinal do sofrimento que passou.

– Arrependimento não serve para nada. – Niall abriu um sorriso hesitante. – Tivemos outras... histórias que ficaram na minha lembrança também.

– Tivemos. – Irial nunca havia se sentido tão cheio de cuidados nem tão esperançoso quanto nesses últimos meses.

– O gosto que está vindo de você é de medo puro agora! – sussurrou Niall. – No entanto me entregou todo o poder. A corte, a sua lealdade...

– Você pode me dar uma sentença de morte quando bem entender.

– Por quê? – Nessa hora, ele lembrou o jovem que era quando Irial o conhecera.

– Se isso for fazer com que finalmente me perdoe...

– Não foi *isso* que perguntei... Você se omitiu. Deixou que eu me oferecesse à corte. *Você* não me machucou. – Niall teve um calafrio.

– E também não impedi que o fizessem.

– Eu perdoo você. – As palavras dele soaram trêmulas. – Eu sei que nunca entendeu por que tomei aquela decisão. E da minha parte nunca entendi por que você não interveio...

– Eles teriam matado você – interrompeu Irial. – Se eu tentasse desfazer a sua oferta, eles teriam matado você, os mortais que estava tentando salvar... A corte não era tão ordeira na época quanto hoje em dia. Não é um povo fácil de governar. Se eu pelo menos tivesse falado com você sem que eles ficassem sabendo, se pudesse ter detido as suas ações, se tivesse lhe contado que tipo de criatura você era, se eu não fosse quem *eu* era... Há muito 'se' nesta história, meu amor, mas o fato é que tudo isso aconteceu há doze séculos. E tenho me penitenciado da melhor maneira que posso desde então.

– Além de ter recorrido a algumas extravagâncias nos momentos em que eu estava distraído, não é mesmo? – Niall riu. – Como me dar uma corte inteira. Ou me tirar de cena para ficar com Leslie.

Irial deu de ombros.

– Algumas pessoas gostam de extravagâncias.

– Pois eu tinha reparado nas coisas mais discretas também – admitiu Niall.

Sem se permitir refletir demais sobre o assunto, Irial debruçou o corpo para a frente e roçou seus lábios nos de Niall. Não passou de um toque muito de leve, mas pôde sentir a maneira como os corações dos dois se aceleraram na hora. Logo depois, voltou a se afastar.

– Trate de ir vê-la.

Niall estendeu a mão como se fosse tocar em Irial, mas não chegou a completar o gesto.

– Você vai voltar a morar na casa?

Irial congelou.
— Voltar a morar...?
— No seu antigo quarto. Não no meu. — E, nessa hora, o gesto dele foi até o fim. Sua mão pousou no braço de Irial. — Não posso oferecer mais que isso, porém...

A esperança e o medo que vinham do Rei Sombrio eram estonteantes. Tão avassaladores que Irial não tinha certeza de qual resposta Niall desejava ouvir na verdade. *Nem ele sabe.*

— Vai voltar para casa? — insistiu ele.

Irial plantou mais um beijo, leve como o primeiro, nos lábios de Niall. Depois, o empurrou para longe com carinho.

— Trate de ir vê-la. Ela precisa ser lembrada do quanto é amada.

Como Niall não fez menção de se mexer, Irial começou a caminhar na direção do prédio de Leslie. Já tinha avançado uns bons metros quando Niall decidiu acompanhá-lo. Os dois andaram em silêncio até quase chegarem à porta.

— Você poderia ter a corte de volta — falou Niall. — Eu entregaria a regência.

— E nesse caso nenhum de vocês conseguiria ter aquilo de que precisa. — Irial franziu o cenho. — Sem falar que isso também não seria o melhor para a corte.

— Se você não fosse viciante ao toque...

— Continuaria tóxico para ela do mesmo jeito. — Irial o empurrou de leve na direção do prédio.

Niall não apertou o botão do interfone. Ele ergueu a mão para fazer isso, parou, voltou a baixá-la.

— Vejo você em casa?

— Isso. — E, com essas palavras, Irial foi embora.

Leslie zanzava pelo apartamento. Algum ramo da ligação que existira entre ela e Irial continuava vivo. Não aquela que roubava suas emoções, com certeza. Este de agora era quase como um órgão extrassensorial que permitia a ela provar as emoções dos outros e que lhe dava às vezes uns relances dos sentimentos de Irial.

E nesse momento ela sabia que ele estava com Niall: os sentimentos dele por Niall sempre eram amplificados.

Assim como os meus.

Seus olhos voltaram a vasculhar a janela da frente. Se Irial estava com Niall, isso significava que Niall só podia estar por perto. E, se ele estava por perto... Ela espantou aquele pensamento da sua cabeça. Com ele, era possível falar. *Não que eu deva fazer isso.* No caso de Irial, ela mal conseguia segurar o impulso de se jogar nos seus braços e mandar tudo para o espaço. Portanto se permitia ficar perto dele, desde que sem se falarem. Falar seria o primeiro passo para querer calar a boca na dele, e mortais que dormem com Gancanaghs se viciam. Infelizmente, saber dessas coisas não bastava para acabar com a tentação. Saber não a ajudava a esquecer o prazer que sentira quando ele a abraçou. O relacionamento com Niall, por outro lado, nunca chegara a esse ponto, logo...

A quem eu estou querendo enganar? Leslie bufou de desprezo diante da própria tentativa de racionalizar a coisa: ela não deveria ficar sozinha com nenhum dos dois, e ponto final. Era por isso que se recusava a falar com Irial. Por isso recusava cinco a cada seis ligações que Niall fazia para o seu celular.

A campainha do interfone soou. Ela apertou o botão do aparelho sabendo muito bem quem estava lá.

– Leslie?

Por um instante, as palavras lhe faltaram. Logo depois, perguntou:

– Você está sozinho?

– No momento, estou sim... Posso subir?

– É melhor não.

— Você pode descer?
— Também acho melhor não. — Mesmo assim, ela já havia calçado os sapatos, e pegou as chaves no gancho perto da porta.

Enquanto terminava de descer as escadas o seu olhar cruzou com o dele, atento aos seus movimentos do lado de fora da porta do prédio. Não era a mesma coisa que ver Irial, nem nesse momento nem nunca. Com Irial só havia certezas; os dois se conheciam a fundo. Com Niall, ela ainda ficava nervosa; somente tinham se beijado e conversado sobre as possibilidades.

Ela abriu a porta e na mesma hora congelou. A sensação de estranheza, o desejo de tocar e ao mesmo tempo de não tocar, o ar de para-onde-isso-vai-agora ainda não estava bem resolvido entre eles. Os dois congelaram nas posições em que estavam, e o momento dos cumprimentos acabou passando em branco. Depois, ficou tarde demais para se tocarem sem que a situação fosse parecer ainda *mais* desconfortável.

Ele tirou o corpo do caminho para deixá-la passar, mas num reflexo automático ofereceu o cotovelo a fim de que Leslie se apoiasse. Era só um ato de civilidade básica da sua parte, mas Niall compreendeu a estranheza do gesto no instante em que ele aconteceu. Ela podia ver a hesitação dele, o seu medo de que já tivesse violado algum tipo de limite.

Leslie então deslizou a mão para dentro da dobra do braço dele.

— Devo fingir que estou surpresa?

Niall abriu um sorriso, e a nuvem de tensão se dissipou.

— Arautos por acaso anunciaram a minha visita, ou você concluiu que viria só porque estava na cidade?

— Gabe mandou chamá-lo? — Ela não chegou a correr o olhar em volta dos dois. — Ou foi... outro alguém?

— Por que você não me contou sobre as visitas dele? — O tom na voz de Niall era mais de curiosidade do que de mágoa.

— Porque eu quero que vocês se entendam — admitiu ela. — Eu quero... Sei lá. Gosto da ideia de que estão em paz um com o outro. Que podem contar um com o outro.

Niall lhe lançou um olhar intrigado.

— O que foi?

Ele sacudiu a cabeça.

— Seria capaz de transferir a corte inteira para cá se isso fosse fazer você voltar para... Para *qualquer um* de nós dois.

— Eu sei. — Ela apoiou a cabeça no ombro dele. — E se ele achasse que isso poderia dar certo, já estaria tentando manipular você para providenciar logo a transferência. Às vezes eu acho que ele quer me ver na sua vida mais do que na dele.

Niall parou de caminhar.

— Você faria parte das vidas de nós dois se...

— Não posso. — A voz de Leslie fraquejou de um jeito que a deixou constrangida.

— E então...

Ela lhe deu um beijo.

— E então nós vamos aproveitar esta noite enquanto ela durar, e depois você vai voltar para sua corte e para ele. Você precisa dele na sua vida. E eu não posso viver a minha na Corte Sombria. Lá não é o meu lugar.

— Talvez exista outro candidato que possa assumir a regência. — Ele fez carinho na cabeça dela.

— Por quanto tempo Iri foi o Rei Sombrio? — Leslie lhe deu um beijo no pescoço. — Você sabe como as coisas funcionam.

— Eu quero dizer a você para ficar com ele — falou Niall num sussurro. — Porque assim ele a manteria protegida e você ficaria longe da corte... Até que, um dia, quem sabe...

— Você precisa dele ao seu lado, e eu não pretendo ficar viciada em *ninguém*. — Leslie o envolveu nos seus braços e se aconchegou junto ao seu corpo. – Existem coisas que simplesmente não devem acontecer. Eu não sou capaz de viver na Corte Sombria. Acabaria me perdendo se insistisse em ficar lá. Você talvez não encare assim, mas eu me conheço.

Ele se afastou para olhar dentro dos seus olhos.

– E se...

– Se eu achasse que iria conseguir viver lá, teria ficado – interrompeu ela. – Estar lá, com vocês dois... A ideia é tentadora. Mais do que quero admitir, na verdade. O que eu quero agora é ignorar as coisas que aconteceram na corte, não me deixar modificar pelas lembranças que trago de lá. Pessoas morrendo. Mortais dizimados por simples diversão. A violência como jogo. O excesso considerado medida de normalidade. Não seria capaz de viver no meio de tudo isso sem modificar características que não pretendo mudar em mim.

Leslie se sentiu aliviada por finalmente ter essa conversa. Ela achava que ficaria constrangida quando admitisse que não fora só o horror que a impedira de continuar. Porque *esse argumento*, afinal, Niall teria aceitado. Teria achado que era de se esperar, até. Mas os motivos verdadeiros de Leslie eram bem menos nobres. A verdade era que ela seria capaz de aceitar a crueldade e os excessos cometidos na Corte Sombria, e essa constatação a deixava apavorada.

Niall franziu o cenho.

– Queria poder mentir para você. Queria poder dizer que nenhum daqueles horrores acontece mais.

– Mas eles acontecem. E se não é você que está por trás dos piores deles, ele estará. Não ache que ele está mudado. Continua capaz de tudo para proteger você... E isso inclui proteger você de si mesmo. – Leslie manteve o tom suave na voz. Ela sabia bem que uma vez Irial não fora capaz de proteger Niall, mas esse episódio não era algo mencionado por nenhum dos dois. – Ele é capaz de tudo para deixar você feliz, e, portanto, se você não conseguir... – As suas palavras foram morrendo enquanto o olhar de Niall resvalava para longe.

– Sei que certos aspectos da posição de Rei Sombrio continuam a cargo dele. – A expressão no rosto de Niall se turvou. – Porque afinal esta é uma posição que pessoalmente detesto... quase tanto quanto adoro. Mas há aspectos mais pesados, certos tratos e crueldades... que simplesmente não consigo.

– E ele cuida dessa parte.

Niall assentiu.

– Há coisas que eu não enxergo. Se nós pudéssemos fazer com que você não enxergasse...

Leslie ignorou a sugestão.

– Você sabe o que foi feito do Ren?

Niall não respondeu por um instante. Depois, balançou a cabeça.

– Sei.

– Eu quero sofrer por ele. Quero ser a garota doce que você pensa que eu sou. Quero poder dizer que sinto muito que Irial – ela fez uma pausa, tentando achar termos delicados para descrever aquilo que sabia que havia acontecido – tenha se livrado do Ren.

Por um momento, Niall a encarou. Sem dizer nada.

– Eu não sou essa garota – desabafou Leslie. – Do mesmo jeito que você não tem a ver com a Corte do Verão. Seu lugar é na Corte Sombria. Com Irial.

– E você.

– Não. – A palavra saiu num suspiro. – A pessoa em quem eu me transformaria se ficasse na corte não é quem eu quero ser. Embora seja capaz de assumir esse meu lado. De ser até mais cruel do que você é hoje. Existem motivos que levaram Irial a me escolher, que me levaram a escolher a tatuagem dele, e, mesmo que você não veja esses motivos, *eu vejo*. Por outro lado, caso fique longe da corte, eu também posso me tornar alguém diferente.

– Continuaria amando você do jeito que fosse – garantiu Niall. – E ele também.

– Mas eu não continuaria. – Ela entrelaçou os dedos nos dele, e os dois ficaram em silêncio por alguns minutos.

Niall não desviou o olhar. Carros passaram na rua. Pessoas vieram pela calçada. O mundo seguiu seu movimento, mas os dois estavam quietos e a sós.

Até que, por fim, ele indagou:

– É melhor eu ir embora?

– Esta noite, não. Será que podemos fingir, só esta noite? Fingir que você não é o Rei Sombrio, que eu não estou com medo das coisas que aprendi sobre mim mesma na Corte Sombria. Será que hoje não podemos ser só duas pessoas que nem desconfiam que o futuro na verdade não pertence a nós?

As lágrimas desceram quentes pelo seu rosto. Ela não estava bem ainda, mas tinha certeza de que jamais conseguiria voltar para o mundo mágico sem que isso destruísse todos os progressos que vinha conseguindo fazer até ali. Se pelo menos os dois seres encantados que amava pertencessem a alguma outra corte, talvez ela fosse capaz.

Eles não pertencem. Nunca vão pertencer. E nós nunca estaríamos juntos caso pertencessem.

– O que você está dizendo? – perguntou Niall.

– Não posso voltar para a corte, mas também não posso fingir que isso não faz parte da minha vida. Eu *vejo* você. Todos vocês. – Leslie não fez um movimento para chegar mais perto dele, mas também não se afastou. – É preciso que a minha vida aconteça aqui fora, longe das cortes, mas espero ansiosa pela ligação, pela visita dele. Tenho vontade de falar com ele, de...

— De quê? — quis saber Niall.

Parado no final do quarteirão, Irial observava os dois. Ela já havia notado a sua presença ali. Sabia que ele teria se aproximado mais se pudesse, e sabia também que era ele que havia tornado aquela noite possível. Ela fora salva da trama de Ren graças a Irial. Ela estava nos braços de Niall graças a Irial.

Concentrada no resquício de ligação que ainda havia entre eles dois, Leslie tentou abrir o canal a ponto de poder senti-lo — e de fazer também com que ele sentisse as suas emoções. Ela não teve certeza de que o seu esforço deu certo, mas o fato foi que Irial lhe soprou um beijo.

— Leslie? — A expressão no rosto de Niall parecia tão titubeante quanto na primeira vez em que os dois tinham se encontrado. — Do que você tem vontade?

— Tenho vontade de pedir para você subir até o apartamento comigo. Hoje.

Irial sorriu.

Niall afastou o corpo, mas tomou a mão dela na sua.

— Você tem certeza?

— Tenho. Vamos nos dar uma noite. Amanhã... — O olhar dela passou por cima do ombro dele para fitar Irial. — Amanhã você volta para a sua corte, e eu sigo com a minha vida. Mas, esta noite...

— Eu sou capaz de amar sem precisar tocar. — Niall se voltou para trás para olhar, como se soubesse o tempo todo que Irial estava ali parado, e acrescentou: — Foi uma lição que aprendi muitos séculos atrás.

— Amanhã você pode me amar a uma distância segura. — Leslie abriu a porta do edifício. Em seguida, virou para procurar com o olhar o ser encantado que, do meio das sombras, os observava. — Mas de vez em quando é bom parar o tempo para poder estar com quem se ama.

Niall estacou.

– Você faz parecer tão fácil.

– Não. – Ela o guiou para dentro do prédio. – Não é fácil. Ter que deixar você ir embora de manhã vai doer, mas eu posso aguentar um pouco de dor se for para ter algo lindo em troca.

Uma sombra cruzou o olhar de Niall.

– Ele não pediria a você que modificasse sua essência, ou qualquer coisa entre vocês dois, se você decidisse parar o tempo *lá* também. – Leslie começou a subir as escadas sem largar a mão de Niall. – Mas não esta noite.

– Não, não esta noite. – Niall a beijou até deixá-la sem ar.

E então eles deixaram que o tempo, as preocupações, os medos, e tudo o que impedia que a eternidade fosse deles, parasse por uma noite.

A Arte da Espera

Uma vez havia uma cidade encaixada na fenda entre uma montanha e outra. No inverno, nevava tanto que todas as estradas para o lugar ficavam soterradas sob camadas de neve branca e densa.

Quando o inverno chegava, os moradores passavam longos meses isolados dos forasteiros. Às vezes, as grossas paredes de gelo e neve só derretiam, a ponto de liberar as estradas, muito tempo depois do fim da estação. Durante o degelo, as nascentes transbordavam, caudalosas, e as encostas se tornavam verdes novamente. Flores forçavam passagem em meio aos últimos resquícios de neve, e as árvores ressurgiam renovadas. Todo ano a espera era longa, mas a primavera chegava e os relembrava do motivo pelo qual haviam decidido fazer da fenda estreita o seu lar. Nenhum lugar em toda a criação era tão adorável aos olhos do povo quanto aquela cidade.

Os moradores, frequentemente isolados graças aos caprichos da natureza, sentiam-se bastante satisfeitos com o que a vida lhes reservara. Haviam aprendido a sabedoria da espera.

Era comum que os visitantes ouvissem reclamações sobre as inconveniências de passar longos invernos sem contato com o mundo exterior, mas, se um deles se atrevesse a sugerir o impensável: "Por que não se mudam?", o povo se limitava a sorrir, reconhecendo que seria impossível ensinar o inexplicável.

E foi nessa cidade que o homem e sua jovem filha foram morar. O homem, em outros tempos, vivera com os sacerdotes, aprendendo línguas mortas e literatura grega. Outrora, ele viajara pelo mundo, conhecendo lugares estranhos e misteriosos. Mas, quando a filha começou a andar, o homem escolheu a cidadezinha como a sua morada. Escolheu arar a terra. Escolheu enterrar os restos da colheita do ano anterior – e cortar cuidadosamente as mudas de batata, deixando sempre pelo menos um olho em cada uma, antes de plantá-las de volta na terra bem regada.

Aqueles que viviam desde sempre na cidade cochicharam uns com os outros – cabeças grisalhas balançando lentamente para cima e para baixo enquanto murmuravam em voz baixa – e esperaram.

Não questionaram o homem na época do plantio; e não o questionaram durante a colheita. A natureza traria as respostas na hora certa.

Quando vieram as geadas, a população continuava esperando.

A neve espessa caiu. *Só então,* o povo começou a observar o homem.

Ele permaneceu na cidade naquele primeiro ano, o homem com sua filha. Suportou a neve sem fraquejar. E, durante o degelo, quando as águas voltaram a jorrar livremente nas fontes, ele sorriu ao lado dos outros que viviam ali desde sempre.

A natureza trouxera a resposta: o homem que viera com a filha tinha o seu lugar entre as duas montanhas; os dois se encaixavam na fenda.

Mais de uma década se passou. A neve caía, e as fontes jorravam. A colheita era farta, na maioria das vezes. Forasteiros, no final da primavera, passavam e faziam perguntas imprudentes. No mundo estava tudo em seu lugar.

Até que, num certo ano, um jovem forasteiro parou ao lado do homem e da filha.

Ele indagou à jovem:

– Por que você fica aqui, presa nesta fenda tão estreita?

Ela olhou para ele, aquele forasteiro tagarela com seu sorriso tão-bonito-quanto-a-primavera.

E ele continuou:

– Por que não vai embora?

Os olhos dela eram verdes como campos cultivados. Em vez da resposta que o povo da cidade sempre dava aos forasteiros, a moça perguntou:

– O que tem lá fora?

Com o olhar perdido no horizonte, o forasteiro contou:

– Paisagens, mistérios inacreditáveis que posso lhe mostrar. Voltarei aqui antes do inverno. Se partir comigo, poderemos viajar...

Ela sorriu.

– Pode ser.

Bem tarde naquela noite, o homem ouviu os sons da primavera. Ela efervescia, empurrando a água para transbordar, derramando-a sobre o solo. E a água, fria e límpida, encharcava os campos não cultivados.

Com os olhos mirando ao longe – olhando para o caminho, o desfiladeiro estreito que mais uma vez ficaria coberto por neve durante muitos meses –, ouviu a primavera e esperou.

A manhã chegou e o homem iniciou o seu dia – esperando. E, a cada manhã que se seguiu, ele iniciou seus dias – esperando. Nos anos que passara morando na fenda, aprendera a arte de esperar, e agora a compreendia de uma maneira profunda como nunca conseguira compreender os outros mistérios antigos que estudara havia tanto tempo.

O homem seguiu esperando enquanto sua filha passava o tempo todo com o forasteiro.

Seguiu esperando enquanto sua filha se inquietava, encontrando defeitos imaginários na paz que reinava na fenda.

O forasteiro falava muito, a boca transbordando histórias fantásticas sobre as maravilhas do mundo, de tudo que havia para além das duas montanhas, das lições que aprendera longe da fenda.

No outono, o forasteiro começou a ficar impaciente.

Quando as geadas vieram, os três voltaram seus olhares para o caminho do desfiladeiro.

E o forasteiro declarou que iria partir, e que ela devia partir. Ele contava anedotas, e a filha do homem ria – um som esguichado, fora de estação, um som não do inverno que se aproximava, mas das fontes gorgolejantes da primavera.

O homem olhou para a filha, ouvindo aquele som terrível, aquele som de esguicho. E ele lhe disse:

– Entre agora.

Mansamente, ela respondeu num sussurro:

– Sim, Pai.

Então o homem voltou-se para o forasteiro e sugeriu:

– Você poderia ficar... É tão tranquilo aqui.

O forasteiro bufou.

Novamente, o homem convidou:

– Rostos novos são sempre bem-vindos na cidade.

O forasteiro começou a tentar passar pelo homem, chamando pela jovem.

O homem o impediu.

– Estive nesses lugares de que suas histórias tanto falam. Não há paz por lá. Você não fala das partes feias nos seus relatos.

O forasteiro deu de ombros.

O homem sustentou o olhar do forasteiro, e propôs:

– Minha filha não precisa do que há longe daqui, mas você poderia ficar. Aguarde conosco um pouco mais.

O forasteiro sacudiu a cabeça.

– Ela ficará bem. Viveremos grandes aventuras.

Triste, o homem ficou observando os olhos inquietos do forasteiro, viu como ele olhava para todos os lados e não enxergava nada. Não parava para contemplar a beleza que crescia na fresta; pensava apenas em levar uma criatura bela para longe da fenda, em destruir a paz que o homem encontrara para sua filha, em capturar e arrancar em vez de ficar e maravilhar-se.

– Eu quero lhe mostrar uma coisa. – O homem conduziu o forasteiro até um poço abastecido pela nascente. A água havia minguado, mal se ouvia o seu murmúrio nas profundezas da terra.

O forasteiro começou:

– Eu não estou entend...

O homem o empurrou para dentro do buraco, aquele buraco fundo e terroso circundado por paredes úmidas.

O forasteiro berrou praguejando e vertendo exigências, enquanto suas unhas raspavam as paredes lodosas.

O homem deu as costas ao poço para olhar os moradores que se aproximavam.

Eles o cumprimentaram com acenos de cabeça, em silêncio como costumavam fazer.

– Eu esperei... – O homem começou a falar, sem se dirigir a ninguém em especial. – Eu esperei, mas mesmo assim precisava tomar uma atitude.

Um dos moradores respondeu:

– Espere até a neve cair, então você conseguirá perceber se ele é capaz de aprender.

O homem olhou na direção da água lá no fundo.

– Ele vai ficar na cidade. Seja dentro do poço, ou...

– Não é preciso ter pressa para decidir – murmuraram os moradores. – O jantar vai esfriar se você tentar decidir agora.

– Vocês têm razão. É melhor eu esperar. Obrigado. – O homem sorriu. – Achei que já tivesse compreendido melhor.

O mais velho dos moradores sorriu.

– Esperar não é tão fácil assim.

E então todos os outros lhes deram as costas e retornaram pela estrada, e o homem e o ancião ouviram os urros do forasteiro vindos de dentro do poço.

Quando o barulho finalmente cessou, o ancião sorriu e saiu arrastando os pés na direção por onde os outros tinham desaparecido.

O homem se agachou junto à abertura do poço.

– Você pode esperar aqui por enquanto. Nós temos tempo.

Quando o homem o encarou, o forasteiro começou a praguejar novamente.

O homem sacudiu a cabeça e lhe deu as costas: os dois tinham muito a aprender.

Corpo por Conforto

— Você PODERIA TER TUDO, IR A QUALQUER LUGAR. – Uma criaturinha de pele amarela surgiu por trás das moitas e emergiu do meio da vegetação, parando bem diante dos pés de Tanya. As orelhas de pontas peludas roçaram na canela dela quando ele levantou a cabeça e arregalou bem os olhos. Na primeira vez em que o encontrara ali, no meio do bosque, Tanya gritara. Ninguém apareceu para ajudá-la, é claro, e ela fugiu em disparada pelo meio do emaranhado de árvores.

Hoje, Tanya avançava na direção dele sem titubear.

– Vá embora. – A criatura começou a correr ao lado dela, ziguezagueando pelo meio dos seus pés. – Já pensou se deixa nós consertar?

– Não.

– Pensou, sim! – A criatura tinha uma pele cor de ranúnculo que se dobrava sobre si; os lábios eram estufados e vermelhos como groselhas maduras. – Muitos motivos.

Tanya parou junto a um pé de amoras. Os galhos espinhosos formavam um toldo por cima das tábuas podres que ocultavam um velho poço. Algumas gerações atrás, seria tarefa dela ir buscar água ali. Felizmente sua família já tinha água encanada. Eles podiam ser pobres, claro, mas não eram miseráveis.

A criatura colidiu com ela, enroscando os braços magrelos e compridos nas suas pernas. Ele não era tão arisco como a maior parte dos habitantes do bosque, e Tanya pensou se isso teria relação com o fato de ser capaz de falar com ela. Era pequeno o suficiente para ser espantado com um chute se fosse o caso, mas tamanho reduzido não garantia que fosse inofensivo. Guaxinins, gambás e cobras cabeça-de-cobre não são bichos exatamente grandes, mas nenhuma garota sensata se meteria com eles se tivesse escolha.

Baixando os olhos para a criatura ainda agarrada nas suas pernas, Tanya falou:

– Vá embora.

Ele deu um passo para trás, meteu um dedo ossudo na orelha e, depois de soltar um leve grunhido, o tirou e começou a lamber.

Impiedosamente pensou que, ao fazer isso, a criatura ficasse um pouco parecida com seu Tio Mickey – e olhe que Mickey era tido por todos como um "bom partido". Tanya suspirou. Depois de prender o balde no cinto, ela começou a colher as frutinhas.

– Fazer você ficar mais linda se... tem que tirar partes molengas e fazer você brilhar. – Os dedos escorregadios da criatura acariciaram a sua panturrilha. – Tão bonita!

Amoras redondas e suculentas choviam no balde.

Ele pousou as mãos amareladas na barriga saliente de Tanya.

– Fazer brilhar. E aí todos querem você feito bicho quer água no sol forte.

Tanya olhou para aquelas mãos esquálidas, os dedos parecendo gravetos secos. Ela experimentara todas as dietas que saíam nas revistas; todas as dicas para deixar a pele mais viçosa. Não era a garota mais corpulenta da vizinhança, mas também não era magra ou bonita como as outras. Se tivesse dinheiro talvez isso fosse apenas um detalhe sem importância, mas dinheiro não era algo que surgiria na sua vida. Portanto, só podia contar com a boa aparência. Infelizmente seu corpo não era bom *o suficiente*. E ela precisava fazer com que fosse, precisava escapar daquela cidade decadente. Viver e morrer num fim de mundo, crescer para se transformar em fábrica de filhos para alguém que pensasse que *aquilo* era um destino perfeito, estava fora de questão. No entanto, essa era a única opção para Tanya, a menos que tomasse uma decisão drástica.

Seus olhos fitaram os dele – duas pupilas azuis brilhantes cercadas por mares de escuridão.

– Vai doer?

Ele inclinou a cabeça até quase bater a orelha angulosa no ombro.

– Não muita-muita-dor.

Por muitos minutos, o único som que se ouviu foi o das unhas da criatura raspando o brim áspero das calças da jovem. Tanya esticou a mão e colheu a maior amora que encontrou. Com cuidado, puxou a fruta suculenta do galho e a segurou, passando o polegar pela casca tenra em silêncio.

Ele encostou a bochecha contra o quadril dela.

– Vai deixar tudo melhor. Você vai ver.

Tanya atirou a amora na boca e chupou o sumo até a última gota antes de engolir a polpa. Se fosse mais bonita, certamente encontraria alguém disposto a trocar o corpo por conforto, então poderia ir para uma cidade maior e ter coisas bonitas e roupas sensuais.

– Eu quero mais do que esta vida. – Ela assentiu.

Os olhos miúdos da criatura faiscaram à luz do sol; os lábios cheios se curvaram num sorriso perverso.

– Você ter.

Tanya desviou o olhar e recomeçou a encher o seu balde, parando de tempos em tempos para espremer uma amora entre os lábios. Aquilo ali não seria seu dia a dia eternamente.

– Eu quero fazer – falou. – Hoje à noite.

– Abreabreabreabreabre. – Muitos dedos miúdos raspavam a tela metálica.

Tremendo só um pouco, Tanya foi até a janela e empurrou a tela para fora.

Mãos enrugadas amarelas seguraram a tela antes que caísse e apoiaram na parede ao lado.

– Está pronta?

Tanya assentiu.

Seis criaturas entraram pela janela aberta. Duas tinham o mesmo tamanho da que ela encontrara antes. As outras quatro eram ainda menores, com braços e pernas espectrais e uma pele flácida fazendo com que parecessem bem frágeis. Todas se aglomeraram à sua volta, apertando os dedos úmidos contra a sua pele.

Uma das menores soltou uma risadinha.

– Hummm, muita coisa molenga.

Tanya foi recuando até esbarrar no colchão da cama. Enquanto tentava contorná-lo, caiu de costas em cima dele.

– Não vai doer, certo?

O resto do grupo se lançou contra a criatura que tinha rido, cobrindo-a de tapas até afastá-la dali. Depois se voltaram para ela, acariciando seus braços e o seu rosto com um ar tranquilizador enquanto se debruçavam por cima do colchão.

– Tão bonita...

A criatura que surgira no bosque correu os dedos compridos pela face de Tanya e murmurou:

– Você quer ficar aqui? Ou quer mais bonita?

— Eu quero ir embora daqui.

— Quer brilho? Quer ser forte? — As unhas riscaram um caminho na sua clavícula, depois desceram dançando pela extensão do esterno.

— Quero.

Como se fossem um só, todos sorriram, mostrando fileiras de dentes serrilhados. E logo se jogaram em cima do seu corpo, arrancando nacos de pele e carne dos quadris e da barriga, levando embora quilos de gordura. Se isso era não muita-muita-dor, Tanya não sabia se conseguiria sobreviver ao que a tal criatura consideraria doloroso. Estava sendo comida viva literalmente. Os barulhos de carne dilacerada e sendo sugada davam um toque extra de horror à dor, e ela abriu a boca para berrar. Nisso, a criatura mais próxima colou os lábios aos seus, sugando-lhe o grito da garganta e o engolindo inteiro.

Em poucos minutos tudo ficou preto, sem saber exatamente se estava morrendo ou só desmaiando de tanta dor. De qualquer jeito, era um alívio poder escapar assim dos barulhos e da sensação de estar sendo devorada.

Tanya foi trazida de volta pelo toque bizarro, porém reconfortante, da raspagem em ritmo constante. Abrindo os olhos, pôde ver as criaturas limpando-lhe a carne ensanguentada com suas línguas ásperas. No escuro do quarto, sua pele começou a emanar um brilho dourado à medida que os rasgos se fechavam.

Ela resmungou, tentando sentar enquanto tinha o rosto lambido por aquelas línguas horrendas, mas ainda estava machucada demais. A dor foi diminuindo até se transformar em incômodo em vez de agonia. As lambidas continuavam.

— Menos molenga.

– Mas partes molengas crescem. Sempre voltam. Nós ajuda.

– Nós deixa bonita.

E, então, todas as criaturas pularam para fora da janela, uma a uma – menos a que surgira no dia das amoras – estalando os lábios feito cães com a boca cheia de baba.

Ele ficou parado, esperando. Com um sorriso orgulhoso, apontou para o espelho rachado em cima da penteadeira.

– Bonita.

Devagar, Tanya arrastou o corpo para fora da cama e caminhou até o espelho. O rosto estava com a pele impecável, as maçãs do rosto delineadas por um sombreado suave. Ela examinou o corpo, quadris arredondados na medida certa. Deslizou a mão pela pele e sentiu os nervos formigarem como nunca sentira antes.

Surpresa, Tanya mirou a última criatura que ficara no seu quarto. Ela cerrou os punhos e engoliu em seco.

– Eu quero ficar assim.

Ele sorriu.

– Sem problema. Deixa nós consertar quando sumir a bonita.

Tanya voltou a atenção para o espelho e encarou o tipo de rosto capaz de atrair o interesse que ela tanto precisava. Baixando os olhos, encontrou um corpo que nunca conseguira ter até aquele momento. Ela empurrou para o fundo da memória a lembrança dos gritos que não conseguira segurar e do sangue sendo levado embora pelas lambidas. A dor tinha sido terrível, mas valia a pena.

Ela encarou a criatura.

– Sim – concordou. – Eu quero que vocês voltem.

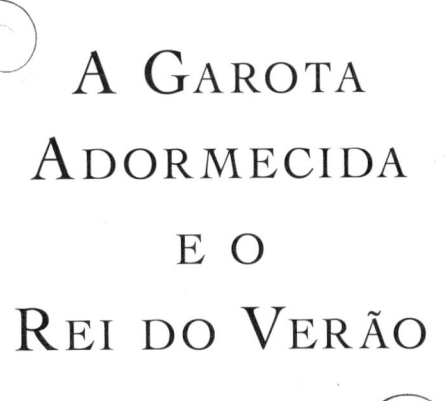

A Garota Adormecida e o Rei do Verão

Quando vieram os chamados, naquele ano, Aisling não resistiu. Em silêncio, caminhou até a porta.

Mas Donnchadh, o Rei do Verão, apareceu. Ele segurou sua mão.

– Fique aqui dentro.

– Eu não posso. – Aisling olhou para fora da janela turvada pelo gelo. Lá fora, nuvens de neve rodopiavam em um balé etéreo. Era tempo do reinado do Inverno, tempo de o Verão se recolher.

– Você pode tentar... só mais alguns minutos. – Tomou o rosto dela entre as mãos, seu toque como o sol do verão. – Suas lindas irmãs não se foram tão apressadamente. Fique comigo um pouco mais.

Aisling olhou para a porta. A pressão para atender o chamado pressionava como um peso nos seus pulmões, deixando pouco espaço para que ela se concentrasse em qualquer outra coisa.

– Está na hora. Preciso ir.

– Então vai me abandonar? – Ele correu um dedo pelo seu rosto. Nos seus olhos brilharam as florestas verdejantes onde tinham passeado juntos por trilhas secretas.

– Verei você quando acordar, Donnchadh. – Ela abriu a porta, sentindo a tensão se dissipar com esse movimento. A cada ano ficava mais difícil ir embora.

Pela primeira vez, Donnchadh bloqueou seu caminho. Ele inclinou o corpo para a frente e deu um beijo leve nos seus lábios fechados.

– Donnchadh?

Ele suspirou, seu hálito quente como os últimos raios do sol se derramando sobre ela, e se afastou.

– Então nos vemos quando você acordar, minha menina insensata...

Aisling deu um passo para fora. Espirais gélidas e brancas se formaram à sua volta quando entoou as mesmas palavras de todos os anos:

– Vieste me buscar, Cailleach?

Uma anciã emergiu do labirinto de árvores cobertas de gelo e esticou os lábios descorados num sorriso. Seu rosto tinha o azul translúcido de um céu tranquilo; os olhos eram do branco ofuscante da neve ainda intocada. Embora não fizera nenhum movimento para se aproximar, um hálito frio roçou as faces de Aisling.

– É o tempo do Inverno, filha.

Com o rosto voltado para o alto, Cailleach girou no centro da revoada enlouquecida de flocos de neve. Os longos cabelos brancos se espalharam no ar feito neblina. Dos seus lábios descorados escapou o peso do inverno, mandando grossas camadas de neve cobrirem a terra, libertando o frio profundo do verdadeiro tempo invernal.

E, como fazia desde que era pequena, Aisling se deixou cair sobre o manto de neve para transformar-se na Garota Adormecida. Por um instante, ela ainda resistiu ao Sono, agarrando-se ao encanto da beleza invernal por mais alguns momentos. Aisling virou o rosto para o chão, suspirando com a alegria rara de sentir a neve recém-caída em contato com a sua pele.

Mas, cedo demais, Cailleach estava lá, tomando Aisling nos braços e carregando-a até a porta onde suas irmãs, as antigas mortais que foram escolhidas antes para serem Garotas Adormecidas, esperavam para velar por ela ao longo dos seus meses de sono.

Aisling ainda conseguiu sentir seu corpo ser entregue a um par de braços fortes, e então o Sono a dominou.

Nenhum broto vicejaria enquanto ela descansasse; a vida aguardaria em suspenso durante o tempo em que Cailleach corresse o mundo com seu hálito gelado. E, portanto, Aisling dormiu junto com a terra, quieta como os animais que hibernavam em suas tocas, imutável como os bulbos que esperavam para despertar na primavera.

Meses de tempestades e de gelo se passaram enquanto Aisling continuava adormecida.

Até que finalmente, no seu mundo de sono, ela ouviu a voz sibilante de Donnchadh sussurrando seu nome; sentiu seu hálito quente derramando-se na sua pele.

– Aisling, sonhe a Primavera para nós. Desperte.

E assim Aisling começou a sonhar raízes esguias mergulhando na terra e criaturas peludas se espreguiçando nas suas tocas. Sonhou peixes nadando nos riachos, ratos-do-campo serpenteando entre as moitas de capim e cobras tomando sol em cima das pedras. E então o seu corpo sonhador sorriu para a vida nova que despertara consigo.

Foi assim que Aisling despertou à procura dele, à procura do Verão.

Ele não estava lá.

Ela abriu a porta e seguiu para a varanda. As tábuas do assoalho banhadas pelo sol aqueceram seus pés descalços. As folhas esbranquiçadas do salgueiro debruçado sobre o lago se agitavam com a brisa. A cada vez que inspirava, sorvia o perfume frágil das flores primaveris.

Seus olhos se voltaram para as árvores cheias de brotos novos, buscando por Donnchadh no bosque onde os dois correriam com os animais e se deliciariam com a água fresca das fontes escondidas. Com Donnchadh ao seu lado, contemplariam o despertar do mundo e se alegrariam. Eles dançariam à margem do rio caudaloso numa celebração. Algumas vezes, suas irmãs lhes faziam companhia, mas era cada vez mais comum que ela e Donnchadh ficassem a sós.

Agora, pela primeira vez, ele não estava lá.

Em vez disso, em cima de um punhado de neve esquecido debaixo de uma sombra – um último suspiro do inverno –, Cailleach aguardava.

– Venha comigo, filha.

Enquanto elas caminhavam pela trilha sinuosa até a choupana de Cailleach, Aisling pensou se suas irmãs haviam sentido alívio ou desespero quando se tornaram velhas demais para serem Garotas Adormecidas. Será que elas se arrependiam pelos anos passados sonhando o mundo desperto ou se alegravam por não serem mais crianças?

Na vez em que perguntara a Donnchadh, respondera apenas:

– Isso não cabe a mim dizer.

Aisling sabia que logo chegaria o seu momento de escolher. Toda Garota Adormecida precisava escolher entre ser a nova Cailleach ou juntar-se a Donnchadh como uma entre as muitas garotas que brincavam à luz do sol. Ser jovem para sempre com ele ou afastar-se dele e envelhecer. Nenhum dos dois caminhos a alegrava. Pensou nos momentos lindos que abandonaria caso escolhesse o Caminho do Inverno, e pensou também na beleza que talvez viesse a conhecer se decidisse levar consigo o beijo invernal. E ficou sem saber que resposta deveria dar.

Cailleach parou junto a um caminho de lajotas que subia até uma choupana precária.

– Chegamos.

Um alpendre de madeira escura contornava toda a pequena construção, e uma única cadeira de balanço gasta estava pousada na madeira lascada do assoalho. Com a mão já envolvendo a pesada maçaneta negra da porta, Cailleach olhou para Aisling.

– Você está pronta?

Com a boca seca demais para falar, Aisling assentiu.

Cailleach empurrou a grossa porta de madeira e recebeu como resposta um rangido de objeção das tábuas inchadas. As duas entraram em silêncio. Cailleach foi na direção da única fonte de calor que havia no recinto, o fogo de preparar as refeições.

Embora fosse pequena, a sala principal era arrumada. Havia uma pilha de peles gastas dobradas num canto, e tapetes de trapos coloridos cobriam o assoalho liso. Na parede do fundo, uma prateleira estava lotada de livros com lombadas de couro.

Aisling se virou para ir atrás de Cailleach, mas um imenso lobo cinzento bloqueou seu caminho. As orelhas estavam deitadas para trás, a cauda balançava.

– Faolan – murmurou ela. Embora já o tivesse visto vigiando seus movimentos de longe, essa era a primeira vez que Aisling encontrava o companheiro de Cailleach. Ela estendeu a mão com a palma voltada para cima. – Será que posso ir me sentar perto da sua senhora?

Faolan tocou a mão dela com o focinho, o hálito quente se fazendo sentir contra a sua pele. Abriu a boca, mostrando o resto de seus dentes brancos e fortes, e lhe deu uma lambida.

Cantarolando baixinho, Cailleach mexeu uma caldeira de ferro que estava no fogo. Depois, levantou a concha para provar o ensopado que cheirava a especiarias.

– Só falta mais um pouco.

Aisling pensou no sumo doce das frutas silvestres que estava esperando saborear naquele dia e nada disse.

Cailleach se aproximou. Usando como apoio a mesa de madeira cheia de marcas que ocupava a maior parte do ambiente, procurou o lobo com o olhar.

– Eu lhe disse que ia ser hoje, Faolan.

O lobo virou o focinho de lado e soltou um latido.

– Humpf! – bufou de volta Cailleach. Ela arrumou um prato com pão e uma tigela de mel sobre a mesa, parando para enxugar as mãos antes de continuar. – Quem sabe ela não vai acabar decidindo que essa sua pele daria um belo forro para uma capa nova, hein?

Faolan rosnou, voltou a lamber a mão de Aisling e lhes deu as costas. Depois de muito raspar e se remexer no assoalho gasto, acomodou-se com o traseiro virado para Cailleach.

– Essa fera esquece o seu lugar. Você vai ter que lembrar a ele quem é que manda por aqui. – Cailleach se acomodou na sua cadeira e cutucou o lobo com o pé, enfiando os dedos descalços debaixo da barriga que o animal esparramara no chão e abrindo um sorriso na sua direção. – Mas é um bom ouvinte, o nosso Faolan. E ele vai proteger você na estação luminosa, quando o ar fica quente demais para que saia de casa.

– Eu não me decidi – murmurou Aisling.

Cailleach sorriu novamente.

– Eu sei. Mas estou esperançosa.

Com a mão mais firme do que esperou que fosse estar, Aisling pegou um pedaço do pão ainda quente.

– Quanto tempo nós temos?

Cailleach deu uma olhada pela janela, apertando os olhos por causa do luminoso sol de primavera.

– Mais alguns dias.

Nos dias que se seguiram, as dúvidas e os desejos de Aisling foram vindo à tona.

A cada anoitecer, depois que Cailleach dormia, ela saía para explorar o território com Faolan, montada nas costas do lobo para cruzar os trechos mais acidentados do caminho.

Todas as noites, Donnchadh chamava por ela:

– Aisling, eu sinto a sua falta... Venha comigo.

E ela ia. Passava ás noites perdida na dança com ele, os pés descalços amassando o musgo macio da floresta, tentada pelos galanteios que ele sussurrava sem parar. Rejeitar as investidas do Verão em pessoa não era uma tarefa fácil – sem falar que ela no fundo não queria rejeitá-las.

A cada amanhecer Aisling se sentava ao lado de Cailleach, ouvindo a anciã lhe transmitir a sua sabedoria.

O tempo todo, Donnchadh não deixava de chamar seu nome do meio do bosque.

– Aisling, os narcisos já estão em flor. Venha.

Até que, uma manhã, quando ela voltou das suas andanças noturnas, encontrou Cailleach esperando na clareira ao lado da choupana. Ela estava apoiando quase todo o peso do corpo no seu bastão e voltou os olhos para as árvores do bosque no momento em que o sol rompeu o horizonte.

– Cailleach? – Aisling correu para ela. A anciã não podia aguentar o calor do sol em toda a sua força sem adoecer. Não por muito tempo.

– Antigamente, há muito tempo, o meu nome era Glynnis. – Cailleach debruçou o corpo por cima da moita de espinheiro ainda sem flores e deixou seu bastão embaixo da planta. – Agora peço para ser apenas Glynnis novamente.

Faolan ficou ao lado de Glynnis. Ela pousou uma mão muito pálida sobre a cabeça do lobo em busca de apoio, de pé no meio da clareira.

Aisling podia sentir a atração, a pressão insistente para que pegasse o bastão. Ela deu um passo para a frente.

A voz de Donnchadh veio num sussurro pelo meio das árvores:

– Renegue-a. Renegue o frio. – Ele emergiu das sombras, os pés descalços cobertos de lama ainda fresca. – Quer mesmo abrir mão das nossas danças à beira do rio?

Como uma lebre flagrada em campo aberto, Aisling congelou – seus pés não avançaram mais na direção do espinheiro, nem tampouco voltaram para o meio das árvores.

Donnchadh aproximou-se um pouco mais.

– Você não gosta de se fartar de orvalho e de frutas silvestres sendo aquecidas pelo sol quente?

Aisling assentiu.

– Posso lhe mostrar muito mais agora que você já passou da idade do Sono; há prazeres trazidos pela luz do sol que ainda não desfrutou. – Donnchadh, o Rei do Verão, ajoelhou-se na sua frente e estendeu-lhe a mão castanho-clara. – Fique comigo, minha Aisling.

As suas irmãs ocuparam a clareira atrás de Donnchadh.

– Escute o Rei do Verão: venha conosco.

– Cada uma das Garotas Adormecidas que veio depois de Glynnis escolheu ficar comigo e com a luz do sol. – Donnchadh lançou um olhar rápido para Glynnis, os olhos cheios de melancolia. – Ela fez a escolha de ficar com o bastão; levar consigo o frio. Você não precisa fazer o mesmo.

Glynnis nada disse. Mas seus dedos cada vez mais brancos apertaram o pelo de Faolan com mais força.

Numa voz que era como um raio de sol, Donnchadh indagou:

— Você escolheria levar consigo o frio invernal? Subjugar-me ano após ano?

Aisling fraquejou, olhando para aquele rosto que havia sido o primeiro a saudá-la a cada despertar desde que era capaz de recordar. Ela pensou nas coisas que veria se escolhesse ficar com ele, nas risadas e nas danças, nos beijos que o vira dar em suas irmãs. Desejava isso tudo. Ergueu uma das mãos até seus dedos quase roçarem o rosto de Donnchadh. Poder esperar dentro da choupana aquecida junto com suas irmãs, cuidando da próxima Garota Adormecida até o fim do inverno e vendo a neve cair; passar cada nova estação quente ao lado de Donnchadh por toda a eternidade. Essas eram fantasias que Aisling alimentara em silêncio ao longo de muitos anos.

Ele sustentou o seu olhar.

— Venha ficar comigo à luz do sol.

Atrás dela, a Cailleach Glynnis esperava em silêncio. Ela não relembrou a Aisling que a nova Garota Adormecida ainda passaria várias estações sem ter idade suficiente. Ela não lhe sussurrou a verdade inescapável: que as neves do inverno jamais conseguiriam penetrar fundo a terra se não houvesse Cailleach para carregar o frio por todos os lugares. Ela não admitiu que estivesse esgotada.

Glynnis nada disse.

A beleza do Inverno estaria perdida para sempre na vida de Aisling caso escolhesse ficar com Donnchadh. Aqueles breves momentos em que o manto da neve envolvia seu corpo acabariam esquecidos no tempo. A liberdade de caminhar por onde escolhesse, a privacidade que conhecera: elas deixariam de existir também. Caminharia apenas por onde Donnchadh escolhesse, e viveria como se fosse uma só com suas irmãs, sem ter mais a sua individualidade.

Nesse instante, Aisling soube que sua escolha estava feita.

Como menina, despertara a terra; como mulher, abraçaria a missão de envolvê-la nos seus cobertores brancos.

– Quero poder sentir o beijo do inverno, não ter que esperar e observar de dentro da choupana.

Num movimento rápido, Aisling inclinou o corpo para a frente e lançou os braços em volta de Donnchadh, dando-lhe um último abraço.

Depois, caminhou na direção do espinheiro e pegou o bastão.

– Eu sou Cailleach. Como aquelas que vieram antes de mim, levarei comigo o vento e o gelo.

A voz de Donnchadh, carregada de dor, lançou uma brisa quente no ar.

– Adeus então, Aisling. Pensarei sempre em você e no que poderia ter sido.

Nuvens negras se juntaram no céu e irromperam de repente, encharcando a todos.

Aisling ergueu Glynnis nos braços, ninando-a.

A anciã pousou a cabeça em seu ombro e fechou os olhos.

– Obrigada, filha.

Aisling deitou o corpo de Glynnis quando a terra se abriu para acolhê-la no solo de que havia cuidado por tanto tempo.

– Fique em paz, Glynnis.

E, então, ansiosa por se afastar do sol cada vez mais brilhante, Aisling envolveu o bastão nos seus dedos azuis e caminhou para longe do Rei do Verão.

Agarrada à madeira macia do seu bastão, Cailleach Aisling caminha pelas árvores. Ela vai batendo com ele e fazendo dedos gelados penetrarem a terra, espalhando os primeiros toques do inverno que não tardará a chegar. Ao seu lado,

Faolan caminha a passos largos, esperando para carregá-la em suas costas quando forem atravessar o rio.

Aisling para um instante e murmura:

— As neves cairão com força neste inverno.

Guiando-a com cutucões da sua cabeça enorme, Faolan a mantém no caminho certo. Em silêncio, Aisling atravessa a cobertura cada vez mais extensa de brancura, espiando através das janelas, deixando flores de gelo marcadas nas vidraças.

Por fim, ela chega a uma casa delineada pela luz prateada do luar. Lá dentro, uma menina aguarda inquieta em sua cama.

Voltando o rosto para mirar o céu cinzento, Aisling abre a boca. Um vento assovia, provocando calafrios naqueles que dormem embaixo de suas cobertas grossas. Ela gira em meio aos redemoinhos velozes de neve, fazendo brotar compridos pingentes de gelo nos galhos acima da sua cabeça.

Lágrimas congeladas de alegria caem no chão quando Aisling contempla a beleza do inverno. As árvores cintilam sob a luz das estrelas.

Nuvens brancas de condensação pairam no ar cristalino sempre que Faolan bufa ao seu lado. E a terra – o solo agora ansioso – está coberta de uma neve felpuda e sem qualquer rastro nem sulco. A beleza que há ali ela só conhecera em sonhos.

A garota surge no alpendre da casa. Ela não passa de uma criança ainda, com suas tranças nos cabelos, mas atende ao chamado como toda Garota Adormecida há de fazer. Sua voz sai num sussurro:

— Chamaste por mim, Cailleach?

Aisling responde:

— Ainda não, criança. Vá dormir.

Seu corpo então tomba sobre a neve fofa, e Aisling a toma nos braços.

A pequena é carregada até a choupana onde as irmãs da Garota Adormecida estão à espera. Elas a aceitam e levam-na para dentro.

Como tem feito todos os anos desde que se tornou a Cailleach, Donnchadh está na soleira da porta. Ele corre os dedos quentes pela face de Aisling.

– Pensei em você ao longo de todos esses meses. Ansiar pela chegada da neve é um prazer estranho.

Ela recebe com a respiração suspensa o beijo que ele lhe roça nos lábios. Esse instante suspenso antes de subjugá-lo ainda é novo, sempre será novo, mas é assim que deve acontecer. O Inverno precisa encerrar o Verão, da mesma forma que a Garota Adormecida precisará chamá-lo de volta dentro de poucos meses.

Com a voz suave, Aisling sussurra:

– Donnchadh...

E, ao ser tocado pelo seu hálito frio, ele desaparece.

– Até a primavera – murmura ela para o espaço vazio.

E assim Cailleach Aisling retorna para os braços da noite gelada. Ela tem muito a fazer antes que a nova Garota Adormecida desperte a terra e Donnchadh volte a reinar.

Céu de Algodão-Doce

CÉU ESTAVA DA COR DE ALGODÃO-DOCE. *Tish adoraria isso*. Rabbit ainda não havia passado um só dia sem pensar na irmã. Ela já estava morta havia dois meses – dois meses ao longo dos quais vira sua outra irmã tornar-se uma das regentes do Mundo Encantado. Ani e Tish haviam sido crianças que ele jamais esperara ter na sua vida. Elas haviam sido entregues para que ele criasse quando Ani era uma criancinha de queixo espetado, fitando-o com seus olhos verdes e astutos, no dia em que veio trazida pela mão por uma Tish de sete anos.

O pincel pendia frouxo em sua mão. Alguns dias até conseguia pintar, mas sentia que aquele não seria um desses dias. Seus olhos fitaram o céu. As nuvens pareciam fiapos, listras de um rosa mais escuro sobre um fundo também rosado. Árvores, algumas familiares e outras de aparência curiosa, começaram a pipocar na paisagem, nem sempre no mesmo lugar onde tinham estado no dia anterior – ou talvez até no segundo anterior. Pouco poderia ser chamado de previsível no Mundo Encantado. E essa parte lhe agradava, na verdade. Sentir-se inútil, por outro lado, era bem menos interessante. No mundo mortal, tinha uma função definida – cuidava das duas meias-irmãs, prestava serviço ao Rei Sombrio e era dono de um bem-sucedido estúdio de tatuagens. Ali, não lhe cabia responsabilidade nenhuma.

– É obra dela. – Uma das outras artistas, uma fada com estrelas que surgiam e desapareciam de seus olhos, estava recostada no muro baixo do lado de fora de seu chalé. – O céu. Foi ela quem o coloriu hoje.

Rabbit desviou o olhar para longe do rosto da artista. Se a encarasse por tempo demais, começava a se esquecer de respirar. Ficava absorto contemplando as estrelas cadentes, os cometas passando velozes, as nebulosas inteiras cintilando naquelas poças de céu noturno. Sempre que pousava os olhos nela, tinha que se forçar a desviar depressa. Havia uma intensidade que o fazia ter medo de acabar preso naquele olhar. Embora não soubesse ao certo se algo assim poderia realmente ser possível, Rabbit vivia no Mundo Encantado – a terra onde o impossível era sempre mais provável do que o esperado.

– Não *a sua* ela – atalhou a artista.

– A minha ela?

– As Rainhas da Sombra. A garota que são duas garotas. – Ela começou a caminhar na sua direção.

Essas conversas com a artista eram uma das poucas alegrias constantes na vida de Rabbit. Ela era inesperada de uma maneira que nem mesmo o mundo fluido à sua volta conseguia ser, mas emanava uma tranquilidade que o alimentava. Antes, quando ainda era a pessoa que fora o tempo todo de sua existência até os últimos dois meses, Rabbit a teria chamado para beber alguma coisa ou dançar, mas a simples ideia de fazer algo tão livre *agora* o enchia de culpa. Racionalmente, sabia que não devia sentir-se culpado por ter sobrevivido, mas se descobrisse alguma maneira de trocar a própria vida pela de Tish faria isso sem pestanejar. Fazendo um esforço consciente, Rabbit afastou esses pensamentos da cabeça.

– Hoje vai me dizer seu nome? – indagou.

Ela abriu um sorriso.

– Você poderia perguntar às Rainhas.

– É verdade – concordou ele. – Mas o nome é *seu*, de qualquer maneira. E eu lhe disse o meu.

– Não. – Ela tomou o pincel da sua mão, tocou a ponta dele nos lábios e começou a traçar pinturas no ar. Raios faiscantes de luz pairaram no espaço à frente de Rabbit. – Você me disse um nome que não é o nome que *eu* devo usar para chamá-lo.

Observou quieto enquanto ela criava uma flor no chão e, a seu lado, um pequeno coelho que ergueu a cabeça para encará-los. O coelho desenhado por ela pareceu rolar na grama em frente a um teixo. Assustando-se de repente, o coelho ilusório correu para se esconder nos galhos mais baixos e de lá espiou o céu com um ar tristonho.

Ela lhe entregou o pincel.

– Você não é um animalzinho.

– O meu pai me chamava de 'Rabbit', e minhas irmãs também, e... É quem eu sou – explicou mais uma vez.

Ela suspirou.

– Ah, não é *tudo* que você é.

– Elas eram a minha vida – murmurou ele. – Antes das minhas irmãs... eu não valia coisa nenhuma, e, sem que elas precisem de mim... sou um nada.

Num gesto suave, a artista segurou sua mão, e ele sentiu a onda fria que emanava da pele dela.

– Luz das estrelas – sussurrou. – Feche os olhos para poder ver.

As palavras não faziam sentido, mas a sensação do corpo dela contra o seu era uma das poucas coisas capazes de fazer com que ele sentisse algo além do vazio. Ela preenchia o buraco com um sentimento puro, e mesmo sentindo a luz que sua pele absorvia, ele tentou se esquivar do seu toque.

– Pinte – pediu ela. – Fique com os olhos fechados e *pinte*.

Ele sentiu as lágrimas escorrendo por suas pálpebras cerradas enquanto movia o pincel. Não havia tela nem nada para acolher as imagens que viu se formarem na sua cabeça, e Rabbit não sabia ao certo se conseguiria vê-las pairando no ar caso abrisse os olhos. Ao contrário das tatuagens, essas eram imagens transitórias.

A mão dela ficou pousada sobre a sua enquanto ele pintava o ar. Rabbit não saberia dizer por quanto tempo os dois ficaram ali.

E nesse dia, enquanto a olhava ir embora, sentiu que guardara consigo uma parte da paz que a presença dela lhe dava.

Observando os dois juntos, Devlin chegou a pensar em intervir: Olivia era uma criatura desconcertante mesmo nos seus dias mais lúcidos. Ela girou o corpo para olhar diretamente nos seus olhos, depois levou um dos dedos até os lábios fechados.

Ele se assustou. Enquanto permanecesse escondido no meio das sombras projetadas pela lateral da casa, ela não deveria avistá-lo. Esse era um truque que descobrira ser útil para observar os acontecimentos do Mundo Encantado sem ser notado por fadas nem por mortais.

Olivia continuou a caminhar na direção da sua casa, e Devlin, depois de se certificar de que Rabbit estava bem da mesma forma que parecia ficar na maior parte dos dias, seguiu-a.

Depois que entraram, ela se sentou no chão. O cômodo principal não tinha nenhuma mobília. Era uma sala vazia com almofadas espalhadas sobre uma esteira.

— As sombras estão ferindo meus olhos hoje. — Ela abanou a mão para ele. — Expulse-as.

Confuso, Devlin obedeceu, deixando que a escuridão que vestia para se esconder afundasse de volta para dentro da sua pele. Não mais escondido, fez um gesto apontando para o chão.

— Posso?

— Por um instante. — Olivia chutou algumas almofadas na sua direção.

— Você pode me ver.

— Tenho olhos. — Ela lhe lançou um olhar intrigado. — Você não se vê?

— Vejo, mas estava escondido. Os outros...

— Não são eu. — Olivia suspirou, depois estendeu a mão para lhe dar um tapinha no joelho. — Fico feliz por você ter a garota que são duas. Quando se está confuso, é bom poder contar com ajuda. Mas quem sabe não devesse sair sozinho desse jeito por aí?

— Quem sabe...

— A garota sempre estava na sua pele quando você me visitava — revelou Olivia. — Era por isso que não dividia a cama comigo?

— Eu... você...

Olivia apertou carinhosamente a mão dele.

— Você precisa que eu o leve até ela? Pode ser desorientador caminhar sozinho quando não se é destinado para ficar a sós.

— É muita bondade sua, Livvy. — Devlin puxou a mão para longe dos dedos dela, libertando-a. — Os outros me veem quando estou envolto nas sombras?

Uma ruga se formou na sua testa quando ela o encarou.

— Por que deveriam? Eles não são eu.

— É verdade. — Devlin abriu um sorriso. — Você vai me avisar se Rabbit precisar de mim?

— Esse não é o nome dele — murmurou ela.

— Está certo. Bem, mas ele... Você me avisa se ele estiver precisando?

Ela assentiu com a cabeça.

— Ele precisa de *mim*, só não está muito certo disso ainda. Mas logo vai estar.

Por um momento, Devlin ficou olhando para ela. Há muitos anos, aprendera que esperar podia ser útil em se tratando de Olivia. Sua noção de tempo era um tanto peculiar, da mesma forma que a noção dele de ordem.

Horas se passaram. Disso, Rabbit estava bem certo. O que ele não sabia era quantas horas haviam se passado. O céu ali não mudava da maneira como costumava acontecer no mundo mortal, e no meio da estranheza da paisagem e com o pesar avassalador que o acompanhava nos últimos tempos, ele nunca sabia com muita certeza que horas deveriam ser.

— Você está se sentindo melhor? — Ani estava envolta em um cinturão de sombras que pareciam ondular e pulsar como se fossem água.

Demorando a entender o que acontecia, Rabbit se perguntou se ela teria consciência daquele ar ensombrecido à sua volta.

— Rab?

A irmã caminhou até ele e pegou algo da sua mão. Ele se deu conta de que ainda estava segurando o pincel que escolhera no começo do dia. Tendo que fazer um esforço, abriu a mão.

— Você precisa... Eu não sei. — Ani passou os braços em volta da sua cintura e pousou a cabeça no seu peito. — Eu preciso que você fique bem, Rab.

— Eu estou tentando. — Ele fez um carinho no cabelo dela. — Só não sei como ser útil *aqui*. O mundo que eu conhecia era o de lá. Minha família, minhas meninas, meu pai... a minha arte. Minha corte.

A irmã caçula ergueu os olhos para encará-lo.

– Você tem família, corte e arte aqui também.

– Tenho. – Ele se obrigou a curvar os lábios num sorriso. – Desculpe.

Lágrimas encheram os olhos dela.

– Você não precisa se desculpar. Só preciso que fique bem outra vez. Quero que brigue comigo, quero ouvir você rindo.

– Eu vou fazer isso – prometeu. Com o polegar, limpou uma lágrima que ainda havia no rosto dela. – Venha para dentro. Conte como foi o seu dia.

Ani se aninhou ao seu lado, e juntos entraram no pequeno chalé onde Rabbit morava. Ela o convidara para morarem juntos, oferecera uma réplica da sua antiga casa mortal, até chegara a lhe propor que tivesse o direito de projetar a moradia que desejasse. Mas, em vez disso, escolhera a região dos artistas.

Porque aqui posso ficar sozinho.

Não que pretendesse ser sentimental, ou nada do tipo. Mas ele havia perdido a irmã, vira Irial ser atacado, fazia tempo que não sabia do paradeiro de Gabriel. E, para falar a verdade, talvez não viesse a receber *mais* qualquer notícia. O portal entre o Mundo Encantado e o mundo mortal agora estava fechado e permitiria somente a passagem de Seth, ao menos até que a Alta Corte e a Corte Sombria entrassem em acordo.

Não que Rabbit desejasse ir para o mundo mortal. Ele só não sabia bem o que estava fazendo ali no meio das fadas. Já tinham se passado mais de dez anos desde a última vez em que ele se vira sem nenhuma responsabilidade assim.

Mas você tem uma responsabilidade.

Ele olhou para a Rainha da Sombra, sua irmã caçula, e sorriu. Ela ainda precisava dele. Isso já tinha ficado bem claro.

Portanto, pare com isso, ele lembrou a si mesmo.

– Eu andei pensando em construir umas máquinas de tatuagem. – Rabbit se afastou da irmã para abrir a geladeira encardida e atarracada, coberta de adesivos de bandas punk clássicas. E puxou lá de dentro uma jarra de chá gelado.

Ani sentou-se junto à mesa verde-limão espalhafatosa e ficou olhando o irmão despejar cubos de gelo nos dois vidros de geleia que usava como copos. O gelo estalou assim que a bebida bateu nele, e Rabbit parou de servir. O chá estava quente.

Ele voltou a abrir a geladeira. Estava funcionando.

– Você fez o chá? – indagou.

A irmã sacudiu a cabeça e começou a se levantar, mas Rabbit a deteve com um gesto.

– Não beba.

Depois de tomar o copo da mão dela, ele foi da cozinha para a pequena sala de estar. Vazia. Examinou o quarto, o banheiro, o ateliê e até o pátio. Não havia mais ninguém lá.

A porta lateral, entretanto, estava escancarada.

Cuidadosamente, Rabbit foi até lá, saiu e ouviu a voz Dela.

– Você está atrasado.

– Atrasado?

– Ou possivelmente adiantado. – A artista lhe olhou de cima a baixo, e depois franziu o cenho. – Essa sua pontualidade está sendo um tanto perturbadora esta noite.

– Ahn. – Rabbit olhou em torno. Embora não tivesse visto mais ninguém, mesmo assim resolveu perguntar: – Foi você que pôs chá na minha casa?

A artista riu.

– Sabia que tinha deixado em algum lugar. – E tomou as mãos dele nas suas quando passou para entrar na casa.

Confuso, ele se deixou guiar até a cozinha.

Chegando lá, fez um aceno de cabeça para Ani e sentou-se à mesa. Em seguida, serviu dois copos de chá. O primeiro deslizou até que ficasse bem à sua frente; o segundo entregou a Ani.

– Rainha.

Ani aceitou o chá com um sorriso.

– Olivia.

– Olivia – repetiu Rabbit.

– Sim?

– Você é Olivia.

Ele foi até o armário buscar mais um copo, mas, assim que o pegou, a fada – *Olivia* – disse:

– Não.

Ele se virou.

Ela lhe estendeu seu copo.

– Você bebe comigo.

Nem o olhar nem a mão de Olivia estremeceram por um segundo sequer enquanto ele se aproximava.

– Está bem. – Pegando o copo, Rabbit bebeu dele. Junto com a bebida, uma sensação estranha de paz foi descendo pelo seu corpo. Hesitante, ele sorveu mais um gole. – Isto aqui... O que é isto, *afinal*?

– Chá e luz das estrelas. – Ela gesticulou com uma das mãos, erguendo-a como se fosse capaz de controlar o movimento do copo sentada do jeito como estava.

Obediente, tomou o resto da bebida até o fim.

– Por quê?

Olivia sacudiu a cabeça.

– Se for para eu ficar, você terá que se acostumar com a luz das estrelas.

— Ficar? — repetiu.

— Você precisa de mim. — Ela se virou para olhar na direção da porta. — Precisarei que a casa aumente e que o meu ateliê seja trazido para cá.

Rabbit fitou a entrada vazia da casa enquanto Ani começava a dizer:

— Eu posso...

E nisso Devlin entrou, cortando suas palavras.

— Mas o que... — Ele parou para registrar a composição do pequeno grupo ali reunido. — Livvy? — Num piscar de olhos, tirou o copo da mão de Ani. — Não beba isso.

— Por quê?

— Não serve para nós. — Devlin endireitou o copo, despejando o conteúdo de volta na jarra.

Por um instante, os quatro ficaram em silêncio, até que Olivia sorriu para Devlin e Ani.

— O meu ateliê deve ficar aqui agora. — Ela olhou para Devlin, e, depois que ele assentiu, inclinou a sua cabeça numa reverência para o Rei e a Rainha da Sombra. — Mande saudações minhas à outra rainha.

— Você pode vir até o meu ateliê — Olivia falou para Rabbit e, em seguida, dirigiu-se para uma porta que não estava ali antes. A porta foi se abrindo à medida que ela se aproximava, dando lugar a um corredor.

Por um segundo, ele hesitou. Mas foi apenas por um segundo.

— Então Olivia acaba de vir morar comigo?

— Aparentemente, sim — observou Devlin. — Talvez seja bom perguntar a ela sobre a luz das estrelas.

Depois que Rabbit havia desaparecido, Devlin virou-se para Ani e sugeriu delicadamente:

— É melhor deixarmos os dois a sós.

– Mas e se ela machucar...

– Ani? – Devlin tomou a mão dela na sua e a guiou na direção da porta. – Olivia não faria mal a Rabbit.

– Talvez não intencionalmente, mas...

– Não – interrompeu ele. – Ela não poderia fazer mal a ele. Acho que na verdade não seria *capaz* disso agora. – Devlin inclinou-se mais para junto de Ani. – Ela lhe deu luz das estrelas, e ele escapou ileso.

– Eu não estou entendendo.

– Ela deu uma parte da sua energia a ele, da sua paz, uma parte de *si mesma*. – Devlin correu as pontas dos dedos pela linha do maxilar de Ani, descendo pelo seu pescoço. – Os dois estão sendo nutridos pela luz das estrelas, que é a essência dela. Olivia vai curar o seu irmão.

– Por quê? – O olhar de Ani ricocheteou na porta que agora levava ao ateliê da artista. – Fico feliz por saber que ela está tentando curá-lo, mas *por quê*?

Devlin agora corria o dedo pela beirada da clavícula de Ani.

– Por que você me nutre? Por que eu alimento você?

Ouvindo isso, ela ergueu os olhos para encará-lo.

– Então eles...

– Estão juntos – completou Devlin.

– Juntos – ecoou ela. – É isso que nos define também?

– Não. – Ele começou a fazer o caminho de volta com os dedos, pela clavícula até subir pelo pescoço. E parou ali. – Estamos mais do que simplesmente juntos, *muito* mais que isso. Você – e ele sentiu o pulso dela se acelerar debaixo dos seus dedos – é o ser encantado que me dá força, que me dá uma razão para me levantar de manhã, que me enfurece, que me enche de ira, que me cativa.

– Oh – suspirou.

Ele inclinou o corpo para beijar-lhe o pescoço.

– Você é minha paixão, minha fúria e meu espírito.

– Oooooh – ela gemeu num sussurro.

– Preciso explicar mais? – Ele afastou o corpo para olhar dentro dos seus olhos.

E a sua linda Hound o brindou com um sorriso perigoso.

– E pensar que você costumava ser uma criatura racional. – Ela puxou o rosto dele para junto do seu e o beijou com a intensidade abrasadora que só Ani era capaz de mostrar.

Rabbit ficou parado um instante, sem saber bem como devia agir. Compreendia que algo acontecera, que beber luz das estrelas não era corriqueiro, que estar às voltas com uma fada que havia decidido se mudar para sua casa era... no mínimo atípico. Ao mesmo tempo, ele havia se transformado no tutor das irmãs mais ou menos da mesma maneira: num dia estava cuidando da sua vida solitária, no dia seguinte transformara-se num irmão mais velho e na figura paterna para duas monstrinhas. E ele era um Hound – não inteiramente, claro, mas também não era um simples mortal. E se Olivia não era uma Hound, ela com toda certeza também não podia ser definida como mortal.

Sem dizer uma palavra, Rabbit entrou no ateliê que agora fazia parte da sua casa.

Minha casa. *Nossa casa agora.*

Ela o olhou de relance, e por um instante ele viu um brilho de medo no seu olhar.

– Você pode me dizer o seu nome? – indagou Olivia.

Que nome é esse que ela busca?

Ele olhou para ela, a criatura mágica que pelo visto decidira mudar-se para a sua casa, e se perguntou o que *deveria* estar sentindo nesse momento. Ela começou a cantarolar baixinho consigo mesma enquanto pintava a parede à sua frente. Ele ficou sem saber como agir.

– Você está vivendo aqui agora?

– Isso. Com você. – Ela não se virou para fitá-lo, mas o movimento da sua mão parou por um instante. – Você já sabe dizer qual o seu nome?

– Meu nome...

Olivia emitiu um som que saiu muito parecido com um rosnado.

– Eu passei seis séculos esperando a sua vinda. Mas você ainda não era nascido, depois não estava aqui, e agora finalmente está. – A sua voz agora soava ofegante, abalada pela primeira vez desde que haviam se conhecido. – E eu esperei. Eu fui paciente. Desenhei muitas e muitas coisas, mas elas não me bastaram.

Rabbit caminhou até ficar bem atrás dela. Titubeante, passou os braços em volta do seu corpo.

– Olivia?

– Eu mereço outro nome. Eu *esperei*. – Ela reclinou o corpo no seu, e ele pôde ver o rastro de luz das estrelas nas lágrimas que caíam pelo seu rosto. – Sabia que você viria triste, mas eu estaria aqui ao seu lado. Eu o tornaria completo. – Ela ficou de frente para ele. – E agora vou ficar completa. Finalmente.

– Comigo.

– Com você – soprou ela. Os olhos cintilavam com pequenos clarões, e pela primeira vez ele não tentou desviar o olhar.

– Você vai ficar comigo, esperou por isso, e agora estamos juntos – repetiu para si mesmo.

Ela virou o rosto para cima, à espera do beijo que ele pousou cuidadosamente em seus lábios. E a paz que Rabbit vinha buscando, que naquela manhã mesmo o havia enchido de desespero por não conseguir encontrar, deslizou dos lábios de Olivia para inundar o seu corpo. Não era uma paz eterna – *não ainda* –, mas era o melhor que conseguia sentir desde que tudo começara a sair terrivelmente errado na sua vida.

Ou até desde antes disso.

Ele podia não ter a essência completa de um Hound, mas era Hound o suficiente para compreender aquilo que Olivia estava esperando que percebesse.

— Qual o seu nome? — indagou com voz suave. — Agora já sabe me dizer, não sabe?

— Marido — confirmou ele. — Companheiro. *Seu.*

E a sua parceira começou a brilhar, a pele cintilando com a mesma luz celestial que ele via em seus olhos quando ela o encarava.

— Sim. Marido. Companheiro. Meu. — E ela riu, ficando ainda mais linda do que ele imaginou que fosse possível, para então concluir: — Você finalmente chegou em casa.

Lágrimas banharam seus olhos, mesmo com a avalanche de felicidade que sentia. Ele havia perdido uma das suas irmãs e estivera a ponto de perder o ser encantado que fora seu amigo e sua família desde a infância, mas agora encontrara a companheira que nunca havia imaginado ter.

Uma parceira.

Um lar.

Olivia endireitou o corpo e puxou-o delicadamente para o meio do ateliê. Com a mão dele bem presa na sua, falou:

— Agora finalmente podemos conversar.

E pela primeira vez desde que conhecera o Mundo Encantado, Rabbit perdeu a noção do tempo não por causa da dor que sentia, nem por causa do bizarro céu de algodão-doce, mas porque se deixou perder na jornada para descobrir a fada que estava destinada a ser a sua parceira.

Família Inesperada

— Só PODE SER BRINCADEIRA. — SETH JOGOU A CARTA EM CIMA da mesa e começou a zanzar nervoso pelo pequeno espaço do vagão de trem que lhe servia de casa. Ele andava tão envolvido com a política encantada, com seu papel sempre mutável entre os seres mágicos, com suas viagens ao Mundo Encantado e com seu relacionamento com Aislinn – agora em *outro* patamar – que não se lembrara de conferir a pilha de cartas que se acumulavam na caixa de correio.

Pegando a carta de cima da mesa, Seth examinou novamente o seu conteúdo. As palavras saltaram diante dos seus olhos, palavras que ele com toda certeza teria preferido ignorar: *acampamento... sem serviço de correio... esperar por você aqui*. Ele amassou o papel entre as mãos e desejou que a tranquilidade sentida quando estava no Mundo Encantado pudesse ser obtida naquele momento.

— Por quê? — Fechando os olhos, Seth inspirou e expirou várias vezes na tentativa de se acalmar.

Um... dois... três... Mas como vou conseguir chegar lá? Ele atirou a carta de volta na mesa para junto da pilha menos frustrante de envelopes e edições atrasadas de revistas que se acumularam na sua caixa de correio fechada ao longo de meses.

Nesse último ano, não apareceram muitas oportunidades de pensar nas limitações da sua vida mortal – como a falta de um carro, por exemplo. Mas, com todo o dinheiro que tinha guardado, Seth certamente *poderia* escolher ir de avião: afinal, sua condição bizarra significava que sua saúde não seria afetada na presença do ferro como acontecia com a maior parte dos seres encantados. O caso era que andar de avião nunca lhe agradara. Seth bufou diante da mentira que havia acabado de tentar contar para si mesmo. *Nunca lhe agradara?* Ele tinha pavor de avião. Não lhe parecia natural a ideia de se enfiar num tubo gigantesco – *e pesado* – de metal e se forçar a acreditar que ele não despencaria do céu na primeira oportunidade.

Quando tinha catorze anos, Seth descobrira que o estresse do voo podia ser reduzido substancialmente com umas boas tragadas, mas já fazia tempo que havia parado de fumar. E na época fizera questão de sumir com o narguilé e todo o papel de seda que havia no seu vagão: voltar aos baseados não era uma opção viável.

Voar está fora de questão.

Isso fazia com que restassem as alternativas de pegar um ônibus, um trem ou ir de carro. E nenhuma delas lhe parecia especialmente atraente. Seth sacudiu a cabeça. Mesmo estando longe, seus pais nunca facilitavam as coisas.

Quando olhou para o mostrador do relógio, viu que já estava ficando atrasado.

Atrasado para ser o mensageiro das más notícias.

– Genial – resmungou para si mesmo, enquanto cruzava o pequeno corredor para chegar ao banheiro e tomar uma chuveirada.

Trinta minutos depois, Seth pegou o papel amassado da carta, enfiou no bolso do jeans e saiu por Huntsdale na direção do primeiro dos dois lugares que precisaria visitar na cidade antes de pegar a estrada. Enquanto caminhava, percebeu que não conseguia descobrir qual dos dois compromissos seria o mais desgastante. Para alguém que havia passado os últimos dois anos aprendendo a manter os próprios impulsos sob controle, ele bem que poderia ter escolhido oferecer sua lealdade a seres encantados que partilhassem dessa característica. A Rainha do Verão era a personificação da inconstância, ainda mais agora que carregava a essência pura do Verão dentro de si. Fazia apenas uma semana que Aislinn se tornara a monarca da Corte do Verão e umas poucas semanas que as cortes do Inverno, Sombria e do Verão tinham conseguido derrotar juntas a Bananach, porém Aislinn já estava se mostrando mais verdadeiramente talhada para a regência solitária do que ele esperara. Ela ainda precisava se acostumar com a ideia de que detinha todo o poder, mas o relacionamento entre os dois estava correndo da maneira como Seth sempre sonhara.

Perfeito.

Já o outro ser encantado que preciso encontrar... Seth sacudiu a cabeça. *Aquela parte* não estava de maneira alguma bem resolvida. O Rei Sombrio vinha se esquivando regularmente de qualquer contato com ele.

Um regente volúvel de cada vez, por favor.

Seth subiu as escadas que levavam ao loft da Rainha do Verão. Assim que passou pela porta, parou um instante para observar enquanto ela ria com seus conselheiros. Cada movimento de Aislinn espalhava faíscas de sol à sua volta. Olhar para ela alegre daquele jeito fez Seth pensar nas ilustrações que vira do sistema solar: a rainha era o Sol, e o resto da corte estava radiante no momento porque refletia a sua personalidade resplandecente. Olhar para ela fazia Seth desejar fazer qualquer sacrifício na tentativa de atrair toda aquela alegria solar para si, mas ele entendia bem a diferença entre amor e cair numa armadilha. *Se eu tivesse me tornado seu súdito, isso teria nos destruído.* Era a igualdade entre as partes que tornava os relacionamentos possíveis.

Mas, obviamente, isso não significava que fosse imune a ela. Quando Aislinn riu de algo que algum dos conselheiros mais próximos dissera, a luz do sol inundou o ambiente banhando tudo com a sua alegria, e Seth teve que inspirar com força.

Ela se virou.

No espaço de tempo que aquela lufada de ar levou para ser sorvida, Aislinn atravessou a sala para cair em seus braços. Em vez de dizer qualquer coisa, ela o cumprimentou com um beijo que teria deixado Seth ferido caso fosse um reles mortal. Raios de sol explodiram em volta dos dois, rolando pela sua pele numa onda de prazer e fazendo-o se sentir grato por não ser tímido com demonstrações públicas de afeto. Não que Aislinn tivesse uma veia exibicionista, mas sua corte era baseada no princípio do prazer. Qualquer inibição que pudesse ter tido na sua vida anterior agora havia sido descartada.

Assim como a minha camisa, percebeu ele, quando sentiu as mãos de Aislinn deslizarem pelo seu peito nu.

– Ei – sussurrou Seth, afastando o corpo.

– Desculpe. – Ela deu um sorriso um pouco acanhado. – Ainda estou tentando me acostumar a ter o Verão por inteiro, e estamos na primavera, e...

Ele a beijou e depois deu um passo para trás, mantendo um dos braços enlaçado a ela.

– Eu entendo – falou, abaixando-se para pegar a camisa chamuscada e fumegante do chão. *As vantagens de usar sempre camisetas pretas.* Voltou a vesti-la. – Posso falar com você por um minuto?

O pânico de Aislinn fez a temperatura no recinto disparar de um jeito desconfortável. As fadas à sua volta pararam de dançar; os casais deram um tempo nos beijos; e até o farfalhar do emaranhado de plantas como uma floresta tropical pareceu se aquietar. O estado de ânimo dela provocava reações nos seus súditos; ela era o centro de todos eles. Era assim que funcionava com todos os regentes.

Apressado, Seth emendou:

— Está tudo bem entre a gente. Só queria ter uma conversa sem ninguém por perto.

— Ah — disse ela num sopro. O sorriso voltou, e, diante da sua alegria, a atividade no loft, assim como em toda a Corte do Verão, presumivelmente, retomou o ritmo normal.

A Rainha do Verão o segurou pelas mãos e o conduziu através do espaço cada vez mais atravancado de plantas e cruzou um riacho — *quando foi que isso apareceu?* — que agora gorgolejava por um dos corredores. Pelo visto, as diferenças entre o lado de fora e o de dentro tinham se desvanecido durante a última semana.

Seth fitou a água corrente assombrado, depois ergueu os olhos para encará-la tomado pela mesma onda de admiração. Às vezes, parecia difícil lembrar como era a vida antes de Aislinn. Seth havia se apaixonado por ela meses antes de a jovem reparar que ele havia parado de convidar outras para sair. Em vez de ir embora para o seu curso de arte, ficara na cidade — e terminara indo para o Mundo Encantado e sendo transformado lá. Todas essas escolhas haviam sido feitas com a crença absoluta de que eram as corretas, e na semana anterior ele tivera a dimensão exata do *quanto* tinham sido corretas.

Agora eu só preciso organizar minha vida mortal.

Não que ele ainda fosse um mortal no sentido mais estrito do termo. Quando estava no Mundo Encantado, tornava-se mortal, mas no mundo mortal Seth era mágico. E, desde a tal viagem para o Mundo Encantado, os assuntos mortais vinham tendo uma participação cada vez menor na sua vida. Mas sabia fazer e desfazer um feitiço tão facilmente quanto conseguia respirar, e portanto não fora preciso deixar de lado o hábito de frequentar o Ninho do Corvo nessa nova fase da sua vida. Por outro lado, como ele só frequentava o bar na companhia de seres encantados, Seth também não experimentara o desafio de tentar manter muitas interações sociais normais.

Encontrar os pais significaria ter que lidar com coisas que Seth não sabia se estava pronto para enfrentar.

Assim que entrou no quarto de Aislinn, ele parou e ergueu os olhos. A cama havia desaparecido. No lugar dela, via-se uma trepadeira que, enroscada em si mesma, mais parecia um grande tonel de pétalas de flores pousado no alto de uma árvore.

– Ash?

Ela mordeu o lábio e ficou com as bochechas coradas.

– Eu estava sonhando e quando acordei – ela encolheu os ombros – tinha ficado desse jeito. Agora não consigo descobrir o que fazer para me livrar de tantas pétalas.

– Mas cadê a sua cama? O seu colchão?

– Isso aí *é* a minha cama. Ela era feita de madeira, e acho que de algum jeito eu fiz a madeira começar a brotar e crescer. E o colchão – Aislinn saiu flutuando para o alto, aparentemente alheia ao fato de que o ar era para ela o que o chão era para a maioria dos seres encantados – está bem aqui, só que coberto de pétalas. – Ela fez soprar uma brisa leve por cima da cama, e, pelo meio da chuva de pétalas que caiu à sua volta, Seth a viu dar tapinhas no colchão. – Está vendo?

– Estou. – Ele abriu um sorriso. *Esse* era o mundo em que ele havia vivido, pelo qual tinha lutado e no qual desejava ficar. Claro que ele ainda precisava equacionar certos detalhes, principalmente o equilíbrio entre a história com o Rei Sombrio e a sua posição como ser encantado pronto para defender os direitos de qualquer ser encantado solitário. Ele certamente precisava arranjar uma maneira de lidar com tudo, mas andava pensando no assunto. Já a sua vida mortal, por outro lado, fora praticamente ignorada. E Seth bem que gostaria de continuar fazendo a mesma coisa, de ignorar a carta que trazia no bolso, mas não seria possível.

– Vou precisar passar uns dias fora, Ash. Não – ele ergueu uma das mãos quando ela abriu a boca para interromper – para ver minha mãe... não *Sorcha*. Os meus pais humanos me escreveram uma carta. Eles estão com um problema e precisam que eu vá até lá para ajudar.

Aislinn franziu o cenho.

– Como assim, um problema? Lá onde?

– Eu estou com as coordenadas, a latitude e a longitude. Eles estão acampados nas montanhas... o que significa que preciso ir até a Califórnia, caminhar até o local exato, e... Não sei. Disseram que precisavam de mim com urgência, e a tal carta foi escrita há pelo menos duas semanas. Preciso partir *já*. – Seth não conseguiu disfarçar totalmente a amargura, mas fez o que pôde para isso.

Ao contrário de Aislinn, ele não tinha nenhum grande desejo de continuar fazendo parte do mundo mortal. A única e maior exceção eram os assuntos que envolvessem seus pais. Aqueles dois podiam ser esquisitos às vezes, mas eram *seus*. Desde que fora embora, dois anos antes, eles vinham mantendo contato por meio de telefonemas e cartas esporádicas e também haviam feito uma visita inesperada numa certa terça-feira. Chamara a sua empreitada de "missão" quando decidiram partir, mas não importava qual fosse a igreja ou seita da qual estivessem fazendo parte na ocasião, não havia passado de mais um interesse temporário na vida da sua mãe. Só que, em vez de voltarem para Huntsdale quando o interesse minguou, a decisão fora seguir adiante, atrelando um impulso aleatório a outro, e Seth já não sabia mais se invejava ou sequer admirava aquela vida que levavam.

Aislinn sentou-se na cama, ainda com a testa franzida.

– Não posso ir com você. Não sei se estou pronta para sair pelo mundo sem a minha corte. Ainda preciso de um tempo para me acostumar à ideia de ter o Verão em mim.

– Eu sei. – Seth escalou os galhos da trepadeira para sentar-se ao seu lado. – Não achei mesmo que fosse comigo.

– Mas eu quero... – começou ela.

– Ash? – Seth puxou-a mais para perto de si. – Você acabou de usar a luz do sol para flutuar até aqui em cima. E transformou sua cama numa árvore, ou moita, ou sabe-se-lá-o-que-é-isso enquanto estava dormindo.

Ele entrelaçou os dedos nos seus cabelos, e ela inclinou o corpo na sua direção do mesmo jeito que as plantas do loft se inclinavam para acompanhar a sua passagem.

– Posso mandar Tavish ou algumas das Garotas do Verão para proteger você... – As palavras dela foram morrendo. – Quer dizer, algumas delas agora se tornaram guardas.

Uma chuva suave caiu dentro do quarto com o nervosismo dela. Aislinn não chegou a mencionar o conflito recente que Seth tivera com Niall ou o seu medo de que o Rei Sombrio resolvesse que não seria mais tão benevolente com o ser que agora era o seu ponto de equilíbrio no funcionamento geral das coisas. Para Seth, não restou outra opção senão tocar no assunto.

Ele colocou a mão no queixo dela e fez com que ela o encarasse.

– Vou ficar bem. Prometo. – E fez uma pausa antes de confessar: – Vou pedir a Niall que me acompanhe.

Aislinn se desvencilhou da sua mão e se afastou.

– Eu não confio nele.

Seth se aproveitou da velocidade e da força que a condição de ser mágico lhe garantia. Ele a alcançou e a prendeu embaixo de seu corpo.

– Ele é meu amigo. Eu confio.

– Pois não deveria. Ele é o Rei *Sombrio*, Seth. Não se pode confiar em Niall, principalmente agora que está vivendo com a Discórdia sob o mesmo teto. Se eu lhe pedisse para não ficar tanto tempo na compa...

– Não. Niall é meu amigo, meu *irmão*, e Irial é... Bem, ele não é necessariamente uma criatura boa, mas no momento está tão empenhado em fazer Niall feliz que duvido que sequer vá se ocupar em aprontar qualquer coisa.

– Mesmo assim, a ideia não me agrada – falou ela, altiva. – Pelo menos aceite levar guardas enviadas por mim.

– Não. – Apoiando o peso do corpo nos antebraços, ele a encarou. – Não tente me controlar, Ash. Eu amo você, mas não sou seu súdito. Não faço parte da Corte do Verão.

– Você também não faz parte da corte dele. Na vez em que foi treinar lá a situação era diferente. E eu já não tinha gostado, mas agora... – Ela o encarou com minúsculos oceanos cintilando nos seus olhos. – Você agora deve ser o opositor dele, o ser encantado destinado a manter Niall na linha, sabe? Eu tenho medo.

Seth tratou de dissipar essas palavras com um longo beijo.

Vários minutos mais tarde, ele enfim afastou o corpo e disse num sussurro:

— Você está sendo superprotetora comigo, Ash. — Mais um beijo, agora no pescoço dela. — Está preocupada e por causa disso fica enxergando problemas onde não existem. — As palavras seguintes foram ditas num sopro contra a sua orelha: — Eu não sou mais um mortal frágil. Estou transformado.

— Também estou. — A Rainha do Verão ergueu os olhos para encará-lo. — Às vezes, creio que isso significa que estou um pouco maluca.

— Eu sei. — Ele deu um sorriso. — Mas de maluco eu não tenho nada. Nós nos completamos.

A noite mal havia se instalado, e o Rei Sombrio já estava de péssimo humor. Ele atirou o telefone na parede, onde se espatifou em um número satisfatório de pedaços.

— Más notícias? — Aquela voz era inconfundível, até mesmo no escuro. Até bem poucas semanas antes, a presença de Seth seria uma distração bem-vinda, mas aquela situação de ter sido quase-assassinado-por-Niall-e-ele-ter-lhe-deixado-uma-cicatriz-no-rosto criou um clima estranho entre os dois.

— Não — respondeu ele. — Notícia nenhuma, para falar a verdade. Ela não telefonou.

— Desde?

— Ontem — admitiu Niall. — O que ficou combinado foi ela passar os finais de semana com a gente e a semana na faculdade, mas achei que fosse telefonar com mais frequência.

O riso que escapou dos lábios de Seth foi rapidamente transformado num acesso de tosse em vista do olhar fuzilante lançado por Niall, mas o traço de humor na expressão do seu rosto permaneceu inalterado. Naquele segundo, quase que tudo voltou a ser como *antes,* como no tempo em que as coisas entre os dois não eram tão tensas.

– Você podia ligar para ela e avisar que vai passar uns dias fora – sugeriu Seth. – Estou precisando fazer uma viagem. Pensei que talvez quisesse me fazer companhia.

– Por quê?

Ele deu de ombros.

– Detesto viajar de avião. E não tenho um carro. – E emergiu do meio das sombras. – Além do mais, achei que seria mais difícil você continuar me evitando se estivéssemos os dois trancados num mesmo automóvel. Precisamos conversar.

Cheio de cautela, Niall observou Seth atravessar o piso recentemente limpo do galpão. Ele não tentou negar que andava evitando contato.

– Ser seu opositor não quer dizer que eu vá deixar de ser seu irmão. E, se for para ser *assim*, acho que prefiro renunciar a minha posição – observou Seth em voz baixa, parado agora bem à frente do trono de Niall.

Sem ter nenhuma resposta da parte do regente, acrescentou:

– Você pode ficar sentado aqui sentindo saudades da Leslie, pode ir criar o seu inferno particular ou pode vir comigo.

– Mas Irial...

– Acha que é uma ideia *fantástica* – interrompeu o antigo Rei Sombrio, abrindo as cortinas por trás do trono de Niall e subindo ao palanque. – Eu tomo conta das crianças enquanto você estiver fora. As últimas semanas foram muito difíceis para você, meu amor. Vá tirar umas férias com – ele acenou na direção de Seth – o calouro da Ordem.

Seth respondeu com um gesto obsceno.

– No momento não tenho tempo livre para isso, garoto. Mas vou me lembrar da oferta caso esteja precisando de material para arranjar confusão com a sua amada Rainha do Verão.

Irial inclinou o corpo e apoiou a mão no ombro de Niall com um ar possessivo.

Niall ergueu os olhos para encará-lo.

– Sua raiva e sua ironia são perfeitamente adequadas para a corte, mas a corte não é minha prioridade número um no momento. – Irial abriu um sorriso. – Ela *será* minha prioridade quando estiver fora, porque então se tornará útil para o meu objetivo.

– Qual é o seu objetivo? – Niall sabia a resposta, talvez soubesse desde sempre, mesmo assim gostava de ouvir.

O riso que escapou da boca de Irial era a essência mais pura da Corte Sombria.

– Tenho objetivos variados, neste caso estava falando da sua felicidade. Vá com o garoto e deixe que cuido da corte como se fosse o rei, porque seria isso que você *e* Leslie desejariam de mim.

– Espere lá fora – falou Niall para Seth, sem tirar os olhos de Irial para conferir se o outro tinha obedecido a sua ordem ou não, agarrou-o pelo pulso.

Irial agiu como se não tivesse reparado que estava sendo segurado.

– Sei o que está sentindo o tempo todo. Está com medo de que ele vá se tornar seu inimigo agora que é a sua oposição, mas não é necessário que exista nenhum antagonismo entre os dois. Você também teme que ele vá se mostrar ressentido por causa da cicatriz no rosto, mas – Irial estendeu a mão e passou os dedos sobre a marca no rosto de Niall – os seres encantados mais sensíveis costumam achar as cicatrizes bem atraentes.

O amor e o desejo se misturaram num coquetel inebriante, e Niall fechou os olhos enquanto era inundado pelas emoções de Irial. Ele não os manteve fechados ao receber do outro um beijo que o fez se sentir um idiota por ter passado, sozinho e no escuro, a hora anterior.

Seth vai esperar.

Minutos se passaram, até que o som de passadas veio interrompê-los. Nem Niall nem Irial deram qualquer atenção à intromissão, até que Seth perguntou com voz de riso:

– Pelo visto encontrou a cura para o seu mau humor, não é, Irmão?

Irial olhou por cima do ombro para encarar Seth.

– Voyeur.

– Essa não é uma posição que se possa evitar facilmente na corte de Ash... ou nesta aqui. – Seth manteve os olhos pregados apenas em Niall ao falar. – E, além do mais, não há nada de errado com o que aconteceu, então por que me incomodaria? Só quero é que Niall seja feliz.

Ouvindo isso, Irial teve que rir.

– Se não soubesse de tudo, garoto, seria capaz de jurar que você simplesmente falou o que achava correto para obter um favor.

Ele beijou Niall outra vez e, depois, o empurrou para longe.

– Agora trate de ir logo ou teremos que mandar esse garoto ficar longe daqui por algumas horas.

– Desculpe, mas preciso tentar pegar um ônibus se você não for comigo. – As emoções de Seth eram uma teia de preocupação, frustração e tristeza, mas Niall não sabia se eram por causa do que conversavam naquele momento ou se Seth estava sentindo tudo aquilo em razão da tal viagem que precisava fazer.

– Pode ir – sugeriu Irial. Ele se sentou no trono do Rei Sombrio. – Quem sabe não organizamos uma festa enquanto você estiver fora?

– Ótima ideia. – Depois de um olhar demorado para o ser encantado que havia voltado a habitar sua casa depois de séculos separados, Niall se voltou para Seth. – Para onde vamos?

– Encontrar os meus pais... meus pais mortais. – A preocupação e a raiva do rapaz flamejaram outra vez. – Você pode arrumar um carro, ou algo semelhante?

Niall assentiu.

– Vamos lá.

O cavalo que conseguiram havia pertencido a um Hound morto durante a guerra mais recente. Ele tinha assumido a forma de um Mustang e se comportava como um carro de verdade – exceto pelo fato de nunca precisar ser abastecido e de se recusar veementemente a tocar qualquer música que não aprovasse. As estações de rádio mudavam aleatoriamente, e uma tentativa de fazer tocar uma canção não permitida fez com que um dos CDs de Niall fosse cuspido e acabasse em pedaços. *Mas quem é que ainda usa CDs?* Seth, numa decisão sábia, preferiu guardar essa pergunta para si mesmo, enquanto concluía que seria melhor nem tentar plugar seu tocador de MP3 ao aparelho de som.

No início, Niall permaneceu quieto no banco do motorista. Ele não emitiu qualquer comentário a respeito da música, do CD espatifado ou do trânsito lá fora, mas Seth era amigo do Rei Sombrio havia tempo suficiente para saber que um silêncio daqueles não era mau sinal. Na verdade, era uma demonstração reconfortante de familiaridade.

Quem poderia imaginar que fadas se tornariam tão familiares *na sua vida?*

Eles já estavam fora de Huntsdale havia mais de uma hora quando Niall finalmente falou:

– Então, sobre aquela história do olho...

– A 'história' que você quer dizer é a ocasião em que você tentou enfiar um atiçador escaldante no meu olho? Ou é alguma outra? – indagou Seth. Esse, acima de qualquer outro, era o grande motivo de ele ter feito o convite a Niall para viajarem juntos: os dois precisavam conversar.

Chega de segredos.

– O atiçador. – Niall soltou o volante, pelo visto bastante confiante de que o cavalo seguiria sozinho no rumo certo. Ele apalpou o bolso interno da jaqueta, tirou o maço de cigarros e pegou um. – Ainda bem que não tive sucesso com o atiçador.

Seth deu uma risada curta.

– Eu que o diga.

– Mas, quanto à cicatriz... Desculpe. – Niall lhe lançou um olhar de relance. – Se eu tivesse como mudar o passado, gosto de pensar que mudaria isso.

Durante um minuto, que pareceu se alongar mais e mais, Seth não falou nada. Conversas sobre erros e pedidos de desculpa necessários seriam muito mais fáceis se os dois fossem capazes de mentir, ainda que só um pouquinho. A incapacidade dos seres encantados para a mentira criava situações às vezes desconfortáveis.

Niall acendera o cigarro e agora estava fumando em silêncio. Uma das mãos havia pousado de volta no volante, mas Seth tinha quase certeza de que ainda era o cavalo que controlava o trajeto. Viajar dessa maneira era mais fácil e rápido do que usar um carro de verdade, mas às vezes ele tinha dificuldade de se lembrar de que o veículo era uma criatura viva. Talvez dentro de alguns séculos aquilo mudasse, mas sua condição mágica ainda era recente a ponto de fazer Seth sentir o impulso de pedir a Niall que prestasse atenção à estrada.

Aquele laço de amizade era importante demais para os dois, e Seth não deixaria que o conflito recente azedasse ou desgastasse a relação dos dois. Ele havia se tornado uma criatura mágica principalmente por causa de Aislinn, mas Niall não deixava de ser um fator importante. E ele também havia tomado a decisão de procurar deliberadamente Niall quando o Rei Sombrio não estava bem – apesar de saber que isso talvez pudesse resultar na sua morte e do fato de que *havia mesmo* resultado num ferimento. De qualquer jeito, Niall enfrentara o antigo Rei do Verão por causa de Seth, oferecendo a sua proteção quando ele ainda era um mortal. E tudo isso significava que o vínculo entre os dois era valioso demais para que eles o deixassem ser destruído.

– Você lembra que me contou que podia sentir o gosto das emoções dos outros? – indagou Seth.

Niall assentiu.

– E então, eu o perdoei?

– Não sei. – Niall deu uma tragada no seu cigarro. – Você está num conflito interno por causa de algo. Afinal, o Rei da Ordem...

– Rei, não. – Seth estacou de repente. Ele não queria ficar responsável por ninguém; tampouco queria ser colocado contra Niall novamente, em momento algum. Se havia concordado em fazer isso fora para ajudar Niall no meio de uma guerra, mas os acontecimentos da última semana, a realidade do que aquilo tudo poderia significar no fim das contas, agora pesava nos seus ombros.

Niall se virou para encará-lo.

– Chame como quiser, Seth. Para o ser encantado incumbido de *equilibrar a minha energia*... Você não me parece muito equilibrado no momento. Raiva, preocupação, dúvida, medo, e – Niall inspirou – esperança.

— Parece que você está sentindo tudo certo. — Seth mordeu a argola que usava no lábio, medindo as palavras.

— Você pode nos deixar invisíveis? — pediu Niall ao Mustang. Assim que o cavalo respondeu com um som de rosnado que ecoou no interior do veículo, Niall reclinou o seu banco e parou com a sua encenação de motorista. — A paz entre as cortes seria melhor. A minha corte está mais forte agora que tenho um ponto de equilíbrio... e tenho a incorporação da Discórdia vivendo em casa.

— As recusas de Leslie ajudam também — observou Seth. — Vocês três ficam melhores juntos, mas às vezes precisam estar juntos a distância.

Niall ralhou:

— Isso é sua opinião ou uma previsão do futuro?

— Sim — respondeu Seth.

E com isso os dois voltaram a mergulhar num silêncio quebrado apenas pelas músicas que o cavalo permitia que tocassem e pelos ruídos vindos do mundo passando veloz do lado de fora. Eles pararam para abastecer e suprir outras necessidades. Na primeira parada, trocaram de lugar — mais para variar um pouco do que por importância — e, na parada seguinte, trocaram de volta porque, como Niall observara, Seth não conseguia relaxar no banco do motorista. A ilusão do cavalo que tomava a forma de automóvel o deixava desconfortável.

Eles haviam retornado à invisibilidade e estavam costurando pelo meio do trânsito num ritmo estonteante quando Seth enfim disse:

— Então, para sermos honestos, se eu encontrasse um meio de burlar essa história de equilibrar-o-Rei-Sombrio...

— Você está pensando em fazer isso? — quis saber Niall.

— Não quero ser seu inimigo.

O cavalo se metamorfoseou num utilitário com bancos muito largos enquanto eles estavam falando. Seth tratou de passar para a parte traseira pensando que, se ele estava lhe oferecendo uma cama improvisada, dormir um pouco certamente lhe faria bem.

– Opositores não são inimigos – falou Niall depois de mais um momento de silêncio entre os dois. – Também não quero que haja raiva entre nós.

– Então chega de tentar queimar meus olhos ou qualquer outro tipo de agressão – avisou Seth. – Quero que prometa, Niall. Não importando se vou ficar nesse cargo ou dar um jeito de me livrar dele, me prometa que não vai me prender nem me atacar outra vez. Não interessa o quanto você pode ficar irritado ou que a Corte Sombria goste de seguir o protocolo: membros da mesma família não torturam uns aos outros, você está entendendo?

– Eu lhe prometo. – E Niall pigarreou antes de acrescentar: – E se você vir a morte de Leslie ou de Irial, vai me contar. Quero que me prometa isso.

– Eu prometo.

Ouvindo isso, Niall estendeu a mão para trás e apertou os dedos de Seth nos seus.

– Então temos um trato entre fadas, meu irmão. E quem faltar com a palavra vai sofrer na pele a mesma coisa que provocou. Seja a morte de alguém querido ou a tortura.

– Que lindo – resmungou Seth. – Percebi de onde vem a famosa veia otimista.

O Rei Sombrio riu nessa hora, e o som do seu riso fez Seth sorrir.

A luz do dia apareceu, e os assuntos tratados na noite anterior não foram revisitados. Niall, que não tinha esperado a conversa evoluir tão tranquilamente, foi forçado a admitir para si mesmo que ainda que Seth fosse o seu ponto de equilíbrio, o antigo mortal não parecia ter a típica aversão dos seres encantados às conversas honestas. *Se eu tivesse tido a chance de falar assim com Irial ou com Keenan, será que precisaríamos ter passado por tantos conflitos?* Talvez fosse simplesmente o fato de que Seth era um ponto de equilíbrio adequado para Niall. *Ou então a sua mortalidade ainda é tão recente que não aprendeu a jogar.*

Eles não voltaram a falar também sobre a questão de Seth estar ou não disposto a permanecer como o opositor da Corte Sombria, porém, a menos que as barreiras para a entrada no Mundo Encantado fossem derrubadas, Niall não conhecia outra forma *possível* de modificar isso. Claro, havia muito que não podia enxergar a respeito do futuro, ao passo que Seth tinha a habilidade de ver os fios das possibilidades. *Talvez ele tenha visto alguma coisa.* O mais provável, entretanto, era que estivesse sendo simplesmente influenciado pelo medo. Ele havia passado por muitas transformações importantes em bem pouco tempo. Era de se espantar que não tivesse fugido para longe das cortes dando gritos de pavor. Muitos mortais haviam feito exatamente isso ao longo dos séculos, enquanto Seth lutara para permanecer no mundo deles. E isso era um dos motivos que levavam Niall a admirá-lo. *Mas nada disso seria um assunto bom para ajudar a aliviar a tensão entre a gente.* Niall preferiu se concentrar nos temas que costumavam discutir antes: música, livros, histórias de aventuras passadas.

Os dias seguintes se passaram sem que nada de muito relevante acontecesse, e quando enfim chegaram ao trecho final a que os automóveis tinham acesso para o caminho do acampamento, as risadas e a conversa já fluíam naturalmente dentro do carro. Niall decidiu que teriam tempo suficiente para lidar com as questões do Mundo Encantado depois que tratassem do tal problema que estava afligindo os pais mortais de Seth.

O cavalo parou. Niall e Seth pegaram a bagagem.

Seth deu uma olhada na trilha que se estendia à frente deles.

– Vamos correr?

E pelas próximas duas horas correram pela trilha acima com a velocidade desenfreada que só os seres encantados são capazes de alcançar. Eles saltaram por cima de troncos caídos e assustaram os cervos que vinham na direção contrária. À medida que corriam, cada vez mais criaturas encantadas pareciam espreitá-los, escondidas no meio dos galhos das árvores e pelo chão. *Muitas criaturas.* A situação, porém, ainda não chegava a ser perturbadora, e Niall não tinha dúvida de que ele e Seth conseguiriam lidar com qualquer conflito que pudesse aparecer. *Talvez o chamado dos pais de Seth não tenha sido por conta de um problema ligado aos mortais.*

À medida que se aproximavam do acampamento, Seth foi tomado por uma mistura confusa de animação por reencontrar os pais e pela ansiedade de não saber o que lhes afligia. Na aparência, não estavam muito diferentes. Apesar de estarem embrenhados na mata por tanto tempo, o pai ainda mantinha o corte de cabelo tão curto que parecia obedecer a um tipo de regulamento. Sua postura alerta diante da aproximação dos dois era o resultado dos anos de vida militar, e o olhar avaliativo que o Primeiro-Sargento dos Fuzileiros Navais James Morgan lançou sobre Niall bastaria para intimidar a maioria das pessoas comuns. Tomado por uma onda inesperada de orgulho, Seth se deu conta de que o pai nunca se assustaria com a Corte Sombria – e que justamente por isso jamais deveria ser exposto a ela. Autoconfiança era um traço positivo, mas, mesmo no auge do seu vigor, o mais forte e bem treinado dos mortais nunca seria páreo num embate com fadas.

– Querido! – Linda deu um salto e correu para abraçar Seth com a exuberância que, ao longo de toda a sua vida, fizera com que as pessoas raramente conseguissem ficar chateadas com ela por muito tempo. Não que fosse maternal no sentido mais tradicional do termo, mas era tão cheia de vida e apaixonada por tudo que era difícil alguém ficar ao seu lado sem se contagiar por essa energia.

Ela afastou o corpo, mediu-o de cima a baixo com o olhar e depois voltou a apertá-lo nos braços.

– Jamie, olhe só para ele!

– Eu já vi, Linda. – Ele se pôs de pé. – Seth.

– Pai. – Deixando um dos braços em volta dos ombros da mãe, ele estendeu o outro para cumprimentar o pai com um aperto de mão. – Que bom ver vocês.

James concordou com um aceno de cabeça, enquanto Linda pareceu finalmente se dar conta de que havia mais alguém presente. O que a deixou tensa.

– Mas então, Linda, pai, este é o Niall. – Seth fez um gesto na direção do Rei Sombrio. – Ele é um amigo meu lá de Huntsdale. Niall, estes são James e Linda, meus pais.

– É um prazer conhecer vocês – falou Niall para os dois. Sua atenção, entretanto, estava focada nos seres encantados que cercavam o lugar do acampamento, aproximando-se cada vez mais.

James Morgan deu um passo à frente e estendeu a mão.

Niall ergueu os dois braços num gesto de desculpas: numa das mãos havia um cigarro e na outra um saco com uma barraca desmontada. Ele não podia contar que preferiria manter as mãos livres para o caso de as criaturas da floresta fecharem ainda mais o cerco, mas Seth percebeu a maneira tensa como estava correndo os olhos pelas árvores em volta sem parar.

Linda arqueou a sobrancelha diante da recusa de Niall ao cumprimento. James reagiu de maneira menos discreta:

– Você podia largar a barraca.

– Boa ideia. – Niall lançou um olhar de alerta na direção de Seth. – Vou aproveitar para começar a armá-la, Seth. E vocês podem conversar enquanto isso, que tal?

Sem esperar uma resposta, dirigiu-se a um pedaço mais plano do terreno e começou a montar as peças com uma segurança que só tem quem está habituado a desempenhar essa tarefa regularmente. Seth chegou a pensar em ir atrás, mas logo decidiu que era melhor não discutir o assunto na frente dos seus pais.

Um problema de cada vez.

– Na carta vocês falaram que havia um problema – começou ele.

Os pais se entreolharam, mas nenhum dos dois falou nada.

Seth foi se sentar num tronco perto da fogueira.

– Que tipo de problema é esse?

– Bem, é que... Aconteceu uma manifestação. – Linda sorriu. – Eu no início estava sendo *muito* sensata, claro. Não foi bem uma ocupação do tipo que costumávamos fazer antigamente, mas tivemos uma abordagem bem tranquila. Alguns cartazes, uns gritos sem exagero, uma passeata.

A expressão de apoio no rosto do pai não se alterou em nenhum momento, mas também não falou.

– E então?

— Então me descontrolei um pouquinho. — Linda estendeu a mão para ajeitar o cabelo dele como fazia quando Seth era criança. — Você sabe como são essas coisas, querido, resolvi me acorrentar aos equipamentos deles. Mas tudo muito calmamente, é claro.

— E?

— E, bem, agora chegou uma multa que temos que pagar. — Ela sorriu outra vez. — E nós não *temos* recursos para fazer isso, já que todo o dinheiro foi para você.

— Vocês me fizeram vir até aqui porque estavam precisando de dinheiro? — Seth esfregou a testa. — Está falando sério?

— Não, é que... Depois tivemos um probleminha com os moradores locais também.

Seth desviou o olhar da mãe para encarar o pai.

— Que *tipo* de probleminha?

Linda cruzou os braços.

— Não que eu ache que eles são pessoas ruins, mas... Eu não sei bem o porquê, mas chegamos à conclusão de que era melhor chamar você. De repente aquilo pareceu um problema urgente de alguma maneira. Não sei explicar.

Os pais se entreolharam de um jeito estranho, e Seth sentiu o seu desconforto com a situação toda ficar ainda maior. Calmamente, ele disse:

— Muito bem, é melhor me contarem a história toda sem me obrigar a arrancar os detalhes à força. Eu tive que viajar por... *dias inteiros*... para chegar até aqui, e tive umas semanas muito... difíceis.

— Como assim? — o pai quis saber. — Você está desempregado, não estuda, não tem nenhum dependente. O que pode ser tão *difícil* numa vida dessas?

Seth fechou os olhos, contando mentalmente até dez, depois abriu um sorriso.

– A mamãe acabou de me confessar que foi presa, então imagino que este talvez não seja o momento mais adequado para ninguém me dar um sermão.

– Não precisa falar nesse tom – disparou Linda.

Ouvindo isso, Niall lançou um olhar de interrogação para Seth. Ele sacudiu a cabeça em resposta – e foi flagrado pelo pai ao fazer isso.

– Que *tipo* de amigo é esse Niall?

– Do tipo que se dispõe a trazer o seu filho de carro até aqui para ver vocês – falou Niall, alto o bastante para sua voz ecoar na floresta que os cercava.

O olhar de advertência que Seth lançou na sua direção foi recebido com um sorriso. O Rei Sombrio correu os olhos em volta.

– Acho que vou verificar o perímetro.

– O perímetro? – ecoou James.

– Do acampamento. – Niall fez um gesto para mostrar. – Se vocês estão tendo problemas...

Ouvindo isso, Linda soltou:

– Eles não pareciam achar que devíamos... bem, sair do acampamento. Sempre que tentamos fazer isso, somos escoltados de volta. Nunca nos machucaram também, mas têm sido bem firmes conosco. Você acha mesmo que desobedecer seria uma boa ideia?

– Ah, com certeza eu acho – murmurou Niall, correndo o olhar pelas árvores que margeavam o acampamento. – Por enquanto, tratem de ficar aqui – ordenou.

Seth estremeceu outra vez. O Rei Sombrio não estava habituado à convivência com mortais.

– Meu irm... – Ele se deteve de repente, com as faces vermelhas denunciando o deslize, e caminhou até onde Niall estava. Com os dedos agarrados ao braço dele, Seth sussurrou: – É melhor que eu vá. Eles são meus pais, isto não é responsabilidade sua.

O olhar que surgiu no rosto de Niall era quase de incredulidade.

– *Você* continua sendo responsabilidade minha.

– Eu não...

– Fique aqui. Eu volto logo – ordenou ele.

E mesmo sabendo que não *precisava* obedecer, Seth não era idiota. Uns poucos meses de treinamento que tivera com a Caçada não eram nada comparados aos séculos de experiência de Niall em lidar com situações de conflito – e também no trato com os seres encantados de forma geral. *Será que eles são o verdadeiro motivo da nossa vinda para cá?* As criaturas continuavam observando atentamente a cena naquele exato momento, mesmo tendo se afastado depois que Niall as enxotara com o olhar. *Será que é normal haver tantos deles no meio da mata?* Não eram seres que parecessem identificáveis aos olhos de Seth, e nessa hora percebeu o quanto ignorava a respeito do mundo fora das cortes. *Será que são amigáveis? Perigosos?* Concluiu que devia se tratar de seres encantados solitários, do tipo que existia fora da influência de qualquer regente, mas não fazia ideia de mais nada. Só o que tinha certeza era de que estava muito grato por Niall estar ao seu lado.

– Espere aqui – reiterou Niall.

– Está bem – concordou Seth. – Acho que vou ficar aqui com os meus pais enquanto você dá uma volta por aí.

Niall abriu um sorriso.

– Grande ideia, meu irmão.

Cheio de expectativa, Niall foi girando os ombros para aquecer os músculos enquanto se embrenhava nas sombras da mata. Seth estava certo: aquilo ali era muito melhor do que ficar sozinho no escuro, amuado. Antigamente, muitos séculos atrás, ele gostava de perambular daquele jeito. O mundo mortal estava cheio de seres encantados solitários, de mortais abertos ao contato, de belas paisagens. *Quem não iria querer perambular por um lugar assim?* Ele se aproximou de um grupo coeso de solitários que o observava.

Um membro do grupo, uma criatura com traços peculiares que lembravam feições de um urso, avançou na sua direção.

– Não temos nada a tratar com o Sombrio.

– Vocês usaram feitiços e foram criar problema com aqueles mortais? – inquiriu Niall.

As criaturas se espalharam formando um semicírculo, dando a ele a opção de recuar. Uma delas, esguia como um pássaro, começou a andar atrás dele.

– Isso não me parece uma ideia muito sensata. – Niall deu uma olhada por cima do ombro. – Atacar o Rei Sombrio é uma escolha que não costuma acabar bem para ninguém.

– É você quem está dizendo isso.

Outro ser encantado zuniu como um raio e agarrou o cara-de-pássaro pelo braço. Aos trambolhões, os dois voltaram para junto do grupo que continuava coeso. A criatura com jeito de urso observava a tudo com uma expressão inescrutável.

Niall franziu o cenho. Ele não estava conseguindo captar nenhuma emoção mais forte – nem raiva, nem medo, nada.

– O que vocês pretendiam lucrar prendendo os dois aqui? – perguntou.

Uma halfling veio se colocar ao lado do ser com jeito de urso. A ferocidade que emanava dela fez Niall desconfiar que sua linhagem devia estar ligada à corte dele de alguma forma.

Os surpreendentes olhos violeta eram ainda mais espantosos por causa da ausência completa de cílios.

— Queremos falar com *ele*. — Ela fez um gesto de cabeça na direção do acampamento. — Com a cria dos dois.

— O filho — corrigiu Niall.

— Que seja — falou a garota.

— Ele está sob a minha proteção. A Corte Sombria não mostrará clemência com qualquer um que fizer mal a Seth. — Niall sacudiu a cabeça. — Na verdade, ele está sob os cuidados de vários regentes: a Rainha do Verão, a Rainha da Ordem e o Rei Sombrio nutrem por ele uma estima tal que seria altamente desaconselhável perturbá-lo.

Outra criatura do grupo soltou um riso.

— Não queremos fazer *mal* a ele. Ouvimos dizer que ele se nomeou como nosso defensor. Pensamos que seria bom conhecê-lo.

— Vocês não podem fazer mal aos pais dele. — Niall sacudiu a cabeça outra vez. — Deveriam *protegê-los* em vez disso. Se ele é mesmo o seu defensor...

Houve um remexer generalizado de corpos e todos no grupo se entreolharam. Depois que o ursinho assentiu, eles começaram a vestir feitiços mortais. Um por um, foram assumindo a aparência mais mortal que conseguiram. Em poucos segundos, já estavam bastante parecidos com um grupo de campistas que costumavam ser encontrados naquelas montanhas, calçando botas de caminhada, agasalhos cobertos por outras camadas de agasalhos e calças de sarja.

O ser com feições de urso fez um gesto na direção do acampamento.

— Vamos conversar com ele agora. Foi por... influência nossa que eles o chamaram até aqui. Agora iremos até lá cumprimentá-lo.

– Eu não sei...

– Nós lhe demos a chance de conversar antes porque não queremos criar problemas com o Sombrio. Mas estamos indo encontrá-lo, a menos que você se ache capaz de enfrentar sozinho o grupo inteiro – concluiu ele.

O Rei Sombrio reagiu com um sorriso.

– E você acha que eu não conseguiria?

Por um instante, ninguém se mexeu. E então as árvores pareceram ganhar vida. Centenas de seres encantados estavam à espreita nas sombras da mata. Eles desceram do alto das árvores, surgiram de trás de moitas, e aparentemente brotaram do meio das agulhas de pinheiro caídas pelo chão.

O ser ursino sorriu de volta.

– O que acho é que você é um só, sendo rei ou não, e que não seria tolo de enfrentar sozinho essa multidão. Principalmente porque nossa intenção não é causar mal algum.

– Você não é o nosso defensor, Rei Sombrio – interrompeu a halfling feroz.

Caminharam, todos juntos, na direção do acampamento. Niall foi tomado pela sensação incomum de estar cercado por alienígenas. Aquele não era o tipo de criatura mágica com quem ele passava a maior parte do seu tempo havia muitos séculos, e mesmo muito antigamente – quando ele próprio era um ser encantado solitário – nunca tivera contato com um bando tão numeroso assim.

– Isso será interessante – resmungou para si. E depois deu meia-volta, abrindo caminho pelo meio da multidão para chegar ao acampamento.

– Não estou entendendo. Por que vocês decidiram que precisavam entrar em contato comigo? Alguém *falou* alguma coisa ligada a isso? Ou fez alguma amea... – Seth interrompeu o que estava dizendo quando sentiu repentinamente inúmeros fios se entrelaçando a ele.

– Seth? – A mãe estendeu a mão para tocar no seu rosto. – O que... – As palavras se desvaneceram quando ela viu o que ele estava enxergando.

Seth estava com os olhos fixos no bando de criaturas mágicas que, vestindo feitiços mortais, se aproximava numa onda maciça.

– Jamie! – gritou Linda.

A cabeça do pai surgiu na entrada da barraca e voltou a desaparecer para logo depois ele sair de lá com duas armas em punho. Ele estendeu uma no espaço entre Seth e Linda.

– Não sei qual de vocês dois...

– Para mim não precisa – murmurou Seth, sacando a faca com cabo de osso e lâmina curta que mantinha atada ao tornozelo. – Fiquem atrás de mim.

E ele se pôs à frente dos pais, apesar de a mãe ter puxado a manga da sua camisa para tentar impedi-lo. Se não tivesse a força dos encantados, teria sido arrastado. Mesmo que Linda não fosse candidata ideal a nenhum prêmio de mãe do ano, ele continuava sendo seu filho, e a reação imediata dela foi acionar o seu instinto de leoa cuidando da cria.

Não que isso fosse adiantar qualquer coisa diante da verdadeira fera que estava caminhando na direção deles.

Seth tratou de engolir o medo que começara a subir pelo seu peito. Surtar não seria a coisa mais útil a fazer.

– Foi aquele cara que esteve aqui antes – sussurrou Linda.

– E desta vez ele veio trazendo muito mais amigos – completou o pai de Seth, numa voz rouca. – Eu não faço ideia do que eles podem estar querendo. Ou de como só nós três...

– Quatro – corrigiu Seth, avistando Niall no meio do bando. – Nós estamos em quatro.

– Mesmo assim a desvantagem é enorme, filho.

Sem olhar para os pais, Seth falou:
– Deixem que resolvo isso, está bem?
– Mas o que...
– Pai! – Seth virou-se para olhar para ele. – Estou falando sério. Confie em mim. Pelo menos, deixem eu tentar primeiro. Vocês me chamaram para vir. E eu vim. Agora só preciso de um tempo para poder agir.

Sem dizer mais nada, James concordou com a cabeça.
– Fiquem parados bem aqui – falou Seth para os dois. – Não tentem ir atrás de mim.

Nesse momento, Niall avançou até se colocar ao lado dele.
– Vou ficar com os seus pais. – E fez um gesto na direção de um quadriciclo parado ao lado da trilha. O cavalo obviamente dera um jeito de subir a montanha para juntar-se aos dois.

– Quero que você leve os dois embora daqui se for preciso – ordenou Seth.

Depois que Niall concordou, Seth começou a caminhar na direção dos seres mágicos, e o tipo de atenção obcecada que viu nos olhos dele o fez desejar ter ali as mesmas habilidades que a sua mãe encantada possuía no mundo dela. Ele lançou um olhar por cima do ombro para os dois mortais que mais amava.

Seria bom poder ter uma cerca agora.

No mesmo instante em que o pensamento surgiu, a cerca que Seth imaginara tremeluziu e se materializou. Espetos de metal enferrujado cercaram seus pais e Niall.

– Seth? – chamaram os dois em uníssono. Tinham os olhos arregalados e a perplexidade estampada nos rostos.

– Uma porta, irmão, por favor. – A voz de Niall soou seca, mas a centelha que brilhou nos seus olhos era de interrogação.

— Certo. — E Seth imaginou uma porta na cerca alta.

Linda agarrou as grades, testando para ver se eram algum tipo de ilusão.

Niall abriu o portão, saiu de dentro da proteção de ferro e depois voltou a fechá-lo. Assumindo um ar de naturalidade que escondia a sua surpresa, o Rei Sombrio caminhou tranquilamente até ficar ao lado de Seth.

— Acho que agora que seus pais estão seguros, posso me juntar a você.

Seth fez que sim com a cabeça distraidamente.

Como aquilo *tinha acontecido?*

O bando de solitários estava aguardando, em alerta, e Seth voltou a olhá-los.

— Por que andaram perturbando os meus pais?

— Queríamos conhecer você — disse uma garota semiencantada com os olhos cor de violeta.

Outra das criaturas virou a cabeça de lado assumindo uma postura inequívoca de enfrentamento.

— Achamos que você não desejaria que fôssemos até *aquele lugar*. Estávamos enganados?

Em voz baixa, Niall falou para Seth:

— *Realmente,* diversas cortes coexistem na nossa cidade.

Seth assentiu.

— Certo. Bem, mas eu vivo lá, e onde eu estiver vocês serão bem-vindos. E se por acaso algum dos regentes — ele lançou um olhar de relance para Niall — tiver problemas com isso, terá que se entender comigo. — Seth fez uma pausa e correu os olhos pelo grupo desconjuntado à sua frente. — A menos que vocês criem algum tipo de problema com eles ou com qualquer um dos seus protegidos — acrescentou ele, num tom severo. — Porque o meu papel é ser o ponto de equilíbrio de...

Por um instante, Seth não conseguiu pronunciar as palavras. Em muitas ocasiões ele já havia pensando em conversar com os pais sobre a *mudança* que sofrera nos últimos meses, mas nunca se sentia plenamente seguro para fazer isso. Ele visualizou um sofá atrás dos dois, para que pudessem se sentar.

A mãe afundou no assento sem tirar os olhos arregalados do seu rosto, enquanto o pai inspecionava o grupo com ar de desconfiança.

Seth livrou-se do seu feitiço mortal e ficou observando a reação dos pais. Ele continuava se parecendo com o filho que tinham conhecido, mas agora sua pele irradiava luz, e os olhos estavam prateados. A alteração na sua aparência não havia sido drástica como costumava acontecer com muitos seres encantados, mas era suficiente para deixar evidente que uma transformação acontecera. James deu um passo para trás, e Linda procurou a mão dele com a sua. A atenção dos dois estava mergulhada unicamente no filho.

– Seth? – sussurrou ela.

– Como ponto de equilíbrio para o Rei Sombrio, eu estou no mesmo patamar que ele. – Seth respirou bem fundo antes de continuar. – Aqueles seres que cabe *a mim* proteger terão livre acesso a Huntsdale, desde que não criem qualquer tipo de problema com os membros das cortes mágicas... ou com os mortais.

Houve uma movimentação no grupo por um momento carregado de tensão, e em seguida o ser com jeito de urso tomou a palavra.

– E se o problema for iniciado por *eles*?

– Então resolvem – assegurou Seth. – Não peço que sejam fracos, ou submissos, mas, se querem contar com a *minha* proteção, tratem de não criar problemas que possam complicar a minha vida. Mas é claro que também não precisam aturar provocação de ninguém.

Os seres encantados solitários sorriram. A maioria se curvou fazendo reverências, se desdobrou em mesuras ou se ajoelhou. Sem jeito, Seth respondeu a todos com um aceno de cabeça.

Qual é a reação apropriada numa hora dessas?

Niall estendeu a mão e agarrou o braço dele.

– Muito bem, irmãozinho. Você está se transformando num rei bem capaz.

– Não sou rei – resmungou Seth.

– Está bem... – Niall riu. – Agora trate de dizer aos seus súditos se eles devem ficar ou ir embora.

Com o coração socando um ribombar tão alto que provavelmente todos os seres encantados presentes eram capazes de ouvir, ele caminhou até perto dos pais, que estavam sentados num sofá com um estofado imitando a pele de uma vaca roxa e branca, que fora o móvel preferido da sua mãe durante anos.

Eu criei um sofá horroroso.

A mãe e o pai estavam sentados bem perto um do outro, encarando-o em silêncio, com as mãos agarradas.

– E então, vocês se lembram do tal período difícil de que falei? Bem... Eu passei por uma pequena transformação. – Seth encostou a mão na cerca, e ela desapareceu. – Mas posso explicar tudo.

O pai soltou a mão da mãe e se pôs de pé. Os olhos continuavam arregalados, mas a sua postura era ereta.

– Você fez a cerca e o sofá aparecerem do nada.

– Fiz.

A mãe gesticulou na direção do bando.

– Eles não são – ela baixou o tom de voz – *humanos*, são?
– Não são.
– E você? – quis saber o pai, numa voz seca.
– Não, não sou mais – Seth disse sem se alterar.
– Bem. – Linda se levantou. Ela riu, desconfortável. – Isso é... novidade. Eles são... novidade.
– Na verdade, eles sempre viveram entre nós – Seth esclareceu com cuidado –, mas a maior parte dos mortais não consegue enxergá-los. Posso fazer com que vocês sempre sejam capazes de ver... se quiserem que eu faça isso.

O pai dele passou um braço em volta dos ombros da mãe. Depois de um instante carregado de tensão, assentiu.

– Isso parece uma boa ideia.

O medo que Seth costumava sentir sempre que pensava na ideia de contar tudo aos dois voltou numa avalanche. *Era exatamente isso que eu não queria.* Os seus pais, sem saber como agir, estavam lá parados e ainda olhando para ele.

A sua mãe se afastou um pouco do pai. Ela tomou as duas mãos de Seth nas suas.

– Você está feliz?
– Estou.
– Está em segurança? – o pai quis saber numa voz rascante.
– Estou. – Seth deu uma olhada na direção dos seres encantados. – Estou bem protegido.

Os dois se entreolharam, e depois o pai de Seth fez um movimento de cabeça, assentindo.

– Então está bem. E eles vão ficar ou... será que agora precisam partir para onde quer que tenham que partir?

Assustado, Seth encarou o pai.

– Ficar?

— Eu só tenho umas poucas latas de cerveja, mas quem sabe você não pode fazer de novo aquela coisa que estava fazendo — James fez um gesto na direção do sofá — e criar bebidas para todos num passe de mágica?

Ouvindo isso, Seth teve que rir. *Esse sim* era o pai de que ele se lembrava, sempre controlado e prontamente adaptável.

— Será que agora podemos ver como eles são de verdade? Do mesmo jeito que você se mostrou para nós? — perguntou Linda baixinho. Os olhos dela continuavam arregalados, não de medo, mas inflados pelo mesmo entusiasmo infantil que a fazia pular de hobby em hobby, de impulso maluco em impulso maluco.

— Só se eles quiserem se mostrar — explicou Seth. E então se virou para o bando reunido de criaturas mágicas e disse: — Os feitiços são opcionais diante dos olhos dos meus pais.

Ao ouvir isso, todos começaram a se livrar dos seus feitiços, e Seth pôde perceber o assombro tomando conta do rosto dos seus pais quando eles se viram diante da estranha beleza dos seres encantados de aparência menos humana pela primeira vez. Lágrimas correram pelas faces de Linda.

— Eles são lindos! — Ela fitou uma criatura bem pouco humana, com feições de felino. — E, bom, são meio assustadores também.

— É verdade. — Seth puxou a mãe para junto de si num abraço e sussurrou: — Mas tente se lembrar de que eles são meus... hum, meus *súditos*. E que, portanto, estarão sempre por perto, de olho em vocês dois, garantindo a sua proteção.

De algum ponto no meio do grupo, alguém iniciou uma canção, e tambores começaram a ser criados. A fogueira do acampamento ganhou a companhia de várias outras. Seth visualizou bebidas e petiscos, e os seres encantados solitários que eram seus irmãos e irmãs festejaram todos juntos.

James e Linda se entregaram à dança e às risadas da festa, e Seth sacudiu a cabeça. Os dois não haviam demorado nem um pouco a superar o choque inicial.

– Nada mal – disse Niall, atrás dele.

Seth girou o corpo.

– O quê?

– A sua primeira celebração. – Niall fez um gesto na direção das criaturas que saltitavam pelo meio da floresta em volta dos dois. – Depois acho bom conversarmos sobre aquele seu truquezinho surpresa. Nenhum ser encantado é capaz de criar realidade a partir do nada... Ou pelo menos nenhum que viva fora dos portões do Mundo Encantado.

– Eu não fazia a mínima ideia de que tinha esse poder – protestou Seth. – Falando sério.

O Rei Sombrio sacudiu a cabeça, e os dois ficaram em silêncio por alguns instantes.

– Então você não vai desistir do papel de ser o opositor da Corte Sombria.

O guincho alto de uma risada atraiu a atenção de Seth para o bando. *O meu bando*. Ele olhou para os seus pais, depois para Niall. *Minha família*. Seth agora tinha família até de sobra.

– Não – prometeu ele. – Isso é quem eu sou, é a minha essência. Eles estão sob a minha proteção. – Ele encarou o ser encantado que uma semana antes lhe tinha causado um ferimento, que havia sido seu protetor no ano anterior, que representava tudo o que Seth precisava manter sob controle. – Nunca abandono os meus. Você, mais do que qualquer pessoa, já deveria saber disso.

– Só queria ver se você estava lembrado também. – Niall juntou as sombras formando uma cadeira atrás de si. – Vá festejar, meu irmão.

– Você podia...

– É a primeira festa deles com o seu rei-protetor – Niall observou delicadamente. – Não tenho nada que participar. Não agora. – Ele sacou um cigarro, acendeu, deu uma tragada comprida e depois abriu um sorriso. – E, de qualquer maneira, com tanta emoção assim rolando por aqui, prefiro sentar e me fartar.

– Filho? – Sua mãe estava acenando na direção dos dois. – O urso que está ali perto do fogo falou que está na hora de providenciar mais música.

Sorrindo, Seth foi se juntar ao seu bando e aos seus pais no meio da festa.

– Que venha outra canção!

Reles Mortal

— É ISSO QUE EU QUERO. — KEENAN CONTEMPLOU O COBERtor de neve estendido sobre o gramado da casa da Rainha do Inverno. *A nossa casa. O nosso* lar. Fora dos domínios dela, o mundo ainda estava no outono, mas nas cercanias era sempre inverno. Durante a maior parte dos seus novecentos anos de vida, viver assim teria sido algo debilitante para Keenan. Mas agora, graças a Donia, ele havia redescoberto como a neve e o gelo podiam ser perfeitos.

A Rainha do Inverno chegou para contemplar a paisagem ao seu lado. Sem mais nenhuma das dúvidas — *talvez com uma pontada de dor apenas* — que o atormentaram durante séculos, ele passou o braço ao redor da cintura dela. Tudo o que havia de bom na sua vida com certeza era por causa de Donia. Nesses últimos meses ao seu lado, Keenan fora arrebatado por uma sensação de paz e felicidade que nunca tivera antes. Mesmo que passasse o resto dos seus dias como humano, estava mais feliz do que jamais havia se sentido em todos os seus anos no Mundo Encantado. *E tudo por causa de Donia*. Infelizmente, a criatura que lhe dera tamanha alegria não estava se sentindo tão exultante.

— Poderíamos ficar em casa — sugeriu mais uma vez.

— Não. Você me perguntou o que eu queria. — Ele se virou para encará-la, vasculhando seu rosto em busca de algum sinal de como Donia estava se sentindo, do mesmo jeito que vinha fazendo havia semanas. A preocupação dela por causa da nova condição humana de Keenan havia criado uma nuvem desagradável de tensão entre os dois, e tudo o que ele queria fazer era esquecer todos os medos e provar que poderiam ser felizes mesmo que ele continuasse sendo um reles mortal. – Quero viajar com você. Só nós dois.

– Mas...

– Don, eu vou ficar bem. – Ele segurou sua mão e puxou Donia um abraço. – Nunca tiramos férias juntos. *Nem uma vez.* Vamos viajar e aproveitar esse tempo só nosso para conversar, relaxar.

Ela expirou de leve, o seu hálito gelado e abafado pelo cachecol que ele usava, e depois murmurou:

– Mas já estamos tão perto do começo do inverno...

– No mês passado, a desculpa era que estava quente demais. Não estou dizendo que *não quero* ficar em casa ou no seu território ao seu lado, mas teremos alguns dias livres entre o fim do verão e o início do inverno. O período ideal para uma viagem romântica. Vamos transformar esses dias em *nossos dias.* – Ele afastou o rosto para fitar os olhos pesados de geada dela. – O mundo ficou quase congelado durante anos, os mortais não vão se incomodar se o calor se estender um pouco mais.

Donia desviou o olhar, contemplando a paisagem como se quisesse disfarçar sua preocupação.

Com todo o cuidado, ainda que agora não fosse mais capaz de feri-la com o seu toque, Keenan ficou passando os dedos pelos seus cabelos até que ela se virou para ele outra vez.

– Viaje comigo. Por favor?

– Talvez devamos levar alguns guardas conosco. Cwenhild diz...

– Cwenhild está preocupada porque a viu quando você estava... Quando quase... – Keenan sentiu a voz falhar diante da lembrança do encontro recente que Donia tivera com a morte. Vê-la ferida daquele jeito fez com que ele ficasse mais assustado do que jamais havia se sentido na vida.

Ele a beijou com toda a intensidade que a lembrança *daquele* dia despertava nele. Quase perdera o seu amor.

Ela era a sua razão de viver; tudo o que ele sempre sonhara, tão perfeita que por muito tempo o fizera acreditar que seria impossível existir um relacionamento entre os dois. Agora, havia chegado a sua vez de convencê-la de que, não importando se permanecesse na sua existência mortal ou escolhesse os caminhos arriscados que lhe permitiriam tentar recuperar sua condição de ser encantado, seriam *muito* felizes.

Keenan sentiu a neve começar a cair à sua volta enquanto o corpo dela relaxava entregando-se ao beijo. Grandes flocos macios se formavam em pleno ar, e o roçar de cada um deles era bem-vindo, uma prova de que ela estava feliz.

Até que o seu rosto se afastou.

– Você não devia fazer isso – sussurrou ele.

– Isso o quê?

– Parar de me beijar para ficar preocupada. – As pontas dos dedos dele correram pelo seu rosto e desceram até a linha do pescoço. – Ficaremos bem, e mesmo que precisemos dos guardas, eles estarão sempre por perto. Você sabe que ela enviará alguns no nosso encalço. – Ele fez uma pausa para disfarçar o seu medo sob uma camada bem-humorada de provocação. – Ou será que já me tornei desinteressante para você?

Donia sorriu, como ele esperava que fosse acontecer, e falou:

– Não. Eu só não consigo ser... tão ridiculamente *otimista* como você é a respeito de tudo, mas isso não quer dizer que não esteja interessada.

Ele arregalou os olhos e sacudiu a cabeça, torcendo para que os seus lampejos de insegurança não ficassem tão óbvios para ela quanto pareciam ser aos seus próprios olhos. Cada vez que a sentia afastar o corpo do seu, Keenan se apavorava de que ela tivesse decidido que sua condição de mortal era suficiente para abrir mão dos anos que ainda poderiam ter pela frente, de que a perda dos seus poderes encantados e da longevidade fossem um pretexto para descartá-lo, ou de que a sua transformação provocasse a rejeição dela. Com uma voz suave, ele falou:

– Não sei... Acho que vou precisar de uma prova mais concreta. Não tente negar que estava um pouco distraída.

– Você é incorrigível mesmo.

– É – concordou. – Eu sou.

Sorrindo, ela o tomou pela mão e levou até o quarto.

Duas horas mais tarde, Donia estava com um sorriso ainda pregado nos lábios. Ela observou enquanto ele jogava a bagagem no porta-malas e abria a porta para que o seu lobo, Sasha, se acomodasse no banco traseiro do Thunderbird. Depois de dar mais um beijo em Keenan, entrou no carro também. Com o riso que ela aprendera a apreciar cada vez mais desde a sua mudança para aquela casa, ele manobrou o carro até desenhar um círculo na alameda gelada e disparou para a rua.

À medida que se afastavam de Huntsdale, começou a parecer mais administrável a apreensão por tudo que poderia dar errado – dos inimigos que poderiam atacar o agora rapaz mortal que viajava ao seu lado, o pavor de que o seu próprio Inverno interior acabasse escapando e fazendo algum mal a ele. Os dois estavam juntos; estavam numa viagem de férias; e estavam obviamente sendo acompanhados de perto por guardas da Corte do Inverno.

Eu poderia contar a ele que pedi para Cwenhild mandar os guardas. Poderia dizer o quanto a sua fragilidade mortal me apavorava... mas isso nos levaria a ter que discutir o seu plano insensato de querer acolher o Inverno dentro da sua pele. Ele não havia feito qualquer menção ao assunto nos últimos dias, mas certamente voltaria a falar. Estava obcecado com a ideia de que poderia erguer o bastão da Rainha do Inverno, da mesma forma que fizera tantos anos antes, para com isso ser preenchido pela essência do Inverno. Ele chegara até mesmo a argumentar que talvez não fosse sentir dor alguma, já que fazia tão pouco tempo que deixara a condição mágica. O seu plano não avaliava os riscos, o fato de que aquilo poderia machucá-lo, poderia matá-lo. Mas Keenan não estava disposto a desistir diante das circunstâncias adversas da mesma maneira que não estava quando era um monarca entre os seres encantados. *Ou quando eu estava morrendo.*

Donia tinha os olhos marejados quando olhou para Keenan. Ele não desviou a atenção da estrada, mesmo assim estendeu a mão para entrelaçar os dedos aos dela.

Se ele soubesse quanto pode doer a transformação mágica, será que decidiria tentar mesmo assim?

Se soubesse qual é a sensação de encher um organismo humano de gelo, será que continuaria decidido a tentar?

Será que eu teria decidido assumir os riscos se soubesse de tudo isso?

– Don? – A mão dele apertou a sua. – Vai dar tudo certo. Seja do jeito que for, tudo vai ficar bem.

– Você... – Ela deixou suas palavras irem embora numa nuvem de ar gelado.

– Tente relaxar, por favor. – Ele olhou de relance na sua direção. – Na semana que vem pensamos em tudo que a está preocupando. Agora, só quero poder aproveitar nosso tempo juntos, as férias com a fada que eu amo. – Ele deu um sorriso antes de falar em tom severo: – E, lembre-se: você já tinha concordado. Criaturas mágicas não mentem.

– Eu concordei. – Ela sorriu, mesmo incomodada com o lembrete sobre as regras mágicas, e portanto do fato de que *ela* era um ser encantado e ele não, o que lhe dava na verdade vontade de chorar. *Criaturas mágicas* não mentiam, claro, mas ele não era uma delas no momento. Tinha desistido de sua condição para salvar a vida de Donia.

Ela virou o corpo no assento para poder encará-lo.

– E eu *estou* curtindo a paisagem.

Keenan riu, mas continuou com os olhos pregados na estrada à frente enquanto os dela o encaravam deliberadamente. Antes, ela chegara a pensar que o prazer que sentia com esses olhares era porque não podia tocar nele, mas agora sabia que a simples visão de Keenan bastava para enchê-la de prazer. O toque de luz do sol na sua pele não havia se desvanecido completamente com a passagem para a condição de mortal. Diferente dos seres de pele alva como a neve que eram a maioria na sua corte, Keenan ainda mantinha a pele bronzeada dos tempos em que fora o Rei do Verão. Os olhos adquiriram um tom gélido de azul, mas continuavam lindos o suficiente para fazê-la se lembrar da razão de ter gaguejado ao dizer o próprio nome na primeira vez em que ele fora falar com ela quase um século antes – na época em que *ela* era mortal.

Ele mantinha o corpo relaxado enquanto dirigia, e, mesmo tendo perdido uma parte da natureza volátil que era própria da Corte do Verão, ainda era impetuoso. Keenan nascera pertencendo tanto ao Verão quanto ao Inverno; então, mesmo depois de ter aberto mão da sua essência solar e encantada, continuava misto de uma maneira que ela jamais seria. Apesar de que, como ele mesmo costumava lembrá-la regularmente, o Inverno também não era *só* calma. Juntos, os dois tinham encontrado o equilíbrio da paz, mas isso de maneira nenhuma havia diminuído a paixão que os unia. A paixão ficara ainda mais intensa, aliás, porque agora compreendiam mais a fundo um ao outro.

Mesmo eu sendo incapaz de agir de maneira impulsiva.

Mesmo eu tendo que me preocupar com a possibilidade de machucá-lo.

Na sua condição de rainha, e não apenas de uma fada que carregava consigo o fardo do gelo, ela dispunha de controle sobre si. Mas saber exercê-lo era algo difícil, e agora Donia compreendia por que Keenan jamais se deitara com mortais quando fora Rei do Verão. Cada vez que os dois se tocavam, ela se enchia de medo de perder o controle, mas então ele abria um sorriso, e qualquer intenção de recusa da sua parte se esvaía.

Durante anos, Keenan fizera com que ela acreditasse no impossível: que a sua presença a deixava forte o suficiente para se sentir capaz de derrotar monstros, de arriscar tudo pelo seu sorriso ou de continuar sorrindo mesmo quando estivesse enfrentando as maiores provações. *Tudo porque ele estava ao meu lado.* Donia tinha vontade de seguir acreditando no impossível, mas era difícil quando corria o risco de perdê-lo para sempre. Agora que ele era verdadeiramente seu, não sabia se era forte o bastante para arriscar e acabar perdendo-o. *Será que é melhor tê-lo por alguns anos mesmo sabendo que vai morrer, ou arriscar em um ato que pode nos garantir a eternidade... ou encerrar abruptamente os anos que ainda temos?*

– Você ainda está aqui?

– Estou – sussurrou ela. – Eu amo você.

Desta vez ele tirou os olhos da estrada para encará-la.

– Eu também. Sempre. – Depois de uma pausa, já voltando sua atenção novamente para a estrada, ele disparou: – Tudo bem, eu desisto. O que foi? Conheço você, Don. Você está com aquele olhar distante outra vez.

– Só estava pensando em nós dois e... nas coisas. – Ela apertou a mão dele na sua. – Fico feliz que tenha me chamado para esta viagem.

– E?

Donia abriu um sorriso tranquilizador.

– Você me faz feliz, e eu quero ver essa felicidade em *você* também. Então... chega de preocupações. Vamos aproveitar as nossas férias 'humanas'. – Ela fez um movimento com o braço mostrando os carros na estrada, as placas de anúncios nas laterais da pista, as luzes dos edifícios que avistava ao longo da entrada que pegaram. – Para você, a condição humana ainda é *novidade,* e eu já não sou humana há quase um século. Naquela época... – Donia riu com a lembrança repentina da expressão de desaprovação no rosto do pai. – Você se lembra da vez em que foi pedir permissão ao papai para me acompanhar até em casa?

Keenan mudou de faixa e posicionou o carro para pegar a próxima saída.

– Ele pensou que eu estivesse com segundas intenções.

– E estava mesmo – provocou.

– O que eu mais queria era o seu coração, Don. – E ele ficou em silêncio até encontrar uma vaga e estacionar o carro. Depois de desligar o motor, sorriu antes de acrescentar: – Mas é claro que eu desejava o seu corpo também. Como ainda desejo. E *sempre* desejarei.

Ela riu.

– Idem.

Keenan sentiu o peso da tensão que ele nem sabia que estava carregando se desvanecer no momento em que abriu a porta do lado de Donia e segurou sua mão. Viajar com ela era uma experiência nova. Em todos os anos desde que haviam se conhecido, nunca tinham viajado para se divertir. *Ou a sós.* Na verdade, as férias em si eram algo peculiar para Keenan. Ele só se ausentara da sua corte por períodos curtos em todos os seus séculos de vida, e mesmo nessas ocasiões nunca deixara de ter em mente o conflito que voltaria a enfrentar assim que retornasse. Agora, entretanto, ele estava determinado a aproveitar uma viagem perfeitamente tranquila com sua amada.

– Pontos de paradas para descansar – falou Keenan. – Não sei se são uma boa ideia.

– Você disse que queria uma 'experiência humana'. – Ela disfarçou o sorriso. – Você falou em 'pegar a estrada, numa viagem absolutamente comum e não oficial'.

Keenan correu os olhos pelo chão cheio de lixo, para as mesas recolhidas e as famílias exaustas que tinham todas, ao que parecia, cachorros dentro dos seus carros. Com Sasha no banco de trás, eles quase se encaixavam à paisagem.

Não oficial. Só nós dois.

– Está certo. – Ele fechou o zíper da jaqueta. – E imagino que a programação deste tipo de viagem inclua certas distrações extras também.

O olhar que Donia lhe lançou foi mais cheio de desconfiança do que ele esperava.

– Keenan...

– Volto logo. Enquanto isso você pode... passear com o nosso cachorro. – Ele deu um sorriso na direção de Sasha, que lhe mostrou os dentes em resposta. Keenan riu.

Donia e Sasha olharam com um ar oscilando entre divertido e irritado enquanto ele entrou no edifício que se anunciava como "Centro de Boas-Vindas".

Lá dentro, ele começou a recolher panfletos propagandeando todo tipo de atração, desde degustações de vinho a expedições em cavernas, passando por roteiros de antiquários e um "paraíso do minigolfe". Ele pegou também um de uma trilha de caminhada, um de um estádio de atletismo e vários de hotéis e pensões.

– Em que posso ajudar? – perguntou uma senhora.

– Estou de férias – disse ele. – Com a minha... namorada. – Ele se virou para olhar quando a porta que dava acesso ao pequeno edifício se abriu e uma rajada de ar frio soprou para dentro. *Porque a personificação do Inverno acabara de entrar.* Seus olhos cruzaram com os dela, o seu amor eterno. Numa voz suave, ele falou para a funcionária idosa: – Vou me casar com ela. Ela é perfeita.

A mulher olhou na direção de Donia.

– Aquilo ali é um *lobo*? – indagou. – É proibido entrar com animais aqui... Na verdade, vocês não podem entrar com *lobos* em lugar nenhum. O que...

– Sasha, pode nos esperar no carro? – Donia abriu a porta do Centro, e o animal caminhou para fora e foi até o carro.

Pela janela, Keenan viu quando ele pulou para o teto do Thunderbird e se acomodou lá em cima. Seus olhos se voltaram para Donia sem piscar.

– Pelo visto, não sou proteção o suficiente em minha... condição. – Ela puxou um dos panfletos e virou de um lado para o outro. – O que é uma tirolesa?

O papel na sua mão trazia a foto de uma garota pendurada num cabo por uma coisa que lembrava uma mistura de trapézio com uma espécie de sela. Ela estava usando capacete e luvas e parecia ter sido flagrada no meio de uma risada, pendurada daquele jeito acima de um abismo. Keenan deu uma espiada no folheto e leu: *Evergreen Hills... resort com atividades o ano todo... trilhas... tirolesa... pistas de esqui.* Ele olhou para Donia:

– É para lá que estamos indo.

Diversas horas mais tarde, eles entraram no estacionamento de um hotelzinho de beira de estrada. Não era o seu destino final, mas Keenan não via necessidade de passar o tempo todo dirigindo. *Paradas para descansar e para nós nos divertirmos.* Ele entrou no saguão se sentindo tranquilo e muito satisfeito com o sucesso da viagem até ali.

O hotel parecia ser tudo o que a casa deles não era: simples, impessoal e estranhamente charmoso.

– Você quer que eu faça isso? – perguntou Donia, numa voz pretensamente inocente.

– Eu resolvo. – Keenan foi até o balcão. – Precisamos de um quarto.

A funcionária o mediu de cima a baixo, desde o cachecol enrolado frouxo no pescoço até as pontas das botas, passando pelo jeans e pela jaqueta cinzenta de couro.

– Vou precisar ver a sua identidade.

– Identidade? – ecoou ele.

– Você precisa ser maior de idade para alugar um quarto, e terá que pagar adiantado...

– Por quê? – Ele não se lembrava de já ter passado pela situação de ter tido que alugar um quarto de hotel. Parado ali diante do balcão que imitava madeira, Keenan se deu conta de que seus guardas ou conselheiros sempre haviam cuidado desses detalhes. Ele olhou por cima do ombro na direção de Donia. Ela lhe deu as costas, mas não foi rápida o suficiente para esconder o riso abafado.

A recepcionista falou:

— Precisamos da sua identidade e de um depósito adiantado para lhe dar um quarto.

— Identidade e depósito para o caso — ele se obrigou a tirar os olhos de Donia e voltar a encarar a mulher — de quê?

— Objetos quebrados. Coisas faltando. — Ela revirou os olhos.

— O que você acha? — Keenan indagou a Donia, quando ela se aproximou do balcão.

Ela passou os braços em volta da sua cintura e sussurrou:

— Acho que você está acostumado a deixar que os outros resolvam isso.

— É verdade. — Ele leu o crachá com o nome da recepcionista, Cinnamon, abriu um sorriso para ela e indagou: — Cinnamon, será que...

— Não — interrompeu firme. — Sem identidade e sem depósito não tem *quarto*. Conheço bem esse seu tipo. Que chega com um sorriso bonito achando que vai conseguir qualquer coisa da gente. Pode esquecer.

Donia agora ria alto. Entre uma risadinha e outra, ela falou:

— Igualzinho aos velhos tempos, hein? Você achando que basta usar seu charme para tudo dar certo, e eu assistindo ao seu fracasso de camarote.

Chocado, Keenan virou para encarar a amada e, por um instante, ficou sem palavras. Donia estava *rindo* da maldição, das disputas que eles travavam por causa das garotas mortais que ele tentava convencer a fazerem o teste para se tornarem a sua rainha.

Quando girou o corpo, ela manteve os braços na cintura dele. E ergueu os olhos para encará-lo.

– Se as garotas que não se deixavam encantar soubessem das coisas que eu sei, teria sido muito mais fácil convencê-las.

– Soubessem do quê?

Ela soltou os braços e espalmou as duas mãos no seu peito.

– Soubessem quem era... a pessoa por trás do sorriso galante. – Ela esticou o corpo para lhe dar um beijo, enroscando os braços em volta do seu pescoço.

Sem interromper o beijo, ele a levantou nos seus braços. E os dois ficaram assim grudados um ao outro no saguão do hotel até que alguém gritou que seria melhor arrumarem logo um quarto.

Donia afastou o rosto e riu.

– Esse era o plano. Mas não nos deram um.

Ouvir isso fez Keenan sorrir. Era *isso* que ele queria desde o início: ver Donia feliz. Era o que queria todos os dias da sua vida agora. A Corte do Inverno era tão importante para ele quanto a Corte do Verão havia sido, mas nela não havia conflito, não havia a preocupação sobre *como* conseguiriam cuidar de tudo. A corte de Donia era perfeitamente saudável e, para resumir, a mais forte de todas. Tendo ou não a aprovação dela para experimentar seu plano e tentar voltar a se tornar encantado outra vez, a responsabilidade principal de Keenan sempre seria aquela que ele abraçava com todo o prazer: fazer de tudo para manter Donia feliz. A única diferença, infelizmente, era que, se ela não permitisse o tal plano, ele só teria a chance de fazer isso durante um período muito curto. Uma vida mortal não durava mais do que um suspiro diante da eternidade que os dois *poderiam ter* caso ele se tornasse um ser encantado novamente.

Ainda com sua amada nos braços, Keenan a carregou para fora do saguão do hotel e até o carro, onde Sasha esperava. Chegando lá, deixou-a voltar ao chão.

– É, então parece que lidar com esse mundo humano é um pouco mais complicado do que eu pensava.

Donia deslizou a mão para o bolso interno da sua jaqueta e puxou uma carteira lá de dentro. Abrindo-a, tirou dois cartões.

– Não é tão complicado assim. Basta entregar isso. – Ergueu um dos cartões. – Identidade. – E outro. – Cartão de crédito.

– Ahn. – Ele franziu a testa. – Isso aí é coisa nova?

– Não. Cwenhild tinha providenciado para você no mês passado. – Donia guardou os cartões de volta na carteira, devolveu-a para o bolso da jaqueta e lhe deu mais um beijo. Depois de um tempinho, afastou o corpo e abriu a porta do carro. – Vamos embora.

– Mas, se eu já tenho tudo o que...

Ela encolheu os ombros.

– Acho que aquela mulher só pode ter um péssimo gosto para não ceder ao seu charme. E não queremos ficar num hotel de péssimo gosto, queremos?

– Você é uma fada muito estranha, Donia. – Ele deu a volta até o outro lado do carro e entrou.

– Vamos achar um lugar melhor. Vi uma pensãozinha que pareceu simpática – sugeriu ela, enquanto remexia nos folhetos que eles haviam trazido.

E Keenan chegou à conclusão de que não importava muito por que ela tinha decidido que queria ficar em outro lugar. Ele seria capaz de entrar e sair de todos os hotéis que houvesse naquela estrada se fosse para vê-la sorrindo e relaxada daquele jeito.

Pouco tempo depois, eles estavam instalados num hotel inquestionavelmente melhor que o primeiro. Sasha havia saído para perambular pelos arredores agora que já estava decidido onde passariam a noite, deixando Keenan e Donia a sós na sua "suíte lua de mel". Ele havia aberto as portas da sacada, de modo que flocos de neve pairavam no quarto. Donia ainda ficava admirada vendo o seu amado que já fora completamente solar não se encolher perto da neve. *Ou de mim.* E achava que não se surpreenderia com mais nada depois que se tornara Rainha do Inverno. Afinal, Donia nunca esperaria que fosse passar por isso na vida – ou sequer que um dia iria se transformar em fada, ou que o garoto por quem havia se apaixonado tanto tempo atrás pudesse ser algo diferente de um ser humano comum.

Ou que um dia ele se transformaria em humano.

Keenan sacrificara a sua imortalidade e a sua força por causa dela. Num certo sentido, havia sacrificado a sua corte por causa dela. E agora queria arriscar a curta vida humana. *Por mim.* Ela sabia bem que os perigos seriam inúmeros caso ele permanecesse na forma humana: para começar, estaria vulnerável às ameaças de qualquer ser encantado que cruzasse seu caminho – e em nove séculos de existência Keenan certamente havia feito muitos inimigos; e ainda havia as doenças humanas, a velhice e incontáveis outras ameaças. Sem falar no risco que vinha dela própria. O Inverno que carregava consigo poderia matá-lo facilmente se por acaso se irritasse ou perdesse o controle num momento de alegria.

Mas ele está vivo.

A tentativa de se tornar mágico poderia acabar com os poucos anos humanos que lhe restavam.

Ou então nos dar a eternidade.

– Você está distante outra vez – comentou ele.

Ela percebeu que tinha ficado com os olhos vidrados no rosto do seu amor, mas agora já não se sentia constrangida como era comum na maior parte do tempo desde que o conhecera. Agora ele era *seu*. Ela podia admirá-lo o quanto quisesse, e era isso que estava fazendo.

– Eu só estava pensando em como você é lindo.

Ele sorriu.

– E será que não pode pensar nisso aqui *mais perto* de mim?

– Não se você pretende jantar em algum momento. – Mas, mesmo falando isso, ela caminhou na sua direção.

– Você quer jantar?

– Agora não – murmurou ela, mergulhando de volta nos seus braços.

Mais tarde, quando Keenan saiu do banho, foi brindado com a visão da Rainha do Inverno na sacada do quarto contemplando as montanhas ainda não inteiramente nevadas. Parada ali, ela poderia ser uma escultura talhada no gelo como as que existiam nos seus domínios.

Linda.

Ele caminhou até ela. Ao contrário da amada, não se sentia tão confortável com a friagem. Para a Rainha do Inverno, estar no frio era *mais* confortável, mas agora ele era um mortal. Um calafrio percorreu seu corpo.

Em silêncio, Donia puxou o frio para dentro de si, sugando o ar gelado como se nada fosse.

– Não. – Ele foi até a cama e pegou a colcha pesada que a cobria. Depois de se embrulhar nela, voltou para o seu lugar na sacada. – Eu estou bem.

Vendo que ela não havia voltado a soprar o frio, ele repetiu:

— Eu estou *bem*, Donia. Aliás... — Ele curvou o corpo para o chão, abriu a mala e foi puxando lá de dentro meias, botas, várias camadas de roupas de baixo, um casaco pesado, um par de luvas e um chapéu. Sob o olhar dela, começou a vestir peça por peça, e depois de estar completamente embrulhado, olhou nos olhos da amada. — Vou dar uma volta lá fora.

— Mas... eu não tenho todas essas coisas. — Ela apontou para as roupas de inverno. — E nem sabia que *você* tinha.

— Você é uma fada — respondeu com a voz suave. — A menos que seja da sua vontade, o único que vai vê-la caminhando ao meu lado sou *eu mesmo*. Você não precisa de tudo isso.

Ele estendeu a mão.

Ela baixou os olhos para a camisola que estava usando.

A mão ficou estendida na sua direção.

— Venha comigo. O frio está pesando em você, vamos nos afastar um pouco daqui.

— Estamos numa altitude maior. Não tinha pensado como a temperatura seria por aqui, e...

— Venha comigo — interrompeu ele. — Já vesti tudo isso, então é melhor decidir logo antes que passe mal de calor.

As palavras a atingiram como um raio. Sua reação à perda do Verão e da imortalidade ainda era tão intensa quanto no dia em que ele se tornara humano. Keenan chegou mais perto e tomou a mão dela na sua.

— Donia? — Ele esperou até que os olhos dela encontrassem os seus. — Estou feliz. Permanecendo humano ou encontrando um meio de voltar a ser encantado, eu lhe digo que estou mais feliz agora do que me senti ao longo de nove séculos de existência. A única tristeza que tenho na vida é ver você se preocupando com coisas desnecessárias... Por favor, pare.

Donia tentou disfarçar um pequeno soluço.

– Tinha pensado em sair mais tarde, depois que você estivesse dormindo, mas, como não queria que ficasse preocupado, teria que lhe avisar que sairia. E então...

Ele a calou com um beijo, sorvendo seu hálito gelado, puxando o seu corpo frio contra o seu tão embrulhado em casacos e amaldiçoando em silêncio cada uma daquelas camadas de roupa. Preferia morrer congelado a ter que ficar com a pele longe da dela.

O que é exatamente a fonte das preocupações de Donia. Ao se dar conta desse fato, ele afastou o rosto.

– Vou tomar cuidado. – Envolvendo o rosto dela nas mãos, olhou dentro dos seus olhos. – Cresci num lar de gelo com o Verão dentro de mim. Isso não é muito diferente de ter que conviver com o Inverno sendo um humano. Eu fui treinado para fazer isso. Sou capaz de *fazer* isso.

E ao dizer isso, ele recuou um passo, estendeu a mão e falou numa voz descontraída:

– Vamos dar uma volta?

Donia sentia o peso do Inverno por dentro da sua pele; a deliciosa pressão misturada à preocupação com o seu amado agora tão humano.

– Tenha confiança em si mesma. Confie em mim. Em *nós* – ele foi dizendo baixinho enquanto os dois atravessavam o saguão do hotel, e ela se deu conta de que ser invisível aos olhos dos humanos com quem eles cruzavam, mas não para Keenan, lhe dava uma sensação estranhamente libertadora.

Ela nunca havia dividido a alegria das primeiras neves com ninguém. Era inebriante. Inclinando o corpo, sussurrou no ouvido dele:

– Só você consegue me ver, mas *todos* enxergam você.

E ele não pôde responder, porque nessa hora estavam passando bem em frente ao balcão da recepção.

A Rainha do Inverno abriu um sorriso maroto antes de mordiscar o lóbulo da sua orelha.

A reação de susto de Keenan foi tão aparente que atraiu o olhar intrigado do recepcionista.

— Eles também não podem me escutar — disse, e depois começou a contar a ele como pretendia comemorar a chegada da primeira neve.

Keenan riu e falou:

— Em alguns momentos eu me sinto o sujeito mais sortudo do mundo.

— Que bom — respondeu o recepcionista numa voz cansada. — Tenha uma boa noite.

— Terei — respondeu Keenan, com os olhos pregados em Donia, que agora entendia o tipo de euforia que fazia as fadas do Verão quererem dançar e rodopiar o tempo todo.

Soprando um beijo na sua direção, ela correu para o lado de fora.

Quando Keenan conseguiu alcançá-la, ela estava no final do estacionamento. Ele a pegou pela mão e a guiou mais para longe da área iluminada. Depois que estavam distantes dos olhares de qualquer humano que por acaso passasse, ele lhe deu um beijo com toda a paixão a que tinha direito.

Quando se afastou para recuperar o fôlego, flocos de neve caíam formando uma cortina espessa em volta dos dois.

— Onde?

Ela apontou para as pistas de esqui ao longe.

— Lá.

— Lá é longe à beça. Vou buscar as chaves — avisou.

— Não. — Donia sacudiu a cabeça. — Nada de carros. Sou a Rainha do Inverno, Keenan. Não darei início à minha estação com um *carro*. Nós vamos caminhando. E, de qualquer maneira, como a estação de esqui ainda não está funcionando, não vamos chamar atenção. – Ela fez uma pausa e franziu o cenho. – Você não vai chamar atenção, digo, por causa desse seu problema da *visibilidade*.

Keenan voltou a pensar que acabaria se tornando um peso grande demais na vida dela caso não se livrasse logo da sua nova mortalidade. Não iria tocar no assunto, não naquela noite. Mas nunca arriscaria a tentativa de voltar à condição de ser mágico sem que ela estivesse de acordo. Os dois tinham passado tempo demais brigando para ele querer iniciar o seu segundo ciclo de eternidade já com uma discórdia desse tamanho.

– Se pegar minha mão, posso ficar invisível também.

– Exatamente... E ainda podemos *correr* como se você fosse encantado. Segure bem firme em mim – convidou ela.

– Sempre.

E, sem mais uma palavra, os dois dispararam.

A sensação foi que em poucos instantes haviam chegado ao topo da montanha, que na verdade ficava a quilômetros de distância. Donia fechou os olhos e expirou. Keenan ficou ao seu lado, mas soltou-lhe a mão – tornando-se visível ao fazer isso.

Automaticamente, Donia ficou visível também. Ele mantivera a Visão que lhe permitia enxergar o Mundo Encantado, mas os dois estavam a sós ali na montanha. E ela queria ser como ele; queria que ele a enxergasse com seus olhos mortais. Donia jamais havia espalhado a neve sobre a terra estando visível para qualquer criatura que não fosse encantada. Ali, diante do seu amado que agora era mortal, ela estaria verdadeiramente visível. Apesar de saber que já havia sido observada por criaturas mágicas ao criar as nevascas, Donia nunca havia registrado a presença de ninguém. E, no caso de Keenan, ela estava tão consciente do corpo ao seu lado quanto da neve e do gelo.

Nenhum dos dois disse nada enquanto o mundo era coberto de branco. Podiam ter se passado alguns segundos ou horas inteiras enquanto ela continuava caminhando noite adentro e cobrindo a terra; só o que Donia sabia era que o seu mundo era perfeito.

Com Keenan.
No frio.
Aqui onde é o meu lugar e o dele também.

Por fim, ela parou de caminhar e se virou para encará-lo. Ele sentou-se no chão, sem desgrudar os olhos dos dela. Ela ficou de pé, descalça e quase nua no meio do ar carregado de neve. Ele, sentado sobre as grossas camadas de roupa, era um mortal no meio de uma nevasca intensa. Os olhos dela estavam cheios de geada, e a pele cintilava com a mesma película de gelo que cobria os galhos das árvores. Os olhos dele estavam úmidos de tanto serem fustigados pelo vento, e as partes expostas de sua pele haviam ficado vermelhas de frio.

Ele não poderia estar aqui comigo quando era o Rei do Verão.

Eu não estaria aqui se ele não tivesse aberto mão da sua imortalidade para me salvar.

Ele é mortal agora, mas está aqui comigo.

– Ainda que você nunca mais possa ser uma criatura mágica, vou ficar feliz mesmo assim, porque agora podemos estar juntos. – E ela caminhou na sua direção, os pés descalços deixando as primeiras marcas na neve fresca.

– Deixe-me pelo menos tentar – suplicou Keenan. – Deixe-me ser uma parte *verdadeira* do Inverno. Deixe que a eternidade possa ser nossa.

O vento rodopiou mais depressa e mais branco ao redor dos seus corpos quando Donia se abaixou no chão nevado à sua frente.

— Mas e se eu perder você?

— Se eu continuar como mortal, você *vai* me perder. Ser mortal significa que vou morrer. — Ele se pôs de joelhos, e os dois ficaram na mesma posição, frente a frente. — A eternidade *pode* ser nossa, Don.

— Você não tem ideia da dor que é, Keenan. Como posso concordar com isso, se sei exatamente como é essa dor? Como posso concordar, sabendo que você pode *morrer* no processo?

— Não vou fazer se você não concordar, mas acredito que vai dar tudo certo. — Ele encostou a testa na dela. — Não quero que você tenha que se conter por minha causa. Não quero ser frágil, mas alguém que possa estar verdadeiramente ao seu lado. E quero ter você, você inteira, para sempre.

Em vez de responder, ela atraiu um monte de neve para junto de si e moldou na forma de um iglu. Do lado de fora, deixou que a nevasca continuasse rugindo. Ela podia sentir: a neve rodopiando no ar, o vento gelado que havia criado assoviando sem parar, o gelo cobrindo as árvores. Dentro do abrigo de neve que havia construído, não havia necessidade de liberar mais frio. Ela já havia despejado tudo lá fora, e agora podia livrar Keenan de todas aquelas camadas de roupa para que os dois pudessem comemorar o seu primeiro inverno juntos.

Mais tarde, naquela noite, Sasha se esgueirou para dentro do iglu, deitou ao lado dos dois e os cutucou com a cabeça. O lobo não falava – pelo que Keenan sabia, ele nunca havia pronunciado qualquer palavra –, mas o cutucão servira para dar o recado.

Donia levantou e se espreguiçou.

– Está na hora de voltar.

Depois que Keenan estava vestido, ela expirou e desfez num sopro as paredes do iglu; a neve que um instante antes estava armada na forma de uma construção agora tinha voltado a fazer parte da camada branca que cobria o chão. Ela abriu um sorriso enquanto corria os olhos em torno. A lua, bem alta no céu, fazia cintilar com a sua luz o branco impecável que cobria tudo.

– Linda.

– É tudo muito lindo mesmo – concordou ela.

Keenan riu.

– Estava falando de *você*, mas a neve também é muito bonita.

Ao lado dos dois, Sasha voltou a empurrar Donia com a cabeça, e uma pontada de apreensão incomodou Keenan. Ele vasculhou a vastidão nevada da pista de esqui, mas não avistou nenhum rastro maculando o branco da paisagem. Tentou enxergar se havia algo mais para longe, no meio da floresta, mas sua visão humana não revelou nada.

Ela é a Rainha do Inverno. No seu próprio elemento. No auge da força.

O lembrete mental não bastou para aplacar a sensação de medo. Sasha não tentaria apressá-los se não tivesse um motivo para fazer isso.

Absorto nesses pensamentos, Keenan pousou a mão na cabeça do lobo – e foi recompensado com uma mordiscada de leve. Ele baixou os olhos para ver Sasha puxando a sua mão.

– Don?

– Não estou vendo ameaça nenhuma – respondeu ela, sem que ele precisasse formular a pergunta em voz alta. Donia compreendia Sasha mais do que qualquer outra criatura poderia compreender. Ele fora seu companheiro durante anos, e ele escolhera ficar ao seu lado quando ela se tornara a Rainha do Inverno.

Sasha soltou um rosnado.

– Nós já estamos indo – garantiu Donia, tomando a mão de Keenan e começando a correr de volta ao hotel.

Eles não foram perseguidos por força nenhuma, e nenhum perigo os aguardava quando chegaram ao hotel. Keenan disse a si mesmo que a apreensão fora só porque ele devia estar habituado demais a viver sempre cercado de ameaças, que devia estar preocupado achando que sua força mortal não bastaria para proteger sua amada, que estava sendo tolo. Nenhum desses pensamentos bastou para acalmá-lo, mas também não havia meios de conversar com o lobo e perguntar o que havia motivado aquele seu comportamento.

Na manhã seguinte, eles fecharam a conta do hotel e estavam atravessando o estacionamento quando foram interpelados por Cwenhild.

A chefe da Guarda do Inverno curvou a cabeça numa reverência para Donia.

– Minha Rainha. – E, em seguida, franziu o cenho na direção dele. – Keenan.

Ele respondeu com um aceno de cabeça, mas não disse nada. A figura cadavérica da Irmã Scrimshaw à sua frente ainda trazia recordações de outras Irmãs Scrimshaw que na sua infância longínqua eram incumbidas de protegê-lo do mundo, mesmo enchendo-o de pavor por causa da sua aparência. Uma Irmã Scrimshaw enfurecida era a visão personificada do terror, e, assim como o resto das Irmãs Scrimshaw da Corte do Inverno, Cwenhild era uma das guardas de Donia. Encontrá-la ali não foi nem um pouco reconfortante.

Entretanto, ela estava com um ar mais irritado do que propriamente alarmado. Depois de uma vida inteira tendo que avaliar rapidamente todo tipo de situação, ele não tardou a relegar a que estava se desenrolando ali à categoria de "não emergencial" – e passou a considerá-la simplesmente como uma intrusão um tanto inoportuna. E, para completar, o ar de reprovação no rosto dela irritou Keenan. Ele podia não ser mais um monarca, nem mesmo um ser encantado, mas os séculos que passara na posição de rei faziam com que nunca reagisse bem ao ser alvo de censuras alheias.

– Alguém morreu? – indagou Donia.

– Não.

Keenan pôs o braço ao redor dos ombros da amada.

– Então por que você veio interromper as nossas *primeiras férias juntos*?

– Porque vocês foram vistos enquanto... No seu... Há imagens em vídeo registradas por humanos de vocês dois fazendo coisas que não pareciam nada humanas. – O jeito como Cwenhild o fuzilou com o olhar fez Keenan ter vontade de pedir desculpas ou de enxotá-la da sua frente. Ter Irmãs Scrimshaw como babás quando era criança provocava esse efeito desconcertante: ele tendia a se sentir culpado até hoje quando era repreendido por uma delas.

– Vocês criaram uma confusão e tanto que eu tive que resolver – falou. – Essa história de você ser *humano* não é favorável para a nossa rainha. Se fosse mágico, nada disso teria...

– Como é? – Keenan rosnou para ela. Ele se sentiu grato por ter um temperamento humano mais fácil de conter do que nos seus tempos como regente no Mundo Encantado, mas mesmo assim teve que repetir para si mesmo que era da natureza das Irmãs Scrimshaw raramente perder tempo com a etiqueta.

E se obrigou a dizer numa voz que soasse quase tranquila: – Eu só sou humano porque a sua rainha estava prestes a...

– Explique o que aconteceu – interrompeu Donia.

– Havia uma *câmera* na pista de esqui ontem à noite – anunciou Cwenhild. – E você, minha Rainha, foi filmada enquanto criava um abrigo do nada no meio da neve fofa, isso depois de ser vista descalça e usando uma camisola leve no meio de uma nevasca poucos instantes antes. O mesmo vídeo mostra o tal abrigo desaparecendo. E mostra você com ele – ela apontou para Keenan com um movimento de cabeça –, os dois abraçados na neve enquanto um iglu *se forma sozinho à sua volta.*

– Ah – murmurou Donia.

Cwenhild prosseguiu o relato:

– Tivemos que contratar *mortais* com certas habilidades técnicas. Parece que há uma página de vídeos na rede de computadores.

– Internet – corrigiu Keenan. – E são *vários* sites de vídeos.

Cwenhild dispensou o comentário com uma aceno.

– O técnico disse que houve muitos acessos. E isso é preocupante. Proponho que eliminemos a pessoa que gravou o tal vídeo, mas, como se trata de um mortal, preciso pedir o seu consentimento.

– Não podemos matar uma pessoa porque ela compartilhou um vídeo – falou Donia. Suas bochechas estavam cor-de-rosa. – Desculpe pela inconveniência que lhe causei. O Inverno está começando, e...

– Minha Rainha! – interrompeu Cwenhild. – *Não há* necessidade de se desculpar. Tenho certeza de que deve ter havido um bom motivo para a sua escolha pela visibilidade. – Ela voltou o olhar para Keenan, depois suspirou e disse numa voz mal-humorada: – E você não pode ser responsabilizado *de verdade*. Se está na forma humana é porque salvou a vida da minha rainha, além do mais ela o ama, e... Eu vou dar um jeito de abafar esse escândalo antes que qualquer outra corte fique sabendo do acontecido.

— Sem matar nenhum humano para isso — reforçou Donia para sua chefe da Guarda.

— Como quiser. — Cwenhild fez uma pausa e lançou um olhar esperançoso na direção dos dois. — E acabar com a tal de internet, será que isso seria uma opção?

O riso que escapou dos lábios de Keenan foi rapidamente transformado num acesso de tosse depois da cotovelada que Donia lhe deu.

— Não — respondeu ela.

Cwenhild suspirou.

— Talvez seja melhor você voltar para casa então. Há muitas pessoas, *muitas mesmo*, que assistiram ao vídeo.

Atrás de Donia, uma pequena aglomeração de humanos havia se formado. Alguém apontou para ela, e um garoto que aparentava ter uma idade próxima da forma mortal de Keenan começou a caminhar na direção deles. Keenan avançou para se colocar entre Donia e o garoto, mas Cwenhild o agarrou pelo braço.

— Não.

— Não?

— Você é *finito*, e é valioso para a minha rainha. — Cwenhild o arrastou para trás de si, e Keenan praguejou por conta da sua força mortal ser tão exígua a ponto de permitir que o retirasse do caminho tão facilmente.

Mas ela teria feito a mesma coisa se eu fosse um ser encantado, lembrou a si mesmo. Como uma criatura mágica mediana, ele seria necessariamente mais fraco do que os guerreiros mais fortes da Corte do Inverno. Ele *sabia* disso, mas o raciocínio lógico não adiantava muito diante do seu orgulho ferido.

– Vá para o seu carro – instruiu Cwenhild. – Sasha!

O lobo saltou na direção dela, exibindo a sua aparência mais selvagem, e Cwenhild – apesar de seu glamour humano – não parecia muito mais civilizada que o animal. Ela disparou para cima dos humanos, uma jovem enfurecida com os músculos definidos estufados e uma cara de poucos amigos.

Ao vê-la, o garoto mortal balançou. Ele deu uma olhada de relance por cima do ombro, e os amigos foram postar-se ao lado dele.

Keenan abriu a porta para Donia como se não houvesse motivo para alarme, e a verdade é que não havia mesmo nenhum perigo *real*. Os humanos, que partilhavam da mesma natureza que ele tinha agora, jamais seriam páreo para nenhuma das duas criaturas mágicas presentes. O maior risco era só atrair atenção demais dos mortais. Em todo o tempo que passara no meio deles, ou seja, a maior parte da sua vida, Keenan tivera apenas uns poucos incidentes sem importância. E agora que havia se tornado um humano, acabara colaborando sem querer para o maior caso de escândalo de que se tinha notícia no contato entre os dois mundos. *Um vídeo de nós dois*. Aquilo parecia tão injusto que o deixou sem reação.

Depois de se acomodar em silêncio no banco do motorista, Keenan girou a chave. Sem dar atenção à troca de palavras entre Cwenhild e o grupo de humanos, manobrou para passar ao largo deles e levou o carro até a estrada.

– Vire para a esquerda.

– Esquerda?

– Esquerda – repetiu Donia. – Não vou voltar para casa por causa de um vídeo idiota.

– Don...

— São as minhas férias. — Ela olhou na sua direção, dando-lhe a chance de retrucar, mas ele não jogaria fora a chance de aproveitar pelo menos mais um dia ao seu lado.

E então virou o volante para a esquerda.

Enquanto o carro seguia pela estrada, Donia ficou calada no banco do carona. Já estavam quase chegando ao local do resort quando ela estendeu a mão para pegar a sua.

— Eu sinto muito.

— Eu também — respondeu ele num tom hesitante. E depois de uma pausa breve acrescentou: — Mas pelo que exatamente estamos nos lamentando desta vez?

Ela riu, e uma nuvenzinha de ar gelado foi roçar no rosto de Keenan.

— Sinto muito por deixar que o meu medo nos impedisse de tentar mudar aquilo que você é agora. Não quero interferir nas suas escolhas, do mesmo jeito que não gostaria que você interferisse nas minhas. Se eu fosse mortal, arriscaria qualquer coisa para poder ficar com você. Como *arrisquei*, aliás. — Ela inspirou fundo. — Posso tentar convencer a mim mesma de que não teria feito aquilo se soubesse como iria doer, ou se tivesse noção de que poderia me matar, mas o fato é que o meu amor por você já me fez caminhar diretamente na direção daquilo que eu acreditava que iria provocar a minha morte por duas vezes. Eu não deveria tentar impedi-lo de fazer nada, e também não deveria esperar que você ficasse satisfeito com sua forma mortal. Eu não posso fingir que sou mortal. Você não pode querer me dizer que está contente assim... e eu também não quero ser obrigada a tentar conter meu Inverno. Ontem à noite... o que eu queria mesmo era que você estivesse soprando a neve para o mundo *junto comigo*. Ou, no mínimo, quero que ela nunca seja um risco para você.

Ele manobrou o carro para entrar no estacionamento e esperou até que estivessem estacionados numa das vagas para perguntar:

–. Isso quer dizer que podemos tentar me transformar num ser encantado outra vez?

Não havia quietude no mundo que chegasse aos pés do silêncio do Inverno, mas Keenan aprendera séculos atrás que havia momentos em que a paciência era a melhor solução. Ele esperou enquanto o carro se enchia de ar gelado. Esperou enquanto Donia saía do carro, e enquanto os dois preenchiam os papéis no balcão e se instalavam no seu quarto.

Só depois, ela se virou para encará-lo.

– Podemos estudar todas as possibilidades antes de decidir *o que* tentar, mas com todos os séculos de experiência que você tem e os séculos que alguns dos nossos amigos têm... Estou disposta a acreditar que deve existir uma resposta. Nós vamos encontrar um jeito.

Lágrimas geladas escorreram pelo rosto dela, mas ele foi detido por um gesto da sua mão quando tentou abraçá-la.

– Mas me prometa que só vamos tentar se pudermos ter uma porcentagem razoável de certeza de que a solução escolhida não possa provocar a sua... morte.

– Eu lhe dou a minha palavra. – Ele sabia que aquilo que ela não tinha dito era tão importante quanto o que conseguira realmente dizer: a concessão que ele buscara fazer era de fato o que Donia havia aceitado. As outras objeções que ela sempre tivera à sua submissão, sua dor, não tinham mais espaço agora. Era apenas a sua morte que Donia não poderia aceitar.

Ele avançou até fazer com que a mão que ela havia erguido para impedir o abraço ficasse espalmada em seu peito.

– Mas o que vamos fazer com relação ao tal vídeo? E, o que é ainda mais importante – ele procurou o olhar dela com o seu –, será que podemos assistir às tais imagens antes de destruí-las?

Por um instante, ela não falou nada, mas então a expressão séria no seu rosto deu lugar a uma careta de indignação fingida e depois a uma risada.

– Eu já disse que você é incorrigível?

– Não nas últimas horas.

❧

DUAS SEMANAS MAIS TARDE...

Donia e Keenan estavam assistindo ao *"making of"* do novo comercial para o Evergreen Hills Resort. Nas imagens, vários seres encantados fingiam cuidar das câmeras e da maquiagem dos dois, conversavam sobre o figurino, e numa cena especialmente divertida, Cwenhild explicava para a câmera que a "equipe técnica" e a "equipe de efeitos especiais" se recusavam a aparecer porque tinham medo de começar a receber mais propostas de trabalho do que conseguiriam dar conta.

– Achamos que o projeto estava arruinado quando aquele material bruto vazou – dizia ela. – Mas por sorte o cliente achou que um viral seria bom para a campanha, e tudo deu certo no final.

O vídeo cortava então para um representante do resort, que, com um sorriso no rosto, completava:

– Quem já esteve no Evergreen Hills sabe que oferecemos um refúgio onde todos podem se esquecer da correria da vida moderna; buscamos criar uma campanha que mostrasse como o nosso resort é realmente mágico.

Ao fundo, ouvia-se a bufada de deboche de Cwenhild.

— Mágico, humpf.

E o representante do resort suspirava.

— Para quem já esteve na montanha em uma das nossas festas ao luar, é fácil acreditar que coisas mágicas podem acontecer. — E ele lançava um olhar enfático para Cwenhild. A câmera acompanhava o movimento dos seus olhos, enquanto o desafio era lançado para o espectador: — Venha nos conhecer. Conseguimos encantar até os corações mais céticos.

Depois que o vídeo terminou, Keenan deu uma risada.

— Seu plano foi genial.

— E já decidi o que fazer com o dinheiro que pagaram pelo anúncio — falou Donia com um ar casual. Ela se colocou entre Keenan e a tela. — Comprei algumas casas para o uso da corte.

— Só com *aquele cachê*?

— Bom, na verdade, não — admitiu ela. — Tive que completar a quantia... Mas pensei que, se decidíssemos tirar outras férias, poderia ser melhor mandar que *eles* saíssem por uma semana e ficarmos com a casa só para nós.

Keenan riu de novo.

— E numa próxima vez voltamos ao hotel...

A Rainha do Inverno se aconchegou junto a ele.

Ele a envolveu no seu abraço.

— Numa próxima vez?

— Como todo mundo não para de me garantir que o seu plano tem tudo para dar certo, acho que devíamos começar a planejar essas viagens de férias mais regularmente. — Ela ergueu os olhos para encará-lo. — Sem falar que você também me prometeu uma lua de mel.

A alegria que tomou conta de Keenan foi tão grande que ele achou que iria transbordar.

– Seria melhor se fossem duas, na verdade. Uma antes de eu voltar a ser mágico e a outra depois. Afinal, tudo o que eu...

Mas o resto do que ele ia dizer se perdeu depois que Donia o puxou para junto dela.

Tudo o que eu poderia querer da eternidade é possível graças a você, ele completou em pensamento, para logo em seguida parar de pensar e simplesmente se entregar à sensação de estar nos braços daquela criatura capaz de tornar a sua vida completa enquanto a eternidade durasse.

Impresso na Gráfica JPA Ltda., Rio de Janeiro – RJ.